Le Livre de Poche Jeunesse

Le Programme

Allen Zadoff

Allen Zadoff est né à Boston dans le Massachusetts. Il est diplômé de l'Université de Cornell et de l'Institut de Théâtre d'Harvard. Il avoue prendre en secret des cours d'espionnage. Il vit aujourd'hui à Los Angeles.

ALLEN ZADOFF

Le Programme

Cible n° 1

Traduit de l'anglais (américain)
par Hélène Borraz

Titre original :
BOY NOBODY
(Première publication : Little, Brown and Company, A division of Hachette Book Group, Inc., 2013)

JE SAISIS UNE BATTE DE BASEBALL.

C'est une Rawlings composite, une 32 onces. Je la soupèse. Le bout est cabossé à un endroit, ce qui fausse un peu l'équilibre.

Une main à chaque extrémité, je m'étire sur le parking après le match. Natick contre Wellesley. Tous mes coéquipiers de Natick sont autour de moi, de vrais athlètes qui font ce qu'ils font de mieux après une victoire. La fête. Et pas qu'un peu.

Moi aussi j'ai quelque chose à fêter.

Dans ma tête, je me dis : *Je suis un des vôtres. Je suis jeune. Je suis un vainqueur.*

Je souris et je m'étire une nouvelle fois.

Après un moment, je transfère mon poids sur la jambe arrière et je swingue de toutes mes forces. Jack Wu arrive derrière moi juste à cet instant. La batte passe à deux doigts de sa tête.

Un homme imposant vêtu d'un costume noir se raidit à quelques pas de là. Sans intervenir pour autant.

C'est le chauffeur et garde du corps de Jack, une ombre qui suit Jack partout où il va. Le père de Jack est riche. Riche et nerveux.

Jack déteste son garde du corps. Il me l'a dit plus d'une dizaine de fois. Jack et moi sommes amis, alors il me fait ce genre de confidences.

– Fais gaffe avec la batte, me lance-t-il, tout en me donnant un coup de poing dans le bras, sans méchanceté.

Le gorille fait un pas en avant et Jack se retourne soudain, anticipant sa réaction.

– Couché, Rover, lui lance-t-il comme s'il parlait à un pitbull.

Le gorille sourit, faisant mine de trouver ça drôle, mais je me demande s'il n'aimerait pas lui administrer une bonne raclée à la première occasion. Au lieu de cela, il se détend, s'appuie contre l'élégante Mercedes noire et attend.

– Tu as été mortel là-bas, dit Jack en montrant le terrain d'un mouvement de tête.

– Je fais de mon mieux, lui dis-je.

– Ton mieux déchire grave, dit Jack, et, à nouveau, il me frappe le bras.

Cette fois le costaud ne bronche pas. Mais les autres joueurs nous regardent.

Deux coups de poing dans le bras. Manière de dire qui est le chef.

Se laisser dominer, c'est se laisser menacer. Il faut agir.

Je dresse la liste des possibilités dans ma tête :

Je peux le laisser me donner des coups. Opter pour une position d'infériorité.

Je peux répliquer de manière équitable, avec une puissance identique.

Je peux monter en intensité. Affirmer ma domination.

Laquelle choisir ?

Jack est censé être mon ami. Il n'est pas inhabituel qu'un copain de lycée vous donne ce type de coup de poing. En cas de doute, imite. C'est ce que l'on m'a enseigné.

Alors ce sera la solution numéro deux.

Je frappe Jack d'un léger coup de poing dans le bras.

– Wouah ! Doucement ! s'écrie-t-il en faisant semblant d'avoir mal.

Cet échange n'aura duré en tout et pour tout que deux secondes.

Je swingue la batte.

Jack me frappe. Je lui rends le coup.

Nous rions sous le regard du gorille.

C'est ce que verrait quiconque nous observerait. Deux potes en train de se taquiner après un match.

– Tu veux venir avec moi à la chambre forte ? me demande Jack.

La chambre forte. C'est le surnom qu'il a donné à sa maison.

– OK, mais pas longtemps.

Jack se dirige vers la voiture. Le gorille réagit dans la seconde et lui ouvre la porte arrière.

– Mon ami vient avec nous, lui annonce Jack.

– Oui monsieur, répond le gorille en me faisant signe d'entrer dans la voiture.

LE CUIR DANS LA MERCEDES EST DOUX.

C'est le genre de siège en cuir qui vous happe et exige que vous vous détendiez. Un siège qui dit : *Vous êtes entre de bonnes mains. Laissez-vous conduire là où vous devez aller.*

Je m'imagine avoir un père pouvant s'offrir ce genre de choses. Des voitures de luxe. Des gardes du corps. Qui non seulement en aurait les moyens, mais qui voudrait que son fils en dispose. Un père qui voudrait que son fils soit ainsi choyé.

Mais ce n'est vraiment pas le moment de penser à ça. Pas quand le travail attend.

Je jette un coup d'œil vers Jack. Sa tête repose contre le dossier, il a les yeux fermés.

– Je réfléchissais, dit-il.

– C'est pas trop dur ?

– C'est malin...

Il sourit, les yeux toujours fermés.

– Je réfléchissais à toi et moi, explique-t-il.

– Alors là, je t'arrête tout de suite, tu commences à me faire peur.

– Mince alors, on peut pas être sérieux juste une minute, là ?

– OK, tu as soixante secondes pour faire ton mélo.

– J'étais en train de réfléchir et de me dire que toi, tu es un vrai ami.

– Mais tu as des tonnes d'amis !

– Pas le genre que je peux inviter chez moi ; pas des gars en qui j'ai confiance.

– Parce que tu as confiance en moi ?

– À cent pour cent, dit Jack.

Au volant, le gorille toussote. Manière d'alerter Jack ? Simple rappel de son existence ? Ou juste un petit chatouillis dans la gorge ?

– Dans ce cas, tu peux me prêter cent euros ?

– Ma confiance a des limites, répond Jack.

Il rit. Et me frappe le bras.

Je laisse faire.

LE GORILLE ENTRE LE CODE SUR LE PAVÉ NUMÉRIQUE DU PORTAIL DE SÉCURITÉ.

La grande porte métallique coulisse sur le côté et révèle le chemin menant à la maison. La voiture avance d'une dizaine de mètres et s'arrête devant une guérite. Le gorille fait un signe de la tête au gardien. Il montre deux doigts. Deux personnes. Jack et moi. Le gardien inscrit cette information sur son bloc-notes. Il m'a déjà vu auparavant, donc rien à signaler.

Nous continuons de rouler. Après un tournant en épingle à cheveux, la maison apparaît devant nous. Grande mais pas ostentatoire. Le gorille arrête la voiture pour que nous puissions descendre.

Jack tape le code d'entrée. La porte bipe, annonçant notre arrivée. « Porte d'entrée ouverte », déclare une voix électronique. La porte bipe à nouveau en se fermant. « Porte d'entrée fermée. »

Le père de Jack se promène une bière à la main. Son nom est Chen Wu. Mais ses amis l'appellent John. Il est PDG d'une société de haute technologie située le long de la route 128 et qui travaille essentiellement pour le gouvernement.

A-t-il vraiment besoin de toute cette sécurité ?

Je sais que ça ne lui déplaît pas. On se sent important quand on est entouré d'hommes armés. Hors de danger. Mais le plus important à ses yeux, c'est que cela rassure sa femme. Comme ça, elle lui fiche la paix.

Mais M. Wu n'est pas un cas à part. L'ensemble des PDG est sur les dents en ce moment. Plusieurs faits violents ont eu lieu l'année dernière, notamment un gamin d'une famille importante qui s'est fait tirer dessus lors d'une tentative de kidnapping alors qu'il passait ses vacances de Pâques au Mexique. Les dirigeants des sociétés du Fortune 500 sont alors devenus dingues question sécurité. Désormais, pour les riches gamins comme Jack, plus moyen d'aller au petit coin sans être accompagné d'un commando.

– Content de vous voir, les gars, dit le père de Jack.

– Salut papa, répond Jack. Désolé, faut que j'aille noyer un Russe. Façon de parler.

Il tourne les talons et s'éloigne.

– Hé ! Je ne peux pas rester longtemps, le préviens-je.

Tu dois déjà y aller ? demande Jack, déçu.

– Il faut que j'appelle ma mère, j'imagine que ce doit être le matin là où elle se trouve.

– Ah, ça craint, dit Jack.

Il fonce à l'étage.

– Tu as le temps de boire quelque chose ? me demande son père.

– Bière ou soda ?

– Tu as quel âge ?

– Seize.

– Alors ce sera un soda. Mais bien essayé.

Je hausse les épaules comme si j'étais un peu dépité et je le suis à travers le salon.

– C'était comment, le match, alors ?

– Génial, vous devriez venir au moins une fois.

– Le baseball lycéen, c'est pas mon truc.

Mais c'est le truc de son fils, alors quelle importance ?

Je vois ça souvent chez les dirigeants du Fortune 500. M. Wu passe sa vie à travailler. Sauf le vendredi soir. C'est son seul moment de relâche, et il n'a pas envie de le passer en compagnie de membres de sa famille. Il se relaxe le temps d'une soirée, puis passe son week-end à travailler.

Très bien. Nous sommes vendredi soir et il est là. Moi aussi.

C'est l'essentiel.

Nous avançons vers la cuisine tandis que la conversation s'oriente vite vers le baseball professionnel et l'équipe des Red Sox. Nous sommes près de Boston après tout, alors parler des Sox s'impose.

Je remarque un bloc porte-couteaux sur le comptoir dans lequel une fente est vide, et vu la taille de la fente, il s'agit à l'évidence d'un grand couteau. Assez grand pour servir d'arme.

Je passe la pièce en revue.

L'évier.

Le couteau se trouve sur une planche à découper à côté de l'évier à environ trois mètres de nous. Une distance qui me convient.

Je me détends et j'expire. Je m'assieds à table et je plonge la main dans mon sac à dos pour en extraire un stylo-bille et un carnet.

Debout, près du frigidaire, le père de Jack me regarde, le visage interrogateur.

– Tu prends des notes ?

– Quand vous parlez baseball, j'écoute.

Le père de Jack sourit. Je souris.

En cas de doute, imite.

Je tourne le capuchon et, en cliquant deux fois, fais sortir la pointe.

Le père de Jack s'avance pour me tendre le soda.

J'enfonce la pointe du stylo dans son avant-bras. L'action a pour effet de décompresser un minipiston.

Ses yeux s'écarquillent tandis que le produit commence à faire son effet. Sa bouche se contracte comme s'il cherchait à dire : *Pourquoi* ou *Qu'as-tu fait ?*

Mais le produit agit vite. En fait, sa vitesse d'action dépend de l'âge et de la condition physique de la personne à laquelle il est administré. Mauvaise nouvelle : le père de Jack n'est pas en super forme.

Alors c'est rapide. Plus rapide qu'il ne faut de temps pour le dire.

Il s'effondre, je le rattrape et l'allonge sur le sol près de la table de la cuisine.

Si je ne le laisse pas simplement tomber par terre, c'est que je ne souhaite pas qu'il y ait du bruit et que Jack accoure pour voir ce qui se passe. Personne ne doit accourir. Pas encore.

J'ai besoin de quinze secondes.

Six secondes pour allonger et disposer le corps, les membres écartés comme sous l'effet de la chute. Avec son coude, je renverse la canette de bière posée à côté de lui. La mousse chuinte.

Cinq secondes pour ranger le stylo et le carnet dans mon sac qui pend au dossier d'une chaise et fermer le zip.

Quatre secondes de plus pour laisser agir le produit, laisser la réaction chimique qui a lieu dans le corps de M. Wu l'amener au-delà de toute possibilité de réanimation.

Quinze secondes.

Voilà, on y est.

Je regarde le corps. L'homme qui était John Wu n'est plus.

Un mari n'est plus.

Un père n'est plus.

« Je te fais confiance », a dit Jack.

C'est là ton erreur, me dis-je.

Vingt secondes se sont écoulées. Je suis sorti de ma fenêtre d'action.

– Oh mon Dieu ! crié-je. À l'aide !

Je me précipite vers l'entrée, ouvre la porte brusquement et hurle :

– Quelqu'un ! Vite ! Au secours !

Jack descend en trombe l'escalier, le visage exsangue. De sa bouche sort un son, mi-râle mi-cri.

Les gars de la sécurité accourent. D'un seul coup d'œil, le premier arrivé comprend.

Après ça, le reste, c'est du théâtre.

Je me tiens en retrait et regarde ce qui se passe.

Les tentatives de réanimation, l'ambulance, tout.

Je me fraye un chemin comme si je voulais être au milieu de l'action, près de mon ami Jack. Le gorille du match de baseball m'arrête.

Il m'entoure de son bras, doucement, comme s'il était mon père ou quelque chose dans le genre. Je veux le repousser mais je ne le fais pas.

– Peut-être que ce serait mieux si tu t'éloignais, me dit-il.

– Mais Jack...

– Lui, c'est un membre de la famille.

Je détends mes épaules, toujours sous sa protection.

– Je dois récupérer mon sac à dos, dis-je.

Il entre dans le périmètre des personnes qui s'affairent, attrape mon sac, me le tend et me pousse vers la porte.

Je jette un regard en arrière. La dernière chose que je vois, c'est Jack assis sur le canapé, le dos voûté, sa tête reposant presque sur ses genoux.

Scène de chagrin.

Tout ça à cause de moi.

JE M'ÉLOIGNE DANS LES LUMIÈRES TOURBILLONNANTES DE L'AMBULANCE.

Je passe devant les voitures de la sécurité, les policiers, le brouhaha des conversations radio.

– Vous voulez qu'on vous conduise quelque part ? me demande le gardien.

– Ça va aller.

– Sacrée journée.

– Horrible. Mais on fait de notre mieux, pas vrai ?

– Ça c'est sûr, dit-il, et c'est pas moi qui décide quand et comment : c'est Dieu.

Faux. Pas besoin d'être Dieu pour décider quand et comment. Il suffit d'agir et d'accepter les conséquences.

– Prenez soin de vous.

– Toujours.

Il m'ouvre le portail et me voilà sorti.

Je marche dans la rue lentement, comme quelqu'un qui aurait subi un traumatisme. Mais je suis indemne. Je réfléchis déjà à ce qui va suivre. Je passe en revue mon plan de sortie.

Pourtant, un court instant, je pense à Jack.

C'était quand même mon meilleur ami depuis un mois.

Plus maintenant.

Je ne pense pas qu'il apprécie beaucoup le fait que j'aie tué son père. Cela dit, il n'en saura jamais rien. Le produit ne laisse aucune trace. Il est mort d'une crise cardiaque. C'est ce que l'autopsie montrera, s'il y en a une. Le plus probable, c'est que quelqu'un fera jouer ses relations, ou l'équivalent plus moderne, jouera du clavier d'ordinateur.

Si une autopsie est tout de même pratiquée, elle ne révélera absolument rien.

Mort naturelle.

Ma spécialité. Autour de moi des gens meurent sans que cela semble jamais être ma faute. On ne se souvient que d'un moment heureux suivi d'un malheur.

Moment heureux : tu fais la connaissance d'un nouveau copain au lycée.

Malheur : une mort tragique frappe ta famille.

Il ne viendrait à personne l'idée que les deux sont liés. C'est pourtant le cas.

Comment Jack aurait pu se l'imaginer quand nous sommes devenus amis il y a de ça quelques semaines ? Je suis entré dans sa vie aussi simplement que j'en ressors.

Je lui ai brisé le cœur, j'ai changé le cours de son existence. Heureusement pour moi, cela ne me fait rien.

Je ne ressens rien.

C'est faux.

J'ai froid, j'ai faim. Je sens le tissu neuf de ma chemise contre ma peau et le gravier sous mes pieds.

Mais il s'agit de sensations, pas d'émotions.

J'ai eu des émotions, autrefois. Enfin, je crois. Mais c'était il y a longtemps.

Surtout, c'était avant.

IL S'APPELAIT MIKE.

C'était mon meilleur ami.

Du moins, c'est ce que je pensais.

Il était nouveau au lycée, mais sans en avoir l'air. À peine arrivé, il donnait l'impression d'avoir toujours été là.

– C'est quoi ton passe-temps préféré ? m'a-t-il demandé la première fois où nous nous sommes parlé.

– Lire.

J'avais douze ans à l'époque et mon père avait dû construire une seconde bibliothèque dans ma chambre tellement j'avais de livres.

– Tu lis des trucs de vampires ?

– Non. Des livres d'action, d'aventures. De la S.-F. aussi, mais pas n'importe laquelle.

– Génial, moi aussi.

Le fait que nous devenions ainsi amis en cours d'année semblait le plus naturel du monde. Des amis instantanés, comme si nous avions été séparés à la naissance. Frère d'une autre mère. Il y a une expression comme ça.

En moins d'une semaine, nous étions inséparables. En moins de quinze jours, il dormait à la maison.

Nous passions des nuits entières à parler de tout et de rien, au grand dam de mes parents. On s'échangeait des livres, on parlait des filles.

C'est cette année-là que je me suis aperçu que les filles portaient des soutiens-gorge et que, selon la direction de la lumière, on pouvait voir à travers leurs chemisiers. Mike m'expliqua qu'il fallait toujours laisser une fille s'asseoir entre soi et la fenêtre les jours ensoleillés afin d'accroître ses chances d'une jolie vue. C'était un génie.

Mike et moi. Deux gamins de douze ans qui passaient le plus clair de leur temps à se marrer et à faire les marioles, trop contents d'avoir trouvé le parfait complice.

Avec le recul, j'aurais dû trouver ça bizarre qu'il ne m'invite jamais chez lui, qu'il ne me présente pas ses parents. Son père était un avocat d'affaires qui voyageait beaucoup. Et comme le mien était professeur et scientifique et qu'il s'absentait parfois pour assister à des conférences, je comprenais.

Enfin, plus ou moins.

Il disait que sa mère se sentait vite débordée par les événements, qu'elle n'aimait pas trop la présence d'enfants.

Ma mère était pareille. Mais elle, c'était par rapport à mon père. Cela faisait des mois qu'ils se disputaient. Je ne sais pas à propos de quoi, mais c'était le genre de dispute qui se poursuivait même dans le silence.

Cela dura si longtemps qu'on aurait pensé que notre famille faisait une dépression nerveuse.

J'ai tout raconté à Mike.

C'était mon ami. Cela me faisait du bien de me confier à lui.

Je ne savais pas qu'il tuerait mes parents.

CELA M'ARRIVE PARFOIS QUAND J'AI TERMINÉ UNE MISSION.

Les souvenirs affluent. Je ne sais pas pourquoi.

Si je reste en mouvement, ils finissent par disparaître.

J'ai parcouru un kilomètre depuis la maison de Jack, je marche dans la rue en direction de mon point de sortie. Si tout s'est déroulé comme prévu, normalement ça devrait être bon pour moi et je pourrai quitter la ville.

Normalement.

Cependant, ce n'est pas le cas.

J'anticipe d'une fraction de seconde ce qui advient. Quelque chose d'imperceptible dans l'atmosphère a changé. L'intuition est le propre de tous, mais rares sont ceux qui savent l'écouter.

J'ai été formé à écouter cette voix intérieure, à percevoir autour de moi le changement le plus infime, à anticiper.

À réagir.

Selon mon intuition, quelque chose va se produire.

Et voilà. Une berline gris foncé tourne au coin de la rue. À l'instant même où le conducteur m'aperçoit, la voiture est secouée par un léger soubresaut. Cela n'a duré qu'une fraction de seconde, comme quand on se laisse surprendre par un nid-de-poule et qu'on donne un petit coup de volant sec pour l'éviter.

Aucun nid-de-poule. Juste moi.

C'est une réaction physique normale. À l'instant même où l'on aperçoit ce qu'on cherche, le corps réagit. Au poker on appelle ça un *tell*, un tic physique révélateur.

Le conducteur a donné un tell. Parfait. Cela me laisse quelques secondes pour me préparer avant que la voiture ne s'arrête au milieu de la route.

Je scanne rapidement les environs. Derrière moi, une rue vide. Sous mes pieds, du gravier. De chaque côté, des bosquets. Devant moi, à vingt mètres, la voiture.

Je fais quelques pas pour pouvoir lire la plaque d'immatriculation. Ce n'est pas une des voitures du père de Jack. C'est une plaque diplomatique. Les portières s'ouvrent. Quatre hommes asiatiques en costume sortent du véhicule. Nonchalamment. Comme si la présence incongrue de quatre hommes en complet veston dans une rue de banlieue était la chose la plus banale qui soit.

Deux choix s'offrent à moi :

Je peux m'échapper dans les bois. Voir comment ils se débrouillent à pied et séparés. Pour certains, c'est la meilleure stratégie dans ce genre de situation : diviser pour mieux régner. Mais pas pour moi.

Sinon, je connais un autre stratagème. Au lieu de diluer le pouvoir, il s'agit au contraire de le concentrer au point de lui faire perdre toute efficacité. Et c'est ce que je vais faire.

Il y a un problème pourtant : je ne porte jamais de pistolet et j'ai jeté dans les égouts mon stylo-seringue ainsi que le reste du matériel que j'avais sur moi. J'ai aussi abandonné mon sac à dos vide dans une benne plus bas dans la rue.

Je ne peux donc compter que sur mon entraînement.

Cela devrait suffire.

J'espère.

Je maintiens ma trajectoire et me dirige vers la voiture. Je suis à environ dix mètres. Je m'efforce de ne pas avoir l'air menaçant. Je suis un simple gamin de seize ans qui marche dans la rue. C'est tout ce qu'ils doivent voir.

C'est aussi la réalité. J'ai seize ans et je marche dans la rue.

En m'approchant, j'entends qu'ils parlent mandarin. Je peux voir le tissu bon marché de leurs costumes et à quel point les vestes sont mal ajustées sur leurs larges épaules. Ils n'ont pas le physique de diplomates. À la rigueur, qu'un des quatre soit amateur de salles de gym et baraqué à ce point, je veux bien, mais quatre d'un coup ? J'en doute.

Je ne reconnais pas ces hommes, je ne les ai jamais croisés au cours de cette mission. Mais vu comment eux me regardent, il semblerait qu'ils en sachent davantage à mon sujet.

Je crois qu'on va bientôt s'amuser.

– Dites donc, me lance l'un d'entre eux, nous sommes perdus. Vous pouvez nous indiquer le chemin ?

Son anglais est bon. Son stratagème moins.

Personne d'un peu sensé n'arrête ainsi sa voiture en travers de la route pour demander son chemin. C'est complètement ridicule. Encore une fois, je suis face à des gens qui me sous-estiment parce que je suis un adolescent. Mais, à la différence de la plupart des ados, je ne vais pas chercher à démontrer qu'ils ont tort.

Être sous-estimé n'est pas forcément mauvais. Cela peut même représenter un précieux avantage tactique.

Alors quand le Chinois me demande de l'aider à trouver son chemin, c'est d'un ton naturel que je réponds :

– Bien sûr. Où voulez-vous aller ?

Il est un peu surpris, mais pas plus que ça.

Il continue de me sous-estimer.

– J'ai l'adresse ici sur mon téléphone, dit-il sans s'approcher, en montrant son Android.

Il veut que je vienne à lui ? OK, pas de problème.

Deux des hommes, qui se tenaient jusque-là en retrait, font un pas en avant, resserrant les mailles du filet. À la façon dont ils se sont soudain détendus, à leur posture, je sais qu'ils se disent : *Ça va être facile.*

Je me dirige vers eux tout en assemblant les morceaux du puzzle. Imposants pectoraux, cheveux rasés, plaque diplomatique. Probablement des espions chinois. J'en déduis que le père de Jack faisait des affaires avec eux et que c'est la raison pour laquelle on m'a chargé de cette mission.

Mais je n'en sais rien.

Et je n'ai pas besoin de savoir. Mon travail ne consiste pas à poser des questions. On me donne une mission, je l'exécute.

La plupart du temps, tout marche comme sur des roulettes mais cette fois, quelque chose ne tourne pas rond. La preuve, ces hommes sont là. Ils m'ont trouvé.

Je remets mes questions à plus tard.

Dans l'immédiat, une seule chose importe.

Survivre.

S'ils parviennent à me faire monter dans une voiture avec une plaque diplomatique c'en est fini de moi. La police n'interviendra pas, personne ne pourra me venir en aide.

Le type qui a parlé en anglais me tend son téléphone. Il me fait penser à ce poisson qui vit dans les profondeurs des océans et qui, pour attirer ses proies, fait frétiller au-dessus de sa tête un appendice lumineux. Un poisson équipé par Dame Nature d'une canne à pêche personnelle.

Cours de biologie. Sous-chapitre 3-C : compétition et prédation.

Un type agite son téléphone.

Je happe l'appât, littéralement. Je le lui prends des mains.

Je retourne l'appareil dans ma main et l'écrase sur l'arête de son nez. Pas de questions, pas d'hésitation. Pas quand je suis face à quatre hommes.

Le verre se pulvérise. Son nez se pulvérise.

Avant même que l'homme n'achève sa chute, je passe au suivant.

Cette fois j'utilise l'angle du téléphone. Je lance mon bras et frappe l'œil gauche, je bascule rapidement l'appareil et percute le droit. Le globe oculaire résiste un instant puis se rompt.

Deux de moins.

J'ai eu l'avantage de la surprise. Plus maintenant.

Le troisième homme s'approche. C'est le plus costaud des quatre, de loin. Il protège son visage tandis qu'il avance. Il ne va pas se faire avoir comme ses copains.

Alors je me débrouille autrement.

Je plonge dans la voiture par une des portières restées grandes ouvertes. C'est exactement là qu'il voulait que je sois il y a une minute. Mais c'est long, une minute, dans une bagarre. Il pensait que ce serait lui qui me mettrait sur le siège arrière. Le fait que j'y sois déjà signifie qu'il doit venir m'y chercher.

Je fais mine de vouloir sortir par la portière d'en face.

Je m'arrête à mi-chemin. J'entre dans la voiture, mais je ne ressors pas.

Il vient.

L'espace est étroit. Mieux vaut être souple que costaud.

Je suis souple. Il est costaud.

Il tente de me frapper mais ses mouvements sont entravés.

J'ai toujours le téléphone à la main. Alors cette fois-ci je l'utilise comme un coup-de-poing américain. Je ferme ma main autour de l'appareil et je frappe fort, trois fois.

Il est sonné, mais pas hors de combat.

Je sors aussi vite que possible de la voiture et, au moment où il s'élance pour me rattraper, je lui claque la portière dans la figure.

Il s'effondre. K.O.

Il sait encaisser un coup de poing, moins une portière de voiture. À sa décharge, il est comme la plupart des gens.

Je lève les yeux et vois le quatrième homme qui braque son pistolet sur moi.

Pistolet contre téléphone cassé.

Pas vraiment fair-play.

N'importe quel abruti armé d'un pistolet penserait avoir déjà gagné. Pas lui. C'est un malin. Son sens de l'observation lui a appris une ou deux choses me concernant.

Il se tient aussi loin que possible du téléphone, de moi et de mon périmètre de frappe.

Il dirige son pistolet vers ma poitrine, preuve qu'il sait

s'en servir. Si vous visez la tête d'une personne et qu'elle fait un mouvement rapide, les chances de l'atteindre sont infimes. Pas si vous visez le milieu du corps.

Je n'utilise jamais d'armes à feu, mais je les connais bien. Suffisamment pour savoir que je suis fait comme un rat.

D'un geste de la tête il m'indique de me tourner. Quelqu'un d'inexpérimenté aurait secoué le pistolet pour dire la même chose.

Si je lui tourne le dos, c'est fini.

Je ne pense pas qu'il va tirer. Il va plutôt m'amener quelque part pour m'interroger. C'est pire.

Je pense à mon père. J'avais douze ans la dernière fois que je l'ai vu. Il était ligoté et il saignait. Quelqu'un l'avait interrogé.

Les interrogatoires, ça craint.

Ce souvenir de mon père remonte à très longtemps. C'était une autre époque, une autre vie.

Aujourd'hui, là, maintenant, je suis face à un homme armé. Je dois trouver une issue. Je dois survivre.

Le quatrième homme me crie dessus en mandarin. Je ne comprends rien de ce qu'il raconte, mais quelque chose me dit qu'il est en colère. Il sait très bien ce que je manigance. Je suis en train de gagner du temps, d'analyser la situation. Et vu l'état de ses trois collègues, il n'est plus question de me traiter comme un gamin.

Je regarde le pistolet, puis ses yeux.

Glacials.

Je suis dans le pétrin.

Et c'est là que le téléphone dans ma main sonne.

Le verre est brisé mais l'appareil fonctionne encore.

La sonnerie nous surprend autant l'un que l'autre.

Ça a du bon, la surprise. Surtout si on l'utilise à son avantage.

Je décroche.

– *Ni hao ma ?* dis-je. « Comment allez-vous ? »

Mes connaissances en chinois s'arrêtent là.

J'écoute un instant, puis je tends le téléphone au type en face de moi comme si c'était pour lui. Il en reste pantois.

J'agite un peu le portable et je regarde notre homme comme si je le prenais pour un débile. Une petite voix stridente crie dans l'appareil.

Je ne comprends pas un mot, mais cela n'a aucune importance.

Cours de bio, sous-chapitre 3-C.

Je brandis à nouveau le téléphone.

Il avance pour le prendre...

Je frappe. À la tête, à l'endroit un peu mou au niveau de la tempe, à deux doigts d'un œil. Je frappe tellement fort que le téléphone part en morceaux dans ma main.

L'homme s'effondre.

Et de quatre.

Et si le téléphone n'avait pas sonné ?

Pas maintenant. Ce n'est pas le moment de penser à ça.

« La chance peut être ton amie ou ton ennemie », me disait Mère. « Fais en sorte qu'elle soit ton amie. »

Mère, c'est ainsi que j'appelle la femme qui s'est chargée de mon entraînement.

C'est d'elle que je tiens cet enseignement, et aujourd'hui, je l'ai mis en pratique.

Affaire conclue.

Maintenant je vais me servir d'un autre téléphone. Mon iPhone.

On dirait un portable normal, mais il n'en est rien. L'aspect physique est certes le même, mais à l'intérieur le système d'exploitation est très différent. Et les apps ? Eh bien, disons qu'elles sont loin d'être ordinaires.

J'ouvre l'app de la chaîne météo et je clique sur SIGNALER CONDITIONS HASARDEUSES.

Je lève un peu l'appareil. Une carte apparaît avec un point GPS indiquant ma localisation. Du rouge il passe en une seconde au vert et clignote.

Une équipe de nettoyage sera là sous peu.

Mère ne sera pas contente. Je vais devoir m'expliquer.

Je prends les clefs de la voiture dans la poche du quatrième homme. Je démarre la berline. Ce n'est pas comme si des espions chinois allaient déclarer le vol d'un véhicule.

Et puis, cette voiture a une plaque diplomatique et moi, j'aime conduire vite.

JE FONCE SUR L'AUTOROUTE.

Ce n'est pas dans mes habitudes. Normalement, j'évite tout ce qui pourrait attirer l'attention.

Mais qui dit plaque diplomatique dit occasion rêvée de conduire à fond la caisse. Et puis, sur cette voie rapide, personne ne respecte la limitation de vitesse.

Je roule en direction de Boston, pressé de m'éloigner le plus rapidement possible du lieu de ma dernière mission. Je bénis chaque nouvelle borne kilométrique qui défile.

Je jette un coup d'œil dans le rétro pour vérifier que personne ne me suit. J'actionne le volet du toit pour surveiller le ciel.

Rien. Je suis seul.

Je pense à Jack, à ce qu'il doit ressentir. Une fraction de seconde aura suffi pour qu'il devienne une banale statistique. Le décès de son père ne sera, aux yeux des copains de classe de Jack, qu'une tragédie mineure parmi d'autres. Mort inopinée du père d'un ami, période de deuil, période d'ajustement.

Mais je sais quelque chose que Jack, lui, ne sait pas. Je sais que la vie continue. Même après la pire des tragédies.

Je n'ai que seize ans, mais cela fait déjà longtemps que j'ai pris conscience de cette notion. C'est une des leçons que j'ai apprises de la vie et elle m'aide à faire ce que je dois faire.

Il y a autre chose que je sais : le père de Jack n'était pas celui qu'on pensait.

Pour Jack, il était PDG d'une société de haute technologie qui travaillait pour le gouvernement.

Jusque-là, rien à redire.

Mais son père n'était pas que ça. Il travaillait secrètement pour de mauvaises personnes. Vu les quatre zozos avec qui j'ai dansé tout à l'heure, j'en déduis qu'il s'agissait du gouvernement chinois.

Mais les détails, ce n'est pas mon affaire. Mon affaire, c'est d'entrer en scène, exécuter ma mission, sortir de là et passer à la suivante.

On me demande d'agir, pas de réfléchir.

Je n'ai besoin que d'un résumé global d'une situation et, concernant le père de Jack, le fait est qu'il manigançait quelque chose ; il devenait une menace, voire un traître.

C'est pour ça qu'on a fait appel à moi. Pour l'en empêcher.

C'est ma spécialité. On me donne une mission et je l'exécute.

Selon le Programme, je suis un patriote.

Pourtant, un patriote est libre de ses choix. Moi pas.

Mais est-ce si exact ?

Il me semble que j'ai dû choisir il y a longtemps, et que j'ai fait le mauvais choix.

De même pour mon père, sinon je ne serais pas là où j'en suis.

Mais revenons à Jack et à son père à lui.

Je ne juge pas mes actes, mais j'ai néanmoins une manière bien à moi de les envisager.

Dans le cas présent, j'estime avoir rendu service à Jack.

Il n'est pas au courant des dégâts que son père a commis ou s'apprêtait à commettre.

Jack, contrairement à moi, gardera toujours une image positive de son père. Personne ne saura qui il était véritablement, et quels étaient ses agissements.

Jack ne se souviendra que du superbe mensonge qu'était sa famille.

Quant à moi, je n'ai pas eu cette chance. Je connais la vérité ou du moins une partie suffisante pour que l'ensemble de mes souvenirs soit devenu suspect. Mon passé est un mystère tout aussi impossible à résoudre qu'à fuir.

C'ÉTAIT UN SAMEDI APRÈS-MIDI, AU DÉBUT DU MOIS DE NOVEMBRE.

J'avais douze ans.

Tandis que j'attendais mon père dans son bureau à l'université, on m'appela au téléphone. Il y avait eu un accident, je devais rentrer chez moi de toute urgence, m'expliquait la personne à l'autre bout du fil.

J'ai couru jusqu'à ma maison et j'ai trouvé Mike assis à la table de la cuisine. J'étais surpris de le voir là.

– Où sont mes parents ? demandai-je.

Une assiette de cookies était posée au milieu de la table. Avoine et raisins secs. Maman en préparait toujours pour nous. J'étais maigre et je mangeais peu. Mike était grand pour son âge et il mangeait beaucoup.

– Tes parents, dit-il. Justement, il faut qu'on en parle.

Par terre, près du frigidaire, je remarquai une cannette de soda zéro calorie. Elle s'était renversée et le liquide formait une petite flaque marronâtre. Je me demandais ce qui s'était passé avec cette cannette et pourquoi personne n'avait rien nettoyé, quand Mike me toucha avec quelque chose.

Quelque chose de pointu, comme une punaise.

Soudain, j'ai eu l'impression d'être fatigué.

– N'aie pas peur, me dit-il.

– Peur de quoi ?

Ma tête a commencé à tourner et je me suis senti tomber. Mike m'a retenu et m'a aidé à marcher jusqu'au salon. Comme le ferait un ami.

Mon père était là, assis, les jambes scotchées aux pieds de la chaise, la tête pendante.

– Très drôle, ai-je dit.

Lorsqu'on assiste à quelque chose d'absurde, quelque chose qui dépasse l'entendement, le cerveau l'interprète comme une blague. C'est un mécanisme naturel de défense. Je l'ai souvent utilisé à mon avantage.

Mais à cette époque, je ne savais pas ça. Je pensais qu'il s'agissait d'un jeu.

– Oui, c'est drôle, a admis Mike, drôle et triste à la fois.

– Je ne comprends pas.

Mike claqua ses doigts de deux coups secs.

La tête de mon père se redressa brusquement. Il ne pouvait pas parler. Un morceau de ruban adhésif couvrait sa bouche.

– Papa.

Dans son regard, j'ai tout compris.

Il ne s'agissait aucunement d'un jeu. C'était grave.

Mike m'empoigna par le col et me tira jusqu'à mon père, si près que nous nous touchions presque.

– Tu vois ? dit Mike.

Même si je n'avais que douze ans et sans doute pas encore

les mots pour le dire, je comprenais. La situation était limpide.

Mike ne m'avait pas traîné là pour me montrer ce qu'il allait faire à mon père, mais bien pour lui montrer ce qu'il allait me faire à moi.

J'ai tenté de m'élancer vers mon père, mais Mike m'a tiré en arrière.

Je me sentais de plus en plus fatigué, je m'endormais debout.

– Qui es-tu ? demandai-je à Mike.

– Je suis ton ami, je suis Mike.

– Non, je ne te crois pas.

– Tu es un enfant malin.

À sa manière de prononcer ces mots, j'ai compris que lui n'était pas un enfant. Il était autre chose, quelque chose dont je ne soupçonnais pas encore l'existence.

Il m'amena dehors. J'étais incapable de résister. Il me fit asseoir sur le siège arrière d'un taxi qui attendait. On aurait dit un taxi, mais les vitres étaient teintées.

Je ne devais jamais revoir mes parents.

C'était la fin.

C'était le début.

J'APPUIE SUR L'ACCÉLÉRATEUR ET JE SENS LE MOTEUR RÉAGIR.

Par la vitre je vois défiler, brouillés par la vitesse, des bornes kilométriques, des immeubles, des visages. J'ai appris il y a longtemps que la vitesse brouille notre perception des choses. Plus grande est la vitesse, plus flou nous apparaît le monde qui nous entoure.

Le flou demeurera si je garde ce rythme.

À quinze kilomètres de la zone primaire, j'aperçois le Dunkin Donuts.

J'entre dans le parking et je gare la berline tout au fond, dans un coin. Cela me fait de la peine de la laisser. Elle en avait sous le capot !

Une autre voiture m'attend. Une Camry, tout en pare-chocs rayé et enjoliveurs cabossés. Conçue pour se fondre dans la masse. Ennuyeuse et lente à souhait.

Je sors mon iPhone. Je glisse la barre à gauche, vers le haut puis, d'un geste rapide, vers le bas et diagonalement vers le haut. Le téléphone est à présent en mode sécurisé.

J'ouvre le dossier GAMES, je clique sur l'app Poker puis sur NOUVELLE PARTIE.

Les cartes sont brassées.

Je compose une main de dix cartes, l'équivalent d'un numéro de téléphone, et je clique sur DEAL.

L'ordinateur me connecte à un serveur anonyme. Ma voix est numérisée, fragmentée en paquets, envoyée sur le Web et réassemblée.

Un processus complexe qui prend moins d'une seconde.

Dès la première sonnerie, une femme répond.

– Salut maman, dis-je.

C'est ainsi que j'appelle cette femme. Maman, Mère. C'est elle qui est en charge des opérations. Père, lui, gère mes missions. Mère supervise.

Mère et Père, c'est donc ainsi que je nomme les gens qui s'occupent de moi. C'est notre protocole de sécurité. Si, pour une raison ou une autre, on venait à violer notre ligne sécurisée, tout ce qu'on entendrait serait une mère en train de parler à son fils.

Son fils.

C'est comme ça qu'elle m'appelle.

– Mon chéri, dit la voix à l'autre bout du fil.

Elle donne l'impression d'être contente de recevoir mon appel. Elle poursuit :

– Ton père m'a raconté pour le match.

– Oui, tu as vu, j'ai gagné, dis-je.

– En effet.

– Mais ça n'a pas été facile, surtout après le match.

Silence.

– En fait, j'ai eu quatre problèmes inattendus.

– Pour toi, pas pour moi.

Je suis soulagé de savoir qu'elle était au courant des espions chinois, mais troublé que ça n'ait pas été mon cas. Quelque chose m'aurait-il échappé ?

– Tu peux m'en dire plus à leur sujet ? Cela m'aiderait à m'améliorer.

– Ce sont des spectateurs qui se sont aventurés sur le terrain. Ils étaient au mauvais endroit au mauvais moment.

– Alors aucune raison de s'inquiéter ?

– Aucune.

– Tant mieux, soupiré-je.

Je vois les voitures rouler à vive allure et, sur le bas-côté, une immense publicité. Une famille souriante attablée pour le dîner.

L'♥ fait d'une maison un foyer

Une volute de vapeur s'échappe du cœur.

Je ne comprends pas.

Je me concentre pour saisir le sens.

– Tu as gagné ton match, c'est ce qui importe. Ton père et moi sommes très fiers de toi, ajoute Mère.

– Vraiment ?

– Absolument, insiste-t-elle.

Fiers.

C'est agréable à entendre. J'ai donc bien travaillé, j'ai réussi une mission de plus. J'ai même été capable de gérer des circonstances inattendues sur la fin.

Je fais bien mon travail et je suis apprécié. Alors pourquoi, pourquoi cette question lancinante ?

Quand tout ça va-t-il enfin finir ?

Je veux savoir.

Ma vie ressemble à une longue mission sans fin. Je pénètre dans un monde puis dans un autre, comme j'ai appris à le faire, et je ne laisse derrière moi que des cadavres. Chaque mission est accompagnée de son nouveau lot de défis, de complications, d'excitations.

« Tu as un don. » C'est ce que m'a dit Mère une fois. Elle l'avait vu en moi dès notre première rencontre.

Dans un sens, j'ai de la chance. Combien de jeunes de seize ans savent qui ils sont et ce qu'ils sont censés faire dans la vie ?

Pourtant, malgré tout ce que je sais et tout ce que j'ai appris, cette même question me taraude :

Quand tout ça va-t-il enfin finir ?

Je pense aux promesses qui ont été faites. Aux mensonges que l'on m'a racontés.

Non, soyons précis. Ce n'étaient pas des mensonges, mais des promesses que j'ai mal interprétées.

J'étais si jeune. Comment aurais-je pu savoir ?

MIKE M'A INSTALLÉ DANS LE TAXI.

Je n'ai aucun souvenir du trajet.

Il m'avait drogué. Drogué mais pas tué. Il aurait pu. Je le sais maintenant. Tout dépendait de la seringue qu'il choisissait.

Je me suis réveillé dans une magnifique chambre baignée de lumière filtrant par la fenêtre.

J'ai bâillé et me suis étiré, pensant que c'étaient les vacances et que nous étions dans la maison que mon père louait chaque été en Caroline du Sud.

En regardant par la fenêtre, j'ai vu une forêt que je ne reconnaissais pas.

Ce n'était pas la Caroline du Sud.

Tandis que je sortais peu à peu de mon brouillard narcotique, les souvenirs affluèrent.

Mon père attaché à la chaise. Son regard terrorisé.

Je me suis précipité vers la porte de la chambre.

Fermée à clef.

J'ai crié.

J'ai voulu la défoncer.

J'ai couru vers la fenêtre, mais elle aussi était verrouillée.

J'ai essayé de briser la vitre, mais elle était incassable.

J'ai hurlé. Je me suis jeté contre les murs. J'ai fracassé les meubles.

Au bout d'un moment, la porte s'est ouverte.

La femme que je serais amené plus tard à appeler Mère se tenait là et me regardait calmement.

– Où sont mes parents ? demandai-je.

– Morts.

C'était le premier mot que je l'entendais prononcer. Je ne savais pas encore que la mort serait au cœur de notre relation.

Elle m'a demandé de m'asseoir et elle m'a présenté un choix. Je pouvais soit rejoindre mes parents soit la rejoindre elle. C'est-à-dire faire partie du Programme.

Elle m'a décrit le Programme avec des termes très basiques. Je serais un soldat. Je suivrais un entraînement à la fois physique et mental. Je ferais des choses que les autres garçons ne font que dans les jeux vidéo.

Elle rendait tout cela excitant.

C'était à moi de choisir, disait-elle.

Mais quel que soit mon choix, ma vie ne m'appartiendrait plus. Je pouvais y renoncer pour toujours et rejoindre mes parents, ou choisir le Programme.

Douze ans, et je devais choisir entre la vie et la mort.

J'ai choisi la mort.

Appelez ça loyauté. Ou bien naïveté. Je voulais être avec mes parents, même si cela signifiait mourir.

– Tuez-moi, lui ai-je dit.

Paradoxalement, c'était exactement ce qu'ils voulaient

entendre. Cette réponse leur permettait de juger de ma personnalité, de vérifier que j'avais les caractéristiques requises pour devenir un soldat.

Intensité.

Pensée manichéenne.

Obstination.

Allégeance sans considération des conséquences.

De leur point de vue, toutes des qualités utiles. Ils se sont emparés de mon allégeance à des fins propres. Celles du Programme.

Mère me promit une nouvelle vie.

C'est ce que j'ai eu.

J'ENTENDS LA RESPIRATION DE MÈRE À L'AUTRE BOUT DU FIL.

– Tu es toujours là ? me demande-t-elle.

– Je suis là.

– J'ai dit que nous étions fiers de toi.

– Merci, je suis content.

C'est mon signal. Je suis censé prononcer « au revoir » et raccrocher, mais je ne le fais pas.

Le silence sur la ligne crée un certain malaise.

– Y a-t-il autre chose, chéri ? demande la voix.

L'inflexion a changé.

Quand ? hurle mon cerveau.

– Non, non, rien d'autre, dis-je, il me tarde juste de commencer ma nouvelle mission.

La question disparaît quand je suis en mission. La question, les souvenirs, tout.

– N'oublie pas de regarder régulièrement tes mails, me rappelle Mère, ton père va t'envoyer quelque chose.

C'est ainsi que me parviennent les missions. Via Père.

– Je vais recevoir ça bientôt ?
– Tu connais ton père. Il va à son rythme.
– Bien sûr.
– Tu es certain que tu vas bien ?
– Pourquoi je n'irais pas bien ?
Après une très légère pause, Mère dit :
– Je dois y aller. Je t'embrasse.
– Moi aussi. À bientôt.
Retour au script. En cas de doute, rester fidèle au script.
Elle a raccroché.
Je ferme l'app.
Sur le panneau publicitaire, la mère sourit avec chaleur, les lèvres parfaitement maquillées. Son fils porte une cuillerée de liquide chaud à sa bouche. La mère respire la fierté.

L'♥ fait d'une maison un foyer

Un foyer. C'est donc ainsi, un foyer ?
Je fixe la publicité.
Soudain je comprends.
Cela n'a rien de très profond. C'est juste une pub pour de la soupe.

L'ATTENTE.

C'est la partie la plus pénible.

D'un côté, il y a la mission qui vient de s'achever, de l'autre, celle à venir, et au milieu un long tunnel : l'attente.

Retourner à Natick est impossible. La maison où j'habitais a été vidée et les raisons de mon départ diffusées ici et là. Si je vivais seul, c'était parce que mes parents séjournaient à l'étranger pour leur travail.

Ça, c'est l'histoire de base.

Puis un terrible accident est survenu et j'ai dû partir précipitamment.

Et ça, c'est l'histoire pour expliquer ma sortie de scène.

Maintenant je dois me rendre dans une autre ville et attendre. Mon tunnel cette fois-ci s'appellera Providence.

Dès que je peux, je voyage en train. C'est lent et vieillot, mais c'est parfois exactement ce que je recherche. Ce mode de transport a de nombreux avantages : peu d'agents de sécurité, aucun contrôle d'identité, possibilité d'achat de billets sous un nom d'emprunt. Qui plus est, j'aime voyager en train. En mouvement et entouré de métal, je me sens en sécurité.

Je monte dans un Acela Express. En moins d'une heure je suis dans le centre de Providence et je pousse la porte du Marriott. Quand on n'a que seize ans, l'étape de l'hôtel peut s'avérer assez délicate. Mes papiers d'identité et cartes de crédit indiquent certes que je suis majeur, mais ma manière de m'habiller pourrait me trahir. Mieux vaut ne pas ressembler à un ado si je veux éviter les questions.

C'est moins ma situation personnelle que la chambre qui les préoccupe. Pour eux, ado égale fête et chambre dévastée. Ou coma éthylique et action en justice. Voire les deux.

Il m'arrive parfois d'appeler pour réserver une chambre au nom de mon fils, mais il faut alors inventer une histoire et les histoires, ça attire l'attention. À la différence d'un banal enregistrement, on s'en souvient.

Je m'efforce donc d'agir de la manière la plus normale possible.

Les grandes villes, c'est ce qu'il y a de mieux pour attendre ; on y trouve les principales chaînes d'hôtels qui toutes proposent des systèmes de clubs pour membres privilégiés. Je suis quant à moi membre de Marriott Rewards, sous dix identités différentes.

J'avance vers l'accueil. Un groupe d'une vingtaine de personnes se tient devant le restaurant, mélange éclectique d'hommes et de femmes de tous âges jacassant avec enthousiasme. Leur joie est telle qu'on pourrait croire qu'ils sont sortis de prison le matin même.

Je jette un coup d'œil aux panneaux d'affichage des conférences.

Bienvenue, bibliothécaires ! annonce l'un d'eux.

– Êtes-vous un des nôtres ? me demande une femme très élégante aux lunettes originales.

– Si seulement, soupiré-je.

Elle me répond par un large sourire.

Je me présente à l'accueil, tends ma carte de crédit à l'hôtesse qui, après l'avoir insérée dans l'appareil, me la rend en la glissant sur le comptoir.

– Nous sommes heureux de vous accueillir de nouveau, monsieur Gallant.

Ses yeux se posent sur moi un instant. Je vois qu'elle s'interroge. *Vous n'êtes pas un peu jeune pour être M. Gallant ?*

Un gamin dirait : « M. Gallant, c'est mon père. » Juste pour montrer que tout est cool.

– Le plaisir est pour moi, dis-je.

Agir en adulte. Avoir l'air d'un adulte.

– Vous restez avec nous plusieurs jours ?

– Pas si je peux faire autrement.

– Peut-être trouverez-vous à Providence quelque chose qui saura vous plaire ?

Elle me sourit. Je la regarde plus attentivement : cheveux bruns, yeux charbonneux et un uniforme noir dont la coupe banale ne parvient pas à masquer un corps superbe.

On pourrait passer un bon moment ensemble, mais ce type de distraction est à proscrire. Alors au lieu de mordre gaiement à l'hameçon, je fais comme si de rien n'était et je poursuis la conversation.

– Il y aurait donc à Providence quelque chose d'attrayant ?

Elle rit.

– Attention, vous êtes en train de dire du mal de ma ville natale.

– Alors, à moi la vue sur le parking...

Je cherche à rediriger l'attention sur la chambre et l'enregistrement.

Le boulot. Rien d'autre.

– N'ayez crainte, ce n'est pas mon genre, dit-elle.

Elle tape rapidement quelque chose à l'ordinateur. Puis elle lève les yeux et pose son regard sur moi.

– La vérité, c'est qu'il y a plein de choses géniales à faire dans cette ville. Si cela vous intéresse, je peux vous montrer plusieurs endroits qui valent le détour.

Ma tentative pour changer de sujet a échoué. Le moment est arrivé d'être un peu plus direct.

– Ça m'intéresse, mais je ne vais pas avoir le temps. Je suis juste ici pour un voyage d'affaires de courte durée.

– Dommage.

– En effet.

Elle me donne une petite enveloppe contenant ma carte-clef.

Chambre 759. Avec une jolie vue. C'est garanti.

– Merci.

J'évite de regarder son badge. Mieux vaut ne pas être tenté de s'adresser à elle par son nom. Ne pas nouer trop de liens.

Les liens représentent un danger pour moi : ils créent des souvenirs.

Je hoche la tête en remerciement et me range sur le côté, laissant la place au prochain client. Peut-être que lui pourra faire ce qui ne m'est pas permis : visiter ces fameux endroits qui valent le détour, profiter pleinement de son séjour à Providence. Nouer des liens.

Je regarde l'enveloppe contenant la carte-clef.

Chambre 759. C'est là que je vais attendre.

JE QUITTE MES VÊTEMENTS.

Je les range dans une poche en plastique que je glisse dans mon sac de voyage. Je les déposerai plus tard dans une benne de charité. Pas dans une poubelle. Un sac de vêtements dans une poubelle, ça peut intriguer.

Je me regarde, nu, dans le miroir.

Quand je suis habillé, je suis moyen à tous points de vue.

Nu, c'est une autre histoire.

D'abord, il y a ma carrure. Elle pourrait s'expliquer par une activité sportive poussée au lycée, mais je fais quand même en sorte d'avoir quatre ou cinq kilos en trop pour camoufler un peu ma musculature.

Puis il y a ma cicatrice. C'est une méchante balafre, épaisse et dure, à gauche, entre ma poitrine et mon épaule.

Une blessure par arme blanche.

Du bout des doigts j'explore la zone de peau dure.

Mère appelle les mauvaises expériences des *instants pédagogiques*. Des leçons de vie.

J'ai connu un tel instant et il a laissé sur moi une marque

indélébile. Physiquement et mentalement. Je sais désormais qu'être en face d'une personne armée d'un couteau a pour effet de focaliser l'esprit, d'autant plus si le couteau est enfoncé dans la poitrine et que cinq centimètres de lame disparaissent dans la chair.

Cela m'a aussi permis d'apprendre que Mike était capable de tout.

On apprend vite quand on a un couteau planté dans le corps.

On apprend comment sauver sa peau. Ou comment mourir.

C'est ça, être un soldat. On est entraîné à affronter ce type de situation et on espère être prêt le moment venu.

LES DEUX PREMIÈRES ANNÉES DU PROGRAMME SONT CONSACRÉES À LA PRÉPARATION.

Deux années pour me métamorphoser. L'alchimie humaine telle que pratiquée par le Programme.

Au début, j'ai résisté. Puis j'ai accepté.

Mon désir premier d'en finir, de mourir, s'est vite évanoui. Personne, véritablement, ne veut mourir. Ce n'est pas naturel. En fait, j'étais sous le choc. La mort de mes parents, la trahison de Mike, mon enlèvement par des inconnus.

Une fois le choc passé, mon envie de mourir a cédé la place à un instinct plus naturel, celui de vivre.

Je me suis jeté à corps perdu dans l'entraînement.

Aucun autre enfant ne s'entraînait avec moi. J'étais seul avec un groupe de professionnels, tous adultes.

Le Programme semblait tout entier conçu pour moi, ou du moins c'était ce que je croyais à l'époque.

Je me sentais spécial.

Père coordonnait les activités. Mère surveillait ma progression.

J'avais des cours comme à l'école. Tout le curriculum des années de lycée et même un peu plus en moins de deux ans.

Plus un entraînement sportif. Maniement d'armes et tactique.

Sans oublier des cours de stratégie et de psychologie.

Et surtout des examens. Beaucoup, beaucoup d'examens. Rien à voir avec ceux que passe la moyenne des gamins. On y testait mon courage, mon endurance, mes aptitudes combatives, ma capacité à gérer la surprise.

C'était le genre d'examen qu'on réussissait ou qu'on ratait. Point.

Et en cas d'échec, aucun renvoi à espérer.

Lorsqu'on me jugea prêt, on m'expliqua mon nouveau travail.

Sauf qu'ils n'appelaient pas ça travail, mais mission.

On me répétait sans cesse que j'étais un patriote.

Mon travail, en tant que patriote, c'est mon allégeance à la fois au Programme qui m'a donné la vie et à mon pays.

Je ne sais pas si je suis le seul. Il y a peut-être d'autres ados planqués dans des écoles à travers le pays qui font la même chose que moi. Qui s'infiltrent. Qui exécutent.

Mais je n'en ai jamais rencontré.

Sauf un.

Mike. Le garçon qui a tué mes parents.

Le garçon contre qui j'ai dû me battre pour obtenir mon diplôme.

JE PASSE LE DOIGT SUR MA CICATRICE.

Je pense à Mike, mon frère du Programme.

Je le hais.

Je me dis qu'à l'époque je n'avais pas les connaissances requises. Non, ce n'est pas exactement ça, j'étais inexpérimenté.

Plus maintenant.

Aujourd'hui, ça ne se passerait pas de la même manière.

Mais déjà à l'époque j'avais appris une chose : comment survivre.

Pour me distraire, j'allume la TV.

Le problème quand on attend ainsi, c'est qu'on a du temps pour penser et se souvenir. Et c'est la dernière chose dont j'ai besoin. Je regarde le journal télévisé sur une chaîne locale. Quelque part dans le Massachusetts, un important homme d'affaires est mort d'une crise cardiaque.

Je zappe sur CNN et regarde un cycle complet de nouvelles. Ils ne mentionnent rien au journal national.

Le sujet principal des nouvelles de ce soir est la violence

au Moyen-Orient, un revers pour les Israéliens et leurs nouvelles initiatives de paix. Des images d'une rue de Jérusalem jonchée de décombres après une déflagration sont diffusées. Le Premier ministre israélien appelle désespérément au calme.

Je zappe sur MTV.

Une émission consacrée à des histoires de cœur entre ados.

C'est censé être de la télé-réalité mais tout y est faux. Je vois très bien que les participants mentent. Ils ont appris leur texte par cœur.

Lors de mon entraînement, j'ai appris que pour savoir si quelqu'un ment il suffit de baisser le son. Dans la vie de tous les jours, cela équivaut tout simplement à arrêter d'écouter et à regarder les gestes.

Les gens mentent parfois, mais pas leur corps.

Je baisse le volume de la TV. Je regarde les ados, tout en sourires et dents blanches, bouches singeant le jeu amoureux.

Je pense à mon père. Pas celui dont j'attends le mail, non, mon vrai père.

Je le revois, quand j'étais petit, rentrant à la maison après une journée de travail.

Je me souviens de ses habits, de son attaché-case. De la fois où il m'a emmené à son travail à l'université de Rochester et m'a présenté à ses collègues.

J'étais petit. Je faisais confiance. Je croyais.

Plus maintenant.

Je rejoue la scène, le volume baissé, et j'observe mon père. Je le vois discutant avec ses collègues, sa bouche formant des mots inaudibles. Je scrute son visage tandis qu'il me présente. Je regarde dans ses yeux. Il introduit son passe afin d'ouvrir la porte de son labo de recherche et me fait entrer. Je me sens important, fier de pouvoir aller là où personne n'a le droit d'entrer. Mon père est quelqu'un de spécial. Il a des privilèges.

Je passe en revue son bureau. J'essaye de déterminer ce qu'il y faisait.

S'il n'était ni professeur, ni chercheur, ni un homme bien, alors qu'était-il ?

Je repasse cette scène en boucle dans ma tête sans jamais rien détecter de suspect. Juste mon père qui, une trentaine de jours avant sa mort, ne disait que la vérité.

TROIS JOURS SE SONT ÉCOULÉS.

Trois interminables journées à Providence. Je dors, je fais de la gym, je vais au cinéma. Seul. J'attends.

Je fais attention à changer ma routine et je ne lie aucune amitié.

Nous sommes mardi matin quand une sonnerie me sort d'un sommeil agité.

Je me retourne dans le lit et j'attrape mon téléphone.

C'est un e-mail du Programme.

Regarde cette vidéo. Drôle !!!
Papa

Le mot « drôle » est suivi de trois points d'exclamation.

C'est le code pour « message urgent ».

C'est la première fois que je le vois utilisé depuis mon entraînement.

Quelque chose d'urgent requiert mon attention. Une nouvelle mission.

C'est reparti.

Enfin !

JE COMMANDE UN GRAND CAFÉ AU STARBUCKS DU COIN.

– On ajoute une petite goutte de quelque chose ? demande le barista.

– Pardon ? Pourquoi vous me demandez ça ?

– Vous avez l'air d'un jeune homme en mission. Un petit remontant ne peut pas faire de mal.

Je scrute son visage à la recherche d'un signe m'indiquant qu'il sait qui je suis. S'il le faut, je saute par-dessus le comptoir et je le neutralise.

– Juste une goutte, dit-il, ce qui ne tue pas rend plus fort.

Il sourit, alors je souris.

Je vois maintenant qu'il est inoffensif. J'interprétais mal. Les espions chinois ont dû me déstabiliser un peu. Ou alors ce sont toutes ces heures d'attente. Passons. J'ai une tâche à accomplir.

– Eh bien, allez-y, alors, lui dis-je.

– Impec, me répond-il.

Je trouve une place libre tout au fond de la salle et je me connecte au Wi-Fi.

Il m'est facile de sécuriser ma ligne téléphonique, mais pour des instructions liées à une mission, c'est plus sûr d'ajouter une strate supplémentaire d'anonymat entre moi et le reste du monde. Et quoi de plus anonyme qu'un Starbucks.

On m'a enseigné que pour bien se cacher la meilleure technique consiste, paradoxalement, à rester bien en vue.

C'est le meilleur moyen de se rendre invisible.

Mon téléphone se connecte sous un faux MAC ID, l'équivalent d'un numéro de sécu pour portable. Je m'installe confortablement et j'ouvre à nouveau le mail de mon père.

Regarde cette vidéo. Drôle !!!
Papa

Outre un lien YouTube, le mail contient une image à télécharger. Une image de faible taille : 5 K. Elle ne présente rien de spécial, c'est juste une photo d'un paysage de montagne avec un lac. Comme si mon père avait été en vacances et souhaitait partager avec moi un simple instantané.

Si cette photo ne revêt aucune signification, il n'en est pas de même pour sa taille.

5 K égale cinq jours. C'est la fenêtre opérationnelle de ma prochaine mission. Le temps qui m'est alloué.

Je me dis qu'il doit y avoir une erreur. Je regarde à nouveau. 5 K.

Pas d'erreur.

Mon travail se déroule toujours de la même manière : j'entre en relation avec une personne et ses proches, je gagne leur confiance, je m'intègre, et j'exécute.

Sans être détecté bien sûr.

Ce n'est pas un processus rapide. Il faut compter, en général, entre un et deux mois, dépendant de toutes sortes de paramètres.

Cinq jours. De quoi peut-il s'agir ?

Je jette un coup d'œil autour de moi. La plupart des gens sont seuls devant un ordinateur portable. Il y a aussi un couple de personnes âgées qui discute, et deux filles plutôt mignonnes en tenue de sport qui rigolent. Personne ne fait attention à moi.

Je clique sur le lien YouTube. En soi, la vidéo n'a aucune espèce d'importance. On y voit le chanteur d'un groupe connu tomber dans la fosse en pleine chanson. C'est plutôt drôle mais là n'est pas la question. Sous la vidéo, je fais défiler les commentaires jusqu'à ce que j'arrive au seizième.

Premier mot dudit commentaire : Sucks.

Dernier mot : Go.

S.G. Ce sont les initiales du profil Facebook que je dois chercher.

Je me connecte sur Facebook et trouve une dizaine de demandes d'amitié, dont celle d'un type nommé EssGee basé à New York.

S.G. C'est le profil que je cherche. Bien évidemment, ce n'est pas un vrai profil, il n'a pas été créé par un quelconque EssGee ni ne sera retiré par lui une fois la mission terminée. En fait, ce profil est un dossier. J'accepte l'invitation et je clique sur le lien pour me rendre sur la page de ce profil.

Le véritable nom de la personne figure en haut.

S.G. Sam Goldberg.

Première surprise : Sam est une fille.

Je n'aime pas quand les missions impliquent des filles. Les filles sont trop compliquées.

Je suis tout aussi efficace avec les garçons qu'avec les filles, mais les nanas rendent les choses plus difficiles. Les émotions qu'elles suscitent créent des problèmes supplémentaires.

Seconde surprise : Sam est jolie.

Plus que ça, elle est carrément belle.

Elle a un petit côté oriental. Ses cheveux, mi-longs, sont bouclés. Elle a les traits fins et les pommettes saillantes. Sa poitrine est généreuse.

Sa beauté ne m'intéresse pas. Le problème, ici, c'est que beauté veut dire garçons, prétendants, jalousie, compétition. La beauté, potentiellement, complique mon travail.

Je regarde sa photo.

Elle me dit quelque chose. Une alarme très lointaine retentit dans ma tête.

À quelques tables de moi, les filles en tenue de sport éclatent de rire. Leurs dents sont d'une blancheur étonnante.

Je respire à fond. Je me concentre. L'alarme dans ma tête cesse.

Revenons au profil.

Il y a deux albums photo. Le premier contient ma proie.

Je clique dessus.

Des photos de Sam.

Sam sautant sur un trampoline, son visage figé dans un moment de joie.

Sam prenant la parole, intense et passionnée, lors d'une conférence du Modèle des Nations unies.

Sam et trois amies faisant les folles lors d'une soirée, se tenant acrobatiquement les unes aux autres.

Des moments privés dans la vie d'une fille étalés devant moi comme un jeu de cartes.

Espionner une fille innocente me met mal à l'aise.

Mais n'ai-je pas appris que personne n'est innocent ?

Pourtant, cette fille me dit quelque chose. Je n'arrive pas à mettre le doigt dessus.

Je clique sur la photo suivante. Sam et des amis posant devant un étrange immeuble à Manhattan. La façade ressemble à un écran de télévision géant. Je reconnais le nom d'une école privée prestigieuse d'un des quartiers huppés de la ville.

Je passe à l'album photo numéro deux. L'album critique.

Première image. Sam habillée pour un événement mondain non précisé. Tenue de soirée exigée. Inhabituel, comme genre d'événement, pour une ado. Mais peut-être pas pour une riche ado de Manhattan.

Sam est très élégante en noir. Elle est plus jeune que sur les précédentes photos. Celle-ci remonte à plusieurs années.

Photo suivante. Sam posant avec ses parents à ce même événement.

Mes yeux s'écarquillent. Ma respiration s'accélère.

Je double clique pour agrandir l'image. Je dois être sûr que mes yeux ne me jouent pas des tours.

Sam, vêtue de la même robe noire, est debout entre son père et sa mère ; les trois se tiennent par la taille. Le père a l'air très content, tout à fait à son aise devant l'objectif.

Rien d'étonnant. C'est le maire de New York.

MAINTENANT JE SAIS OÙ JE L'AI DÉJÀ VUE.

Samara Goldberg, fille du maire Goldberg.

On l'appelle le maire des quartiers ouest. Le maire du peuple. Le maire qui n'a jamais renié ses origines tout en réussissant à s'élever au-dessus du lot.

Avant d'occuper cette fonction, Jonathan Goldberg était mathématicien-statisticien. Sa société, spécialisée dans la recherche sur les questions de sécurité internationale, lui permit de gagner une fortune grâce notamment à ses théories analytiques. Puis, un peu malgré lui, il fut happé par le monde de la politique. Il connut ensuite une ascension rapide.

Sur la photo, il est grand et maigre, très longiligne comme sa fille. Il est notablement plus âgé que sa femme. La mère de Sam est plus petite, plus jeune. Je vois de qui Sam tient sa beauté.

Je me souviens maintenant de l'histoire. La mère de Sam est morte il y a quelques années dans un accident alors qu'elle séjournait dans sa famille en Israël. Un accident improbable. Mauvais endroit au mauvais moment.

Après la mort de sa femme, le maire ainsi que la ville qui l'affectionnait tant furent en deuil.

Mon cœur bat trop vite. 140 bpm. C'est beaucoup pour moi.

Je me lève et m'étire. Les deux filles se sont tournées pour me regarder. Pourquoi un type s'étire de la sorte dans un Starbucks ?

– J'ai des courbatures, j'ai un peu forcé à la gym, dis-je.

Une des filles se met à glousser et chuchote quelque chose à son amie.

J'attire trop l'attention. Je me rassieds, je concentre mon énergie. Je respire profondément, ralentis mon rythme cardiaque.

Je clique sur la photo pour qu'elle revienne à sa taille d'origine. Je compte dans l'ordre.

J'ai regardé deux photos, mais c'est la troisième qui est importante.

Second album, troisième photo. C'est là que se trouve la cible, toujours.

Ce peut être n'importe qui. Un oncle, une tante. Même une nounou. N'importe qui proche de la famille.

Je clique sur la photo numéro trois.

C'est une photo du maire Goldberg. Seul.

C'est lui la cible.

Sam est la proie, le maire de New York la cible, et j'ai cinq jours.

Voilà ma nouvelle mission.

Je jette un coup d'œil vers le barista. Il est derrière le bar, son visage caché par un nuage de vapeur.

Il est temps de partir.

J'attrape mon téléphone à pleine main et je frappe le coin gauche sur la table. Un seul coup sec, dans une diagonale particulière.

Les deux filles me regardent et froncent les sourcils. Je dois avoir l'air d'un type en colère qui fait n'importe quoi avec son téléphone. Elles se trompent. C'est une sécurité intégrée.

En frappant ainsi le téléphone, l'accéléromètre mesure la puissance et l'angle exact de l'impact et envoie un signal à la batterie, provoquant sa surchauffe et la destruction des éléments internes de l'appareil.

Une rue plus loin, je balance le téléphone HS dans une poubelle qui ferme, et je prends le premier train pour New York.

Dans le train, bercé par le grincement des roues, je pense à la mission qui m'attend. Je me demande comment je vais faire en seulement cinq jours.

Ce sera un défi, sans aucun doute.

Cela dit, les défis, ça me connaît.

MERCREDI. JOUR UN.

Ça commence.

Je me rends dans une école privée très réputée de Manhattan, dans l'Upper West Side.

L'école de Sam.

Le Programme m'a introduit dans le système informatique pendant la nuit. J'apparais désormais dans les fichiers de l'école : mon nom, mon dossier scolaire falsifié ainsi qu'une lettre d'acceptation et la demande de transfert. Dès le matin, toute la paperasserie me concernant est en ordre et je figure en bonne et due place sur les listes d'appel des professeurs.

Maintenant, c'est à moi de jouer.

Je suis assis dans une salle de permanence où sont regroupés des élèves de la troisième à la terminale.

Sam est dans une autre pièce. J'ai fait exprès d'être dans cette salle plutôt que dans la sienne parce que j'ai besoin de trouver mes repères. Avec quelqu'un d'aussi connu que Sam, je dois d'abord établir où elle se situe hiérarchiquement. La fille du maire peut être toutes sortes de choses. Afin de déterminer quoi exactement, je dois la voir en action. Je dois savoir où elle se situe dans l'ordre social et, tout aussi important, où elle-même estime se situer.

Un problème se pose à moi. Au lycée, les premières impressions sont déterminantes. Or, comme je ne connais pas encore Sam, je ne sais pas quelle première impression je dois m'efforcer de lui faire. Arriver tout feu tout flammes avec une identité en béton armé serait prendre un trop grand risque. Le mieux est de rester discret et de s'infiltrer en douceur.

– Tu es nouveau ? me demande une fille du groupe.

Elle est assise à côté de moi, ses yeux surmaquillés me scrutent par-dessous une épaisse frange de cheveux. Sans doute une troisième ou une seconde.

– Plus ou moins.

– Alors pourquoi je ne t'ai jamais vu avant ?

Je jette un coup d'œil par-dessus son épaule vers un garçon. Sportif, tout en pectoraux et biceps. Elle a passé les dix dernières minutes à le regarder en douce.

– Peut-être parce que tu es obsédée par lui, dis-je en montrant le type.

Elle devient toute rouge.

– C'est pas drôle, marmonne-t-elle.

Je hausse les épaules.

Conversation terminée.

J'entends des gloussements deux rangs derrière moi.

C'est un garçon plus jeune, sans doute quatorze ans, teint pâle et cheveux en pétard. Portrait craché du petit loser. Du genre qui mate.

– Elle était bien bonne celle-là, me dit-il.

– Merci, réponds-je.

– Un transfert au mois d'avril, dit-il, tu as énervé qui ?

– J'ai été renvoyé de Choate.

– Alors tu as dû vraiment déconner grave...

Je hausse les épaules et retourne à ma lecture.

Que les rumeurs commencent ! C'est un bon début, instiller un peu de mystère dans mon histoire. Plus tard, je pourrai la raconter des dizaines de manières différentes, me transformer en renégat, victime ou rebelle – selon ce qui sera le plus efficace.

Pour l'instant, je compte sur ce gamin pour répandre le bruit. Et je note mentalement de le surveiller de près. Il faut toujours se méfier des outsiders. Ils passent leur temps à mater les autres. Ils n'ont que ça à faire.

Dix minutes s'écoulent tandis que j'observe mon groupe. Je regarde les habitudes des uns et des autres, les comportements, les styles vestimentaires. J'écoute le rythme de la langue et note les manières de faire propres à cet établissement. Je m'imprègne de tout.

À huit heures cinq, trois notes résonnent à quelques secondes d'intervalle et les élèves se lèvent de leur chaise.

Le moment est arrivé de rencontrer Sam.

POUR EUX, C'EST JUSTE UN JOUR COMME LES AUTRES.

C'est pour ça que je commence un mercredi. Milieu de semaine. Pas d'excitation. Pas d'attentes particulières.

Et de préférence le matin. Les gens sont encore à moitié endormis et leur niveau d'attention n'est pas au plus haut.

Si nous étions dans une de ces grandes écoles publiques, je pourrais sans doute passer inaperçu des jours entiers, demeurer invisible jusqu'à ce que je décide d'émerger. Pas ici. Les effectifs sont bien trop faibles dans le privé, et la durée de ma mission trop courte pour agir avec discrétion.

C'est donc à la première heure du mercredi que j'entre dans la classe où Sam suit son cours d'études européennes. J'arrive trois minutes avant la sonnerie. Suffisamment tard pour ne pas être en avance. Suffisamment en avance pour ne pas être en retard.

Quelques regards se lèvent quand j'entre. Ma présence est notée et aussi vite ignorée.

C'est exactement ce que je veux.

Je m'installe au fond de la classe et j'attends.

Sam arrive.

Elle est grande et athlétique, son corps anguleux contraste avec les boucles qui entourent son visage et tombent en cascade sur ses épaules.

Les photos que j'ai vues sont loin de lui rendre justice. Elle est stupéfiante.

Elle entre dans la classe avec un certain aplomb et s'assied au premier rang. Elle est flanquée de deux amis, à droite une superbe fille aux cheveux noirs, à gauche un immense gars à l'abondante chevelure hirsute. La Grande Tignasse s'efforce d'avoir l'air à l'aise.

Soudain la porte s'ouvre en grand et le professeur entre, un homme mince et barbu, les yeux légèrement tombants sous l'effet du temps. Si son visage trahit son âge, on ne peut pas en dire autant de son énergie. Dans la plupart des écoles les enseignants sont fatigués, mais pas ici. Ici, ils sont passionnés.

Ce prof entre dans la salle alors qu'il a déjà commencé son cours dans le couloir tant il est impatient de démarrer. Flûte, je parie même qu'il a commencé alors qu'il était encore sur le parking !

– Roosevelt et la loi prêt-bail, dit-il.

La classe plonge dans le silence. Il me jette un coup d'œil rapide. Son cerveau enregistre la nouveauté. Je le vois sur son visage.

Il regarde sa liste d'appel et trouve mon nom.

– Tu es nouveau, dit-il.

– Faut croire, réponds-je.

Plusieurs gamins rigolent.

– Bienvenue à toi. On te briefera très vite, dit-il avant de revenir à son cours : L'Amérique prête des armes à la Grande-Bretagne pendant la Seconde Guerre mondiale, mettant un terme à sa neutralité sans pour autant entrer officiellement en guerre. Dites-moi, selon vous, s'agissait-il d'un acte de lâcheté ou d'une décision diplomatique pertinente ?

J'ai déjà vu cette question. Elle apparaît vers la fin du cursus. Chapitre 10. La montée des dictateurs et la Seconde Guerre mondiale.

En réalité, je connais la totalité du cursus du second cycle. J'ai déjà tout étudié ; il s'agit juste pour moi de me rafraîchir un peu la mémoire.

Si je voulais, je pourrais très bien participer au débat et montrer de quoi je suis capable. Mais je n'ai pas intérêt. Pour l'instant, je vais rester en retrait, écouter et apprendre.

Et regarder.

Il semblerait que je ne sois pas le seul à adopter cette stratégie.

Sam non plus n'entre pas dans le débat tout de suite. Elle prend le pouls de la discussion et attend son moment. Quand il se présente, elle dénonce avec véhémence une décision prise, selon elle, par lâcheté.

– Nous aurions dû nous engager bien plus tôt, dit-elle. La loi prêt-bail n'a été votée par le Congrès qu'à une seule voix près. Personne ne voulait s'engager. Nous refusions de choisir un camp.

– Une minute ! Ce n'était pas encore notre guerre à ce moment-là. Hitler avait envahi la Pologne, pas Pittsburg, que je sache, s'exclame un gars aux allures de joueur de foot.

– Donc si ça n'a pas lieu dans notre pays, alors ce ne sont

pas nos affaires, c'est bien ça, Justin ? Loin des yeux, loin de l'esprit. Comme pour le Darfour ? Comme pour Sarajevo ?

– Et que fais-tu de l'Irak ? On est allés là-bas, dit une des élèves.

– Oui, mais pour défendre des intérêts économiques. Moi je te parle de faire ce qui est juste pour des raisons justes, défend Sam.

– Faire ce qui est juste, ça te connaît bien, ça, hein Sam ? dit en ricanant Justin.

– Qu'est-ce que tu insinues ? demande Sam d'un ton défiant.

Justin jette un coup d'œil au professeur, puis se lance :

– Ton père ramasse les SDF dans la rue pour les envoyer aussi loin que possible d'ici, voilà ce que je dis. Ça, c'est la realpolitik.

– Hors cadre, dit le professeur. N'oubliez pas les règles que nous nous sommes fixées. À moins que M. Goldberg n'ait été maire en 1942, il n'est pas concerné par notre discussion.

– Attendez, dit Sam, je veux en parler, moi. Parce que ce n'est pas ce qui est en train de se passer. Mon père ne ferait jamais une chose pareille.

– La réalité t'a appelée, tu lui manques, dit Justin sur un ton moqueur.

Sam claque alors violemment son livre sur le bureau.

– J'en ai plus qu'assez ! Et j'en ai plus que marre de cet intellectualisme de comptoir qui passe pour du débat dans cette école, s'exclame-t-elle.

D'un coup elle se lève, et poursuit :

– Des gens meurent et on ne fait rien. Nous refusons de

choisir un camp parce que nous avons peur, un point c'est tout. C'est la vérité. Et c'est ça le problème.

Grand silence dans la classe. Debout, les poings serrés, Sam a le visage tout rouge.

– Wouah, dit la Grande Tignasse en lui touchant le bras.

– Lâche-moi, ça va.

Non, en fait, ça n'a pas l'air d'aller du tout. Des gouttes de sueur perlent sur son front et elle lance des regards aux uns aux autres comme si elle s'apprêtait à frapper quelqu'un. C'est une réaction bien vive pour un débat de classe aussi anodin. Je commence à m'interroger sur son état émotionnel.

Les autres élèves de la classe évitent de la regarder, préférant fixer leur pupitre ou gribouiller sur un coin de feuille.

Sam prend une minute pour se calmer, s'excuse et se rassied.

– Ça va aller, lui souffle son amie aux cheveux noirs, en lui passant la main dans le dos.

– C'est juste de la politique, ajoute Justin. Ce n'est pas personnel.

– Pour moi la politique *c'est* personnel, rétorque Sam.

Le professeur a une moue désapprobatrice puis interpelle la classe du regard.

– Une blague serait la bienvenue pour réchauffer l'ambiance..., mais il semblerait que mon sens de l'humour se soit fait la belle, dit-il.

Une poignée d'élèves gloussent. L'ambiance gagne quelques degrés.

La frustration de Sam, qui sait qu'elle doit abandonner le débat, est visible.

Passionnée, intelligente, blessée émotionnellement : voilà un mélange inhabituel.

Intéressant.

Une question demeure cependant : Comment vais-je m'y prendre pour l'aborder ?

Je n'ai pas encore la réponse, mais je sens qu'elle mûrit.

C'est alors que le professeur annonce :

– Mesdames, messieurs, votre mission si vous choisissez de l'accepter...

Alors que je m'attends à ce que la classe grogne à l'unisson, c'est tout le contraire qui se produit. Les visages s'illuminent, les cahiers s'ouvrent, les stylos sont suspendus au-dessus des feuilles, prêts à noter.

– Les protagonistes : Staline, Hitler, Mussolini.

Il passe en revue les élèves, un léger sourire aux lèvres. Son regard se pose sur moi puis il poursuit :

– Le scénario : ces trois tristement célèbres dictateurs se retrouvent en enfer pour évoquer les erreurs commises pendant la guerre. À rédiger sous forme de dialogues, dix pages au minimum. Vous pouvez travailler à deux.

La sonnerie retentit et tout le monde se lève et cherche un partenaire pour parler du devoir.

Je range mes affaires dans mon sac à dos quand j'entends la voix de Sam.

– Et toi, le nouveau, dans quel camp tu te situes ?

Elle se tient là, plantée devant ma table et elle me toise. Sans sa clique. Juste elle, à quelques dizaines de centimètres de moi, qui me fixe avec insistance.

Premier contact. Et je n'y suis pour rien.

J'aurai tout loisir, plus tard, de déterminer pourquoi c'est elle qui est venue à moi.

– Tu veux vraiment savoir ce que pense le nouveau ?

– Tu n'as pas prononcé un mot pendant tout le débat alors, oui, j'aimerais savoir.

– Peut-être que le nouveau est un abruti qui n'a pas grand-chose à dire.

– J'en doute.

Je veux la déstabiliser si je peux, essayer de reprendre la main.

– À mon avis, le devoir est débile, dis-je.

Elle hoche la tête. Semble intéressée.

– Continue.

– Pourquoi partir du principe que les dictateurs se retrouvent en enfer ?

– Hitler ne méritait pas d'aller en enfer ? C'est ça que tu insinues ?

– Non, ce que je pense c'est que personne n'a remis en question le présupposé même du devoir : les dictateurs sont mauvais, la guerre est mauvaise, les méchants vont en enfer, les bons au paradis. C'est simpliste.

– Donc tu prônes le relativisme moral ?

– Pourquoi pas, dis-je.

Je vois qu'elle se raidit.

– Tous les dictateurs estimaient qu'ils avaient raison. Ou, du moins, qu'ils faisaient le mal pour de bonnes raisons, poursuis-je.

– La fin justifie les moyens.

– C'est parfois le cas. C'est facile d'être indigné par un génocide, car quel est le contre-argument ? Il n'y en a pas. Mais quand il s'agit par exemple d'un lanceur d'alertes dans une entreprise ? Ou d'un père qui triche avec ses impôts pour pouvoir payer l'école de son enfant ? Ou d'une mère qui falsifie son dossier médical pour être acceptée par une mutuelle ?

Ou de moi.

Et des choses que je fais. Mes missions.

– Toutes ces choses sont mal, mais toutes sont faites pour de bonnes raisons.

– Alors je peux faire du mal à quelqu'un si c'est pour le bien commun ?

– Peut-être.

– Mais qui décide de ce qui est le bien commun ? C'est ça le problème.

– Bonne question.

– Et tu réponds quoi ?

Je réfléchis une seconde.

– En tout cas, ce n'est pas nous qui décidons.

Elle croise les bras et secoue la tête d'un air déçu.

– Il semble que le nouveau est un républicain, dit Sam. Au plaisir de te pulvériser lors du prochain débat.

Elle me lance un rictus dédaigneux, tourne les talons et sort de la salle.

Conversation terminée. Pour l'instant.

LA GRANDE TIGNASSE M'ATTEND DANS LE COULOIR.

À peine sorti de la classe, il me coince.

– Tu t'es vraiment fait virer de Choate ?

Les nouvelles vont vite.

Poitrine bombée, ton moqueur, ce type joue au mâle dominant. Je réfléchis un instant et décide de répondre à sa question pour voir ce qu'il a dans la tête.

– Oui, j'ai vraiment été renvoyé.

– Pour avoir joué au con ?

– Tu m'étonnes.

– Ici, tu n'as pas intérêt à remettre ça.

Derrière lui, Sam parle à une fille. Cheveux blonds, jupe super serrée, fossettes. Elle ne fait pas partie de la section européenne. Elle est plus nerveuse que les autres amis de Sam.

J'observe leur manière de se parler, leur gestuelle.

– Tu es facilement distrait, dit la Grande Tignasse.

Je retourne mon attention vers lui.

Ce gars n'est pas le genre à se laisser démonter.

Voyons ce qu'il a vraiment dans le ventre.

– Je ne suis pas distrait. Tu n'avais rien d'intéressant à raconter alors j'ai estimé que la conversation était terminée.

– C'est moi qui décide quand elle est terminée.

– Tu es qui, ma mère ?

– Non, je suis ton pire cauchemar, mon pote. Je suis celui qui se trouve entre toi et ce que tu veux.

Il poignarde l'air avec son index pointé sur moi.

– Et c'est quoi ce que je veux, au juste ?

– À leur arrivée, tous les nouveaux tentent leur chance avec Sam. C'est la manière la plus rapide d'entrer dans le cercle.

Voilà qui est éloquent. Visiblement, ce type a un lien avec Sam, reste à savoir lequel.

– Ce n'est pas mon cas, rétorqué-je.

– Je t'ai vu lui parler à la fin du cours.

– C'est elle qui est venue me parler.

– Que tu dis.

– Comme tu voudras.

Il fronce les sourcils et jette un coup d'œil derrière lui. Sam et sa clique sont en train de partir sans lui.

– Laisse-moi deviner, Sam est ta petite amie.

Un tic nerveux a traversé son visage. J'en mettrais ma main au feu.

– Pour ton info, nous sommes de vieux amis. Je la protège. Si tu veux, je suis une sorte de détecteur de trouducs.

– Si je comprends bien, ton truc à toi c'est les fesses quoi. C'est ça que je dois comprendre ?

– Très drôle. En tout cas, tu es prévenu.

Et voilà qu'il me menace à nouveau avec son doigt.

Moins d'une seconde. C'est le temps qu'il me faudrait pour le neutraliser.

Prise et torsion.

Au cinéma, il n'est pas rare de voir le coup du doigt rabattu violemment en arrière. C'est efficace, nul doute, mais ça prend trop de temps. L'articulation du doigt jouit d'une certaine souplesse vers l'arrière mais de quasiment aucune latéralement. Si c'est la rapidité et l'effet de surprise que vous cherchez, alors la torsion latérale est tout indiquée.

La Grande Tignasse se tient là, le doigt tendu, totalement inconscient du danger qu'il court.

Mais je ne vais pas le neutraliser, du moins pas encore.

Je préfère lui montrer que je n'ai pas peur et utiliser sa colère pour en savoir plus sur Sam dans les jours qui viennent.

– Je t'ai à l'œil, n'oublie pas, me prévient-il.

– Oublier ? Tu fais quatre mètres de haut !

JE PROFITE DE L'HEURE DU DÉJEUNER POUR ME RENDRE À L'APPLE STORE.

C'est un des avantages d'un campus ouvert. Je peux sortir de l'école quand et comme je veux. J'en profite pour me familiariser avec le quartier.

C'est en marchant qu'on apprend le mieux à connaître un lieu. En marchant encore et encore. Arpenter les rues jusqu'à sentir qu'on est du coin.

Tout en marchant, je songe à Sam. Pourquoi m'a-t-elle abordé de la sorte ?

J'élabore plusieurs hypothèses, mais ne parviens à aucune conclusion.

J'arrive au grand cube translucide situé sur la 67e rue, j'entre et j'achète cash le tout dernier iPhone.

– Je vous le mets en route ? me demande un des gars du Genius Bar.

– C'est vous le génie.

Il acquiesce, reconnaissant.

– Vous seriez surpris du nombre de personnes qui n'ont pas l'air de s'en rendre compte.

Il me tend l'appareil pour que je saisisse mon identifiant Apple. J'utilise celui de cette mission.

Il reprend l'appareil, fait le nécessaire et me le rend.

– Vous avez un bon Wi-Fi ici ?

– Top de chez top.

– Alors je vais en profiter pour télécharger quelques apps avant de partir.

– Pas de problème.

Je trouve un coin de table auquel m'accouder et je vais dans l'App Store sur mon téléphone. Je cherche une app nommée HIGH SCHOOL LOCKER. Je la télécharge et l'ouvre. Sur l'écran apparaît un cadenas à combinaison.

Saisissez une combinaison ! Gardez vos photos, vidéos et livres dans un casier personnel loin des regards.

Je tape un code. Pas à trois chiffres comme le ferait l'utilisateur lambda, mais à dix chiffres. Une fois terminé, il y a un clic et la roue du cadenas se met à tourner.

Une barre de progression s'affiche en bas de l'écran.

Le téléphone se connecte à un serveur secret puis télécharge et installe une suite de sécurité complexe. La roue s'arrête alors de tourner et le téléphone redémarre.

Il n'a pas changé d'allure mais il est désormais débridé. Deux systèmes d'exploitation fonctionnent parallèlement. Un en surface, un en dessous.

En glissant la barre vers la droite, l'appareil entre en mode traditionnel. Si quelqu'un tombe dessus et souhaite s'en servir, il ne verra qu'un simple téléphone avec lequel il peut appeler, jouer, etc. Mais si j'effectue le fameux geste en diagonale, l'appareil passe en mode sécurisé. J'ai alors accès à toute une série d'apps qui rendent cet appareil juste exceptionnel.

Après l'avoir mis en mode sécurisé, je clique sur l'icône de l'appareil photo. Je configure les réglages en cliquant trois fois sur le flash. Je vise comme pour prendre une photo...

– C'est le nouvel iPhone ? me demande une fille.

Elle doit avoir quinze ans, de longs cheveux bruns, une épaisse couche de gloss sur les lèvres. Elle porte un sac à dos sur l'épaule. La bandoulière tire sur son T-shirt qui, du coup, moule ses seins.

– Oui, il est tout neuf.

– Ce que j'aimerais pouvoir m'en acheter un !

Elle ouvre grands ses yeux et me demande si je veux qu'elle me prenne en photo. Je lui réponds oui et lui passe mon portable.

– Qu'il est beau !

– Moi ou l'appareil ?

– Ton iPhone, évidemment, dit-elle en riant.

– Tout est prêt, tu n'as plus qu'à appuyer sur le bouton.

Elle me prend en photo. Du moins c'est ce qu'elle croit.

En réalité, elle vient d'envoyer un localisateur à Père.

Je suis ici. J'ai commencé.

Alors que je tends la main pour récupérer le téléphone, je m'aperçois qu'à l'autre bout du magasin un homme nous regarde. Cheveux frisés, barbe impeccable, teint mat, regard intense.

Trop intense.

J'ai l'impression qu'il nous observe mais je n'en suis pas totalement certain. À peine ai-je le temps de me tourner dans sa direction qu'il a bougé la tête. Pas en réaction à moi, je crois, mais parce qu'il semble scanner méthodiquement le lieu.

Je continue de l'étudier un moment. Il a une vingtaine d'années, il est petit et sec. Peut-être un amateur de salles de sport. Ou d'un autre genre d'entraînement.

– Tu as un petit ami ? je demande à la fille.

Cela pourrait expliquer notre barbu.

– Pas en ce moment, me répond-elle en souriant.

Visiblement, elle a mal interprété ma question.

Elle me propose alors qu'on se photographie ensemble, afin de saisir l'instant ou un truc dans le genre. Elle se réapplique une couche de gloss. Ses lèvres scintillent, éclairées par la lumière d'un écran d'ordinateur.

Je regarde à nouveau vers l'homme. Il n'est plus là.

– Merci, mais je dois retourner au lycée. Désolé.

Je lui prends le téléphone des mains.

– À quel lycée ?

Je hausse les épaules et marmonne un truc inaudible en m'éloignant. Bref, je l'envoie promener.

Elle semble déçue.

C'est la vie.

Et c'est surtout le boulot.

JE SORS DU MAGASIN ET IMMÉDIATEMENT JE SENS QUELQUE CHOSE.

Une présence.

Qui me suit.

Je la sens à la lisière de ma conscience. À peine perceptible.

La Grande Tignasse peut-être ?

J'en doute.

Le barbu de l'Apple Store ?

Possible.

Je m'arrête et fais rayonner mon attention autour de moi comme un sonar.

Je fais un pas. J'écoute.

Je ne détecte aucun mouvement, aucun changement.

Alors je prends la direction de l'école. Je m'arrête au croisement de Broadway et Amsterdam. En attendant que le feu passe au vert, je scanne les alentours. Toujours rien. J'ai appris à faire confiance à mon intuition mais aussi à la mettre à l'épreuve. Dont acte.

Je fais un petit signe de la tête à un employé de la sécurité d'un drugstore en pause cigarette, ce qui me permet de casser mon rythme. Au coin de la 72e rue, je bifurque soudain vers West End Avenue. Elle est moins fréquentée et il y est plus difficile de suivre quelqu'un à son insu.

C'est alors que je la sens à nouveau.

La Présence. C'est un homme.

Ce n'est pas la Grande Tignasse. Il serait déjà sur mes talons, à me mettre la pression.

La Présence, elle, connaît son métier.

Je rejoue ma conversation de tout à l'heure avec Sam. Sa voix ne trahissait aucune inquiétude, juste de la curiosité. Elle me testait. Et c'est bien elle qui est venue vers moi.

L'idée me traverse l'esprit qu'il se passe quelque chose d'assez grave pour qu'elle se soucie d'un nouveau venu et qu'elle demande à son service de sécurité de me surveiller. Je laisse l'idée me traverser l'esprit mais je la rejette. Je n'ai encore rien fait à New York.

La Présence est pourtant bel et bien là, elle se tient parallèle à moi, suivant et imitant mes faits et gestes à une rue plus loin vers l'est, sur Broadway.

J'ai le choix entre la semer ou l'affronter.

La semer temporairement, en me glissant dans un immeuble, un taxi ou en faisant demi-tour.

La semer irrémédiablement, en l'amenant vers Riverside Park pour la coincer, lui poser quelques questions et, pour finir, laisser son cadavre aux bons soins d'un joggeur matinal.

Mais ce ne serait pas une très bonne idée d'augmenter les effectifs de la police dans le quartier justement cette semaine.

Alors ce sera le second choix : l'affronter pour savoir à qui j'ai affaire.

Qu'elle ait un lien avec Sam, le Programme ou rien du tout, je dois savoir.

Je presse le pas et me dirige vers l'école. Je sens que la Présence continue d'avancer sur Broadway à la même vitesse que moi. Je me souviens d'une église repérée plus tôt dans le quartier. Une église avec une allée sur un côté.

Exactement ce qu'il me faut.

Je marche vers l'est sur la 81e rue, projetant mon énergie vers Broadway comme si j'allais apparaître là-bas, mais au lieu de cela, je bifurque soudain dans l'allée et ressors au niveau de l'église sur la 80e, et de là je rejoins la 81e.

Si j'ai bien calculé mon coup, j'attraperai la Présence en la devançant sur la 81e. Une rue tranquille. Peu de circulation.

Nulle part où se cacher.

J'attends encore deux secondes, je sors au croisement de la 81e et de West End, et je regarde en arrière vers Broadway.

Personne.

Un doute infime traverse mon esprit. Aurais-je tout imaginé ?

Je respire lentement, mes sens sont en alerte et, par degrés successifs, j'étends mon rayon d'observation.

Rien.

Qui que ce soit, une chose est sûre, il est doué.

Et déjà loin.

J'AI MON NOUVEAU TÉLÉPHONE EN POCHE.

Il est temps de l'utiliser.

Je me glisse dans le hall d'un vaste immeuble et trouve un coin tranquille. Je fais mon fameux geste en zigzag pour mettre le téléphone en mode sécurisé et je cherche DAD dans mes contacts.

Je ne reconnais pas le numéro qui s'affiche.

Mais je sais que si j'appuie dessus, l'appareil va se bloquer et s'autodétruire.

Alors pas touche.

J'avance mon index vers la photographie qui se trouve en haut à gauche de la fiche contact. On y voit un T-shirt avec *World's Greatest Dad* écrit dessus. Je glisse la photo vers la droite et à la place du nom de mon contact apparaît un numéro de téléphone.

Cette fois, je peux appuyer.

– C'est moi, dis-je.

– J'ai reçu la photo que tu m'as envoyée tout à l'heure, tout roule ? demande Père.

– Oui et non.

Silence. Je suis sorti du protocole et Père s'en est immédiatement rendu compte.

– Il y a un problème ?

Comment aborder prudemment le sujet de la Présence ?

Je décide de tester une hypothèse. Et si la Présence avait été envoyée par le Programme pour me surveiller ?

Cela ne s'est jamais produit, du moins pas à ma connaissance. Cela fait deux ans que je suis sur la route, qu'on me confie des missions et qu'on me laisse les exécuter seul.

Mais cette mission-ci est différente. Des délais très courts et une cible on ne peut plus VIP. Il est donc probable qu'on me surveille de très près. Alors je dis :

– Je me demande si je n'ai pas aperçu quelqu'un que tu connais.

– Je ne connais pas grand monde à New York, me répondit-il avec précaution.

– Peut-être un ami que tu aurais envoyé pour voir si tout se passait bien pour moi ? Étant donné que je suis nouveau ici.

– Où as-tu vu cette personne ?

Sa voix s'est crispée. Il le masque bien, mais son ton est monté d'environ cinq pour cent dans les aigus.

Une personne normale n'aurait rien détecté.

Moi si.

– Je ne l'ai pas exactement vue. C'était comme ça en passant. À l'Apple Store et encore dans la rue à l'instant.

– Tu lui as parlé ?

– La situation ne s'y prêtait pas.

La situation était qu'il me suivait. Je marchais et il me suivait.

– Non, je ne suis au courant de rien, dit Père.

J'écoute sa voix avec attention pour déterminer s'il dit la vérité. Je crois que c'est le cas. La Présence n'aurait donc aucun lien avec le Programme. Mais c'est difficile d'être sûr.

– J'espère qu'il ne t'a pas embêté.

– Non, il ne m'a pas embêté.

– Notre conversation me préoccupe. Surtout vu les délais de ta nouvelle mission.

– Oui, ils sont très courts.

– Tu ne peux pas te permettre de distractions. Ta mère et moi avons à nouveau parlé de ce qui s'est produit la dernière fois.

– À quoi fais-tu référence ?

– Aux quatre obstacles.

Les espions chinois.

– Mère disait que ce n'était pas si grave, réponds-je.

– En soi non, mais je ne voudrais pas que nous ayons affaire à un motif récurrent. Des choses inattendues qui surgissent soudain.

Un motif récurrent de quoi ? Père est-il en train de laisser entendre que j'ai pu échouer ?

Je suis certain que ce n'était rien, dis-je.

Je veux revenir à ce qui importe. Reprendre la main.

– Je ne suis même pas convaincu d'avoir vraiment vu quoi que ce soit. J'ai juste pensé que je devais vérifier avec toi, ajouté-je.

– Tu as bien fait, surtout pour quelque chose d'aussi important que ça.

– Je dois y aller maintenant. Je dois retourner à l'école.

– Bien sûr. Tiens-moi au courant. Et si tu vois cette personne à nouveau, fais-le-moi savoir, d'accord ?

– D'accord.

Il raccroche.

Cette conversation et les questions qu'elle soulève me préoccupent.

Mais je ne peux rien y faire pour l'instant.

Je regarde autour de moi dans le hall, à l'affût de quoi que ce soit qui pourrait sortir de l'ordinaire. Rien. Juste des gens en costume qui montent et descendent sur les escalators, qui vaquent à leurs occupations.

Il est temps pour moi de me consacrer aux miennes.

UN CRI RETENTIT DANS LE COULOIR PRINCIPAL DE L'ÉCOLE.

Je l'entends du hall d'entrée.

– Arrêtez ! hurle une voix stridente.

Une fille, c'est sûr.

Je jette un coup d'œil. Raté. C'est le petit pâlot du groupe de ce matin.

Deux grands gaillards sont en train de le bousculer dans un recoin peu visible du corridor central.

Dans cette école, il y a toutes sortes de microlieux pour réviser et travailler en paix. Des espaces en forme de L, des culs-de-sac, de minuscules alcôves avec vue sur la ville agrémentées de confortables poufs. Dans une prison, ce type de lieu n'est autre qu'une souricière. Un coin aveugle difficile à surveiller, où tout peut arriver. Ici, cela s'appelle « espace d'étude alternatif ».

Et notre petit geek est effectivement en train d'y recevoir une bonne leçon.

– Arrêtez ! couine-t-il à nouveau.

J'entends une salve d'injures suivie d'un bruit sourd. Le plus costaud projette le gringalet contre le mur. C'est Justin, le type au physique de footballeur de ce matin. Une bête. Sous le regard impassible de son copain à la peau qui brille, il frappe le petit avec une puissance digne d'un train de marchandises.

Chiffe molle aux bras pendants, le gamin se laisse punir sans même tenter de se protéger. Il n'en a plus la force.

La loi du plus fort. C'est partout pareil.

Cet incident ne concernant ni moi ni ma mission, j'avance comme si de rien n'était tout en surveillant la scène du coin de l'œil.

J'arrive à leur niveau quand Justin lui assène un coup de poing dans l'estomac. La moitié d'un coup de poing, à vrai dire. Le coude est resté plié et il n'a pas pris d'élan. Mais bon, un coup dans le bide reste un coup dans le bide.

Pas sympa.

Il me suffirait d'une seule seconde pour arrêter ça.

Je pourrais racler ma gorge. Attirer l'attention.

Ou je pourrais aussi en finir une fois pour toutes avec ce Justin. Faire qu'il ne puisse plus jamais lever le bras au-delà de son nombril. Fini les exploits sportifs pour appâter les filles ! Je lui arracherais le bras...

Mais cela ne servirait pas ma mission.

Le pâlot gémit. Je l'ignore et poursuis mon chemin.

Ne pas s'impliquer. C'est la meilleure façon de gérer l'incident.

Soudain, dans mon dos, j'entends crier une fille.

C'est Sam.

– Non mais vous allez arrêter ! s'époumone-t-elle.

Je me retourne et la vois droite comme un piquet, les bras croisés sur la poitrine, toisant les deux lourdauds.

Comme il fallait s'y attendre, elle, elle a décidé de s'impliquer.

Elle choisit mal son moment. Je viens de rater une occasion en or de faire le héros. Maintenant je vais devoir me démener comme un fou pour rattraper le coup.

– Occupe-toi de tes affaires, lui lance Justin.

– Justement, c'est ce que je fais, répond Sam.

Il sort de l'alcôve d'un pas menaçant. C'est un géant à côté d'elle.

Mais elle n'a même pas peur. Elle s'en fiche et ne lâchera pas l'affaire.

C'est impressionnant à voir.

– Tu vas faire quoi, Sam ? Courir pleurnicher dans les bras de papa ? lui demande Justin.

Il a prononcé son nom avec mépris, ajoutant des syllabes là où il n'y en a pas.

Le moment de refaire une apparition est arrivé. Je vais la jouer genre héros ordinaire.

Je me dirige vers eux en faisant mine d'être intéressé mais ni plus ni moins que n'importe quel élève qui passerait par là.

– Qu'est-ce qui se passe ? demandé-je d'une manière qui, tout en laissant entendre que je ne vais pas intervenir, signale le fait que je suis un bon citoyen.

Justin me regarde, puis Sam. Le copain avec le problème de peau est toujours là, à ses côtés.

Je fais un autre pas vers eux.

Sam me regarde toujours.

– Barrons-nous, dit Justin.

Ils partent dans ma direction.

Je continue de marcher tout droit vers Sam en laissant néanmoins un peu de place pour nos deux types. Arrivé à mon niveau, Justin fait mine de m'envoyer un coup de poing dans la figure.

Nos regards se croisent.

Il baisse son poing.

Je continue de me diriger vers Sam, qui est en train d'aider le petit pâlot à reprendre ses esprits.

– Ça va aller, Howard, lui dit-elle.

Elle lui époussette les cheveux, mais un de ses doigts se prend dans un nœud. Un peu honteux, il baisse le regard.

– Merci, Sam.

– Tu veux que j'appelle quelqu'un ? l'infirmière ? lui demande Sam.

– Non, ça va, dit-il d'un ton gêné.

Puis, brusquement, il s'écarte et part en courant.

Sam soupire.

– Tout va bien ici ? demandé-je.

Mon ton est volontairement neutre. Ne pas faire le fier. *C'est grâce à moi que tout s'est arrangé, mais je n'en fais pas tout un plat.* Voilà le message que je veux faire passer.

– Oui, mais pas grâce à toi.

– Comment ça ? Je suis intervenu, quand même ! dis-je.

– Qu'est-ce que tu racontes ? Je t'ai vu passer devant eux sans rien faire. Mais cela ne me surprend pas de la part de quelqu'un qui ne croit pas en l'existence du bien et du mal.

Mince. Elle a tout vu et le coup du héros qui arrive en sauveur tombe à l'eau.

Position de repli. Jouer au rebelle. *On m'a pris sur le fait et je m'en fiche.*

– Je suis le nouveau, tu te souviens ? Je ne m'occupe que de mes affaires, dis-je.

– Notre Histoire est remplie de gens comme toi, de spectateurs de crimes de guerre.

– Tu ne me connais pas.

– Et je n'en ai aucune envie, répond-elle sèchement.

Elle part, énervée, en me coupant le chemin.

Tout ça n'est pas bon. Nous ne sommes que le premier jour et déjà je suis sur sa liste noire.

Dans d'autres circonstances, je me dirais que c'est déjà pas mal d'avoir pénétré son cercle si vite. Mais étant donné mes délais, je dois retourner la situation fissa.

– Elle a des problèmes avec les hommes, dit une voix.

C'est le pâlot, Howard. Il s'était caché dans un coin et écoutait notre conversation.

– Quel genre de problèmes ?

– Un chagrin d'amour.

– Vraiment ?

– Il y a quelques années de ça, elle avait un petit ami super sérieux qui lui a chamboulé la tête.

Cette information m'intéresse au plus haut point, mais je dois la mettre en attente pour l'instant et me concentrer sur le cas Howard, sur le fait qu'il sache ce genre de chose.

Le loser de la classe est protégé par la seule fille qui accepte de lui parler, et comme par hasard, elle est tout en haut de la pyramide.

Howard doit savoir des choses, il fait de toute évidence partie du sérail. Voilà qui pourrait s'avérer utile.

– Tu penses que j'ai une chance avec Sam ?

Je fais celui qui n'est pas sûr de lui, qui a besoin des conseils de quelqu'un comme Howard pour aborder les filles.

– Tout dépend de ce que tu cherches.

– Comment ça, ce que je cherche ?

– Briser son cœur, par exemple.

– Je ne fais pas ce genre de chose, ce n'est pas mon style.

– Ouais tu as raison, c'est elle qui va briser le tien.

Je ris. *T'inquiète, Howard.*

Il me regarde, pensif, et me donne son verdict :

– À ta place, je foncerais. Mais sois sympa avec elle. Sam est peut-être quelqu'un de célèbre mais c'est quand même avant tout une personne.

– Merci pour le conseil.

– De rien. Au fait, je m'appelle Howard.

– Alors merci Howard, je te revaudrai ça.

« TU ES DU GENRE À APPLIQUER LA RÈGLE DES TROIS FAUTES ? » DEMANDÉ-JE À SAM.

Elle fait exprès de m'ignorer et poursuit son chemin. Je la talonne. Sans me précipiter. Mais sans avoir l'air de la craindre non plus.

– Pourquoi tu me demandes ça? dit-elle par-dessus son épaule.

– Parce que je me suis comporté comme un imbécile en cours et ensuite je n'ai rien fait pour arrêter la bagarre. Je me dis que ça fait deux fautes et j'ai besoin de savoir à quel point je dois faire attention à partir de maintenant.

– Alors j'ai une mauvaise nouvelle pour toi. Je suis plutôt le genre à mettre la limite à deux fautes.

– Alors c'est fichu pour moi.

– Plutôt, oui! Mais qu'est-ce que ça peut te faire?

Ça me fait que je dois m'approcher de ton père.

– Je ne sais pas trop, mais pour une raison que je ne m'explique pas, ça m'embête. Il y a quelque chose chez toi, je suppose. Tu es différente.

Vieille tactique. Exprimer de l'intérêt pour une fille tout juste rencontrée. Si c'est bien fait, elle tombe sous le charme, ou du moins sa curiosité est piquée.

– N'importe quoi. On ne se connaît même pas, alors comment sais-tu que je suis différente ?

Autant pour les vieilles tactiques.

Si une voie ne mène nulle part, prends-en une nouvelle. Un autre de mes enseignements.

Plus tôt, dans le couloir, j'ai joué au rebelle. Désormais, je serai donc le rebelle qui a vu la lumière.

– Peut-être que je culpabilise. Peut-être que tu m'as un peu réveillé quand tu as dit que je n'étais qu'un spectateur.

Elle réfléchit.

– As-tu déjà vu un enfant faire du patin à glace pour la première fois ? demande-t-elle.

– Tu changes de sujet ?

– Alors ? Oui ou non ?

Genesee Valley Park.

Ce nom surgit dans ma tête. Ça fait des années que je n'ai pas pensé à cet endroit. Je me souviens que j'apprenais à patiner là-bas quand j'étais gamin. Je revois mon père, les bras tendus, marchant à reculons devant moi, m'encourageant à me lancer et glisser vers lui.

Je ne veux pas me souvenir.

Je me force à revenir au présent, à Sam devant moi, à sa question.

– Oui, j'ai déjà vu des enfants apprendre à patiner, pourquoi ?

– Inévitablement, le gamin va déraper sur la glace et son corps va se contorsionner dans toutes sortes de positions invraisemblables pour éviter la chute. Il fera n'importe quoi pour ne pas tomber.

– Et tu veux en venir où ?

– C'est comme toi, là. Tu es prêt à raconter n'importe quoi, n'est-ce pas ?

Cette fille est un véritable détecteur de mensonges ambulant. Je reste coi, essayant de gagner du temps et de déterminer le prochain angle d'attaque.

– Tu vois, même là, à l'instant, tu cherches désespérément quelque chose de malin à me dire.

La transpiration perle sur mon front. Moi qui ne transpire jamais. Ni à cause d'une fille, ni de personne.

Abonde dans son sens. Et ne mens pas.

– Tu as raison. Je suis prêt à dire n'importe quoi, là.

– Pourquoi ?

– Je veux faire ta connaissance.

– Enfin, la vérité ! s'exclame-t-elle.

– Beaucoup de filles préfèrent quand un garçon ment. Tant qu'il raconte ce qu'elles veulent entendre.

– Je ne suis pas beaucoup de filles.

– Je commence à m'en apercevoir.

Elle me regarde. Moins un regard qu'une véritable IRM.

– Je m'appelle Samara, dit-elle en me tendant la main.

Je la lui serre. Elle est douce et chaude, beaucoup plus chaude que ce à quoi je m'attendais.

– Je sais qui tu es, dis-je.

– Tout le monde sait qui je suis.

– Ils ne te connaissent que de réputation.

Elle soupire, un peu soulagée.

– C'est gentil de présenter les choses comme ça. Peu de gens comprennent.

– Moi je comprends.

– Alors peut-être que c'est toi qui es différent.

– Tu es prête à dire n'importe quoi, là, avoue, dis-je.

Elle sourit.

– Tu ne serais pas en train de retourner la situation ? se moque-t-elle.

– En amour comme à la guerre, tous les coups sont permis.

– Et ce sera l'amour ou la guerre, cher nouveau venu ?

Je la regarde dans les yeux, ils sont d'un joli gris tacheté de vert.

Puis, soudain, je suis ailleurs, en face d'une autre.

UNE AUTRE FILLE.

La première.

Elle est différente de Sam. Ses cheveux sont longs et blonds. Elle a les yeux bleus.

J'avais quatorze ans. Elle, dix-sept ou dix-huit.

Elle était caissière dans une supérette. Je l'ai rencontrée un jour où Père et moi faisions des courses. C'était ma deuxième année d'entraînement et les choses avaient évolué. Ils me faisaient confiance désormais, et j'avais le droit de sortir de la maison de temps à autre.

Derrière sa caisse, elle me fit un sourire et me glissa un petit mot dans la main. Elle proposait que nous nous retrouvions.

J'avais l'impression de quelque chose de vrai entre nous. J'avais sans doute besoin de me sentir normal, juste une fois. Un gars normal qui sort avec une fille, une fille superbe en plus.

Nous nous sommes retrouvés ce soir-là chez elle. Sans

nous arrêter, nous avons traversé sa maison jusqu'à sa chambre.

Elle a fermé la porte.

Et elle a commencé à déboutonner son chemisier.

Je me souviens de son soutien-gorge. Rouge. La dentelle laissait entrevoir le bout de ses seins.

– Je te plais ? me demanda-t-elle.

– Bien sûr, dis-je.

Ma réponse sembla lui convenir. Elle continua de se dévêtir.

Arrivée au dernier bouton, elle s'arrêta et se mordit la lèvre comme si quelque chose l'embêtait.

– Tu es si jeune, dit-elle.

Elle posa sa main sur mon épaule et m'expliqua :

– Voilà le truc : tu sais, après, tu risques de croire que tu es amoureux de moi.

J'avais presque deux années d'entraînement à mon actif. J'avais désormais une force dont jamais je ne me serais cru capable.

Lorsqu'elle parla de tomber amoureux, je fis non de la tête.

Elle prit mon visage entre ses mains. Je me souviens de la chaleur de sa peau contre la mienne.

– Crois-moi. Tu vas t'imaginer que tu m'aimes. Et tu vas penser que je t'aime parce que je t'aurai donné mon corps.

À ces mots, elle laissa tomber son chemisier par terre et ajouta :

– Et tu auras tout faux.

C'ÉTAIT IL Y A LONGTEMPS.

Je ne devrais pas penser à ça. Pas maintenant.

Là, c'est Sam qui est devant moi, et elle attend ma réponse.

« En amour comme à la guerre, tous les coups sont permis », ai-je dit.

« Et ce sera l'amour ou la guerre ? » a-t-elle demandé.

– Je ne sais pas, mais j'ai envie de savoir, réponds-je.

– Très bien. Alors tu pourrais peut-être commencer par me dire comment tu t'appelles.

Mon prenom.

Mon véritable prénom se trouve enfoui au fin fond de mon cerveau, dans un endroit hors d'accès. Un endroit rempli de toutes sortes de choses. De noms, d'images, de moments, de souvenirs.

Artefacts d'une précédente vie. Aujourd'hui sans utilité aucune.

– Je m'appelle Benjamin.

Mon prénom du moment. Pour cette mission. Pour elle.

– Benjamin. On dirait le prénom d'un vieil homme.

– Mon âme est vieille.

Elle étudie mon visage.

– Nous avons ça en commun, dit-elle.

La sonnerie de l'interclasse retentit.

– Excuse-moi d'avoir été un peu dure avec toi, Benjamin. Je dois faire très attention à cause de mon père. Beaucoup de gens m'abordent pour de mauvaises raisons.

– J'étais un peu perdu un moment. Je n'ai pas l'habitude d'avoir affaire à quelqu'un d'aussi sincère que toi.

– Je crois que ça ne te fait pas de mal, dit-elle.

La sonnerie retentit de nouveau. Les couloirs s'emplissent d'élèves.

– Content d'avoir fait ta connaissance, Sam.

Tandis que je m'éloigne pour aller en cours, elle m'interpelle :

– Au fait, on organise une fête ce soir.

Je m'arrête net.

– Tu devrais passer. On fait ça chaque 1er avril, et cette année la soirée aura lieu chez moi.

– À la résidence du maire ?

– C'est aussi mon appartement, tu sais.

Son père n'habite pas Gracie Mansion, la résidence officielle. Il a préféré garder son duplex dans l'Upper West Side. L'endroit est donc plus privé, et l'invitation d'autant plus exclusive. Pas question de décliner.

– Une fête ? Bonne idée, dis-je.

La troisième et dernière sonnerie de l'interclasse retentit.

– Parfait. Alors à tout à l'heure, conclut Sam.

Elle sourit.

J'ai mon sésame.

MON PROBLÈME, C'EST QUE JE SUIS NOUVEAU DANS CETTE ÉCOLE.

Et aller seul à la fête de Sam, ça craint. On pensera que j'ai été invité par pitié et je vais passer la soirée adossé à un mur, à siroter du Coca Light tandis que les sujets de conversation tourneront autour de la pluie et du beau temps. Cela dit, une fois sur place, je pense pouvoir retourner la situation, mais au prix de combien d'efforts ?

Non. Il existe des remèdes à ce problème.

Comme ne pas aller à la fête et laisser Sam se demander pourquoi et attendre qu'elle me coure après.

Mais ça prendrait trop longtemps.

Non, je dois trouver autre chose.

Je marche et je réfléchis quand, au détour d'un couloir, j'aperçois une fille en train de réviser, enfoncée dans une poire. C'est la blonde qui parlait avec Sam ce matin. Celle avec la jupe hyper serrée.

Hyper serrée et hyper courte !

Affalée, elle tente visiblement de se concentrer sur son

manuel de chimie. Elle lit un peu, soupire beaucoup, lit encore un peu, et ainsi de suite.

Je crois que je viens de passer devant mon remède.

Demi-tour. Je fonce.

– Cette poire est libre ? demandé-je.

Elle lève les yeux de son livre.

– Oui, me répond-elle en retournant immédiatement à sa lecture.

Je me laisse tomber sur le pouf en microbilles, sors mon livre de math et me plonge dedans tout en faisant comme si elle n'existait pas.

Et j'attends.

Une minute et demie plus tard, elle me lance un premier coup d'œil.

J'attends.

Et voilà le deuxième coup d'œil. Je peux y aller.

– Alors, quoi de neuf dans le monde de la chimie ? demandé-je.

– Rien, ça me donne mal au crâne, c'est tout.

J'ai comme l'impression que c'est le genre de personne à qui beaucoup de choses donnent la migraine. Mais je garde cette pensée pour moi.

– Oui, c'est dur la chimie, mais ce n'est rien à côté de la trigonométrie.

Je lui montre mon livre de math.

– J'ai fait une rupture d'anévrisme il y a vingt minutes, mais j'ai un test demain alors je ne peux pas arrêter, dis-je.

– Si c'était vrai tu serais paralysé, non ?

– C'est le cas, regarde. Mais seulement le côté gauche.

Je secoue mollement ma main gauche comme si elle était morte.

Elle éclate de rire. Elle a de l'humour. Ce n'est peut-être pas une si mauvaise fille.

Elle ferme son livre et le laisse tomber sur ses cuisses. Je fais de même avec mon manuel.

– Je suis plutôt bon en chimie, si jamais tu veux un coup de main, dis-je.

Elle mord sa lèvre inférieure.

– Que sais-tu des réactions chimiques ?

– J'en connais un brin, je lance en lui faisant un clin d'œil.

Un peu limite. Je sais. Sam me tordrait le cou si je lui faisais un truc comme ça, mais cette fille semble du genre à apprécier.

– Tu crains, dit-elle en faisant la grimace.

Elle apprécie.

– C'est quoi ton nom ? me demande-t-elle.

– Benjamin.

– Est-ce que je peux t'appeler Benji ?

– Pas si tu veux que je continue de t'adresser la parole.

– Et Ben ?

– Pourquoi me cherches-tu un surnom ?

– C'est pour mettre dans mon téléphone, quand j'entrerai ton numéro.

– Mais je ne t'ai rien donné pour l'instant.

– Pas encore. Mais avoue que tu en meurs d'envie.

Elle n'a pas entièrement tort.

Toujours assise, elle soupire et s'étire de tout son long. Je fais bien attention à regarder ses jambes, comme le ferait un gamin de seize ans un peu lubrique. Elle a de très belles jambes.

– Je viens juste de m'acheter ce téléphone et j'ai un nouveau numéro, dis-je.

– Parfait.

Je lui donne mon numéro. Elle me donne le sien. J'apprends qu'elle s'appelle Erica.

Quelques heures et une bonne dizaine de textos plus tard, Erica et moi avons projeté d'aller ensemble à la fête de Sam.

Il paraît même que l'idée viendrait d'elle.

MON APPARTEMENT SE TROUVE À MANHATTAN.

Mais je ne l'ai jamais vu.

Il est un peu dans le nord, sur la 98e rue. En sortant de l'école, je traverse une bonne partie du quartier ouest de Manhattan pour m'y rendre.

C'est avec un autre regard sur ce qui m'entoure que j'avance dans la rue désormais. L'illusion de mon invisibilité a volé en éclats.

Je pense à la Présence.

Je m'efforce de marcher comme le ferait un ado un peu distrait qui rentre chez lui après l'école et qui pense à ce que pense typiquement un lycéen. Mais en réalité mon attention est divisée. À chaque instant, je vérifie dans le reflet des vitrines que je ne suis pas suivi. Je scrute les visages que je croise, essayant de détecter le tell qui m'indiquerait que j'ai été reconnu. Je me méfie même des taxis et des camions de livraison, car je sais que les choses les plus anodines sont celles qui peuvent être le plus aisément utilisées contre moi.

Je fais appel à mon savoir-faire pour surveiller mon trajet vers le nord de la ville mais je ne vois rien.

Pas de filature. Pas de danger. Pas de Présence.

Au bout d'un certain temps, je me retrouve devant un immeuble d'assez bon standing sur la 98e rue entre Broadway et West End Avenue.

Je mets de côté l'histoire de la Présence pour me concentrer sur l'immeuble.

Pas de gardien. Personne pour surveiller mes allées et venues.

La 98e rue est juste assez en retrait pour ne pas être trop fréquentée, tout en étant assez prospère pour être crédible comme adresse pour un élève du privé, pour une famille ayant besoin d'un peu plus de place sans se ruiner.

Je retire de ma poche une vieille clef. Même si c'est la toute première fois que je m'en sers, j'arrive à la tourner sans problème dans la serrure de la porte d'entrée.

Je monte l'escalier jusqu'au deuxième étage. Je porte à la main un sac contenant des bagels de chez Lenny's et sur l'épaule mon sac à dos. À me voir, personne ne pourrait croire que je suis autre chose que le nouveau qui vient d'emménager et qui rentre un peu tard de l'école.

J'utilise une autre clef pour entrer dans l'appartement. La porte s'ouvre avec un léger grincement.

Je suis frappé par l'odeur. Rien de désagréable, au contraire. Mais une odeur différente.

Comme si cet appartement dans lequel je n'ai jamais mis les pieds était habité.

En fait, ça sent comme chez quelqu'un.

J'entre et j'allume la lumière.

Rien de très grand. C'est un trois pièces de taille respectable selon les critères new-yorkais, pas selon ceux de la banlieue.

J'entre dans la plus petite des deux chambres à coucher. C'est la mienne. La plus petite revient toujours aux enfants. C'est ce qu'on m'a expliqué. Comme de bien entendu, mes vêtements sont là, certains rangés dans les tiroirs, d'autres éparpillés sur le sol comme si je les avais jetés par terre.

Je m'installe à mon bureau et ouvre le tiroir du haut.

Il est rempli de fournitures hétéroclites. J'introduis ma main et tâte les surfaces intérieures du tiroir.

Je trouve une trousse.

Je la prends en faisant attention.

J'ouvre la fermeture éclair.

Deux critériums. Un stylo-bille à pointe rétractable. Une gomme en forme de crayon entourée de papier qui se déchire en longues spirales.

Sur le bureau se trouvent une montre et, à côté, un socle vide pour recharger un iPhone.

Mes outils.

J'allume mon nouveau téléphone et, sur l'écran, je trace le geste qui le met en mode sécurisé.

J'appelle Père.

Il était préoccupé tout à l'heure. Je veux lui donner les dernières nouvelles pour le tranquilliser.

– C'est sympa d'avoir de tes nouvelles, et si rapidement, dit-il.

Même s'il ne la pose pas, j'entends dans sa voix la question.

– J'ai rencontré une nouvelle amie, je lui annonce.

– Une nouvelle amie ? C'est super, ça.

– Je crois qu'elle te plairait.

Je parle en langage codé pour l'informer que je suis entré en contact avec ma cible.

– Dès ton premier jour tu as déjà une amie ! C'est très bien.

Je l'imagine en train de donner la bonne nouvelle à Mère, les deux se félicitant de la qualité de mon travail. Cette image me fait chaud au cœur.

– Elle m'a invité à une fête ce soir.

Tout en parlant au téléphone, j'entre dans la chambre des parents. Depuis la table de chevet, un couple me contemple en souriant. Je prends le cadre et examine ces deux étrangers qui se tiennent là, bras dessus bras dessous.

Mes parents. Soi-disant.

En vérité, je n'ai jamais vu ces gens. Toutes les photos de famille ont été placées ici et là pour tromper d'éventuels visiteurs. Je mémorise les visages pour les décrire au besoin.

Je regarde les autres photos. Une en particulier retient mon attention. Ça se passe à la plage, on y voit mes parents fictifs allongés sur des chaises longues, tandis qu'un jeune moi joue à leurs côtés, un jeune moi en numérique, incrusté dans l'image.

– La fête a lieu chez son père, dis-je.

– Et c'est ce soir ?

– Je suis un rapide, réponds-je en riant comme le ferait un gamin prétentieux.

– Le fruit ne tombe jamais très loin de l'arbre, dit Père en rigolant à son tour.

– Tout se passe bien pour moi, c'est ce que je voulais que tu saches.

– Content de l'entendre. Ah oui, au fait, et le truc dont nous avons parlé plus tôt ?

– Le truc ? Quel truc ?

– La personne que tu as cru voir. J'en ai parlé avec ta mère.

Je me fige, et concentre toute mon attention sur notre conversation. S'il en a parlé avec Mère, c'est que cela le préoccupait.

Ce qui n'est pas son genre.

– Qu'a-t-elle dit ? demandé-je.

– Elle a dit de faire attention.

Je fais toujours attention.

Qu'a-t-elle voulu dire par ça ?

– Tu sais, tu es dans une nouvelle ville. Tu ne sais pas en qui tu peux avoir confiance. Il y a peut-être des choses qui ne te sont pas encore familières.

– C'est parce que le travail demandé est si inhabituel ?

– Pourquoi dis-tu qu'il est inhabituel ?

Parce qu'il s'agit d'un assassinat politique.

– L'échelle est différente. Les délais sont différents, dis-je.

– Ton savoir-faire va être mis à l'épreuve, réplique Père.

Une mise à l'épreuve.

Est-ce donc cela ?

C'EST PAR UNE MAGNIFIQUE JOURNÉE D'AUTOMNE QU'ILS M'AUTORISÈRENT POUR LA PREMIÈRE FOIS À SORTIR DE LA MAISON.

Les feuilles étaient en train de changer de couleurs et, partout dans le paysage, il y avait des touches rouges, jaunes, orange incroyablement lumineuses. Je voyais toutes ces teintes défiler à travers la vitre de la voiture tandis que nous nous éloignions de la maison d'entraînement.

Père et Mère étaient assis devant, moi à l'arrière. Une famille en sortie dominicale. Voilà à quoi nous ressemblions.

Mère m'avait dit que je méritais une pause. J'avais travaillé dur, prétendait-elle, et il était grand temps que je me divertisse un peu.

À l'entrée d'une petite ville, elle arrêta la voiture.

– À plus tard, me dit-elle.

– À plus tard ?

Père me glissa de l'argent dans la main, cinq billets tout neufs de vingt dollars pliés en deux.

– Qu'est-ce que je vais faire avec ça ?

– Va voir un film. Va au restaurant. Amuse-toi !

– Mais comment je ferai pour rentrer ?

– On s'en est occupés, dit Père.

Sa voix était bizarre. Elle était inhabituellement tendue. Je m'apprêtais à lui demander ce qui n'allait pas quand j'ai vu tous ces gens qui se promenaient dans la rue principale décorée pour Halloween.

Au lieu de lui demander s'il y avait un problème, je suis descendu de la voiture. C'était la première fois que je me retrouvais seul et libre comme l'air depuis presque deux ans.

Dans la ville, toutes les vitrines des boutiques étaient décorées de citrouilles, de fantômes en carton, de sorcières, de guirlandes noir et orange.

Après m'être promené un moment, j'ai attendu que la voiture revienne. En vain. Alors j'ai demandé à une dame qui passait par là où se trouvait le cinéma. Un nouveau film d'action venait de sortir que j'avais sacrément envie de voir.

– Six rues plus bas, à l'angle. Mais il n'y a qu'une seule salle, me répondit-elle.

– Une suffira. Merci.

Elle m'indiqua d'un geste d'aller vers le bas de la rue puis de tourner à droite.

J'ai rempli mes poumons d'air. Frais et automnal. Où étais-je ?

Dans un des États du Nord-Est ? Le New Hampshire ou le Vermont peut-être ?

Ou plus au sud, dans un endroit comme le Maryland ?

Je voulais le lui demander mais cela aurait attiré l'attention. Demander son chemin pour aller au cinéma est une chose, ne pas savoir dans quel État des États-Unis on se trouve en est une autre.

J'ai marché. J'ai respiré. Sous mes pieds, les feuilles mortes bruissaient.

J'avais l'impression d'avoir une chance inouïe.

Mes nouveaux parents me faisaient confiance. Le Programme me faisait confiance. J'avais fait mes preuves. J'étais un des leurs, et j'étais enfin digne de confiance.

Le diable me sourit de l'intérieur d'un magasin d'outillage. Je le lui rendis.

Cela faisait du bien d'être libre, ne serait-ce qu'un après-midi.

C'est à cet instant-là que j'ai ressenti une étrange impression.

Quelqu'un me suivait.

Puis, une minute plus tard, ce n'était plus une seule personne qui me suivait mais plusieurs. Après ça, tout s'est passé très vite.

Je ne savais pas que c'était le jour de ma remise de diplôme et qu'il se terminerait par un duel entre Mike et moi.

C'était le jour du grand affrontement.

Le jour du couteau.

Je ne suis jamais allé au cinéma ce jour-là. J'étais trop occupé à sauver ma peau.

UNE AUTRE MISE À L'ÉPREUVE.

Cette mission n'est donc que cela ?

– Tu es toujours là ? me demande Père à l'autre bout du fil.

– Oui, je suis là. Je pensais à quelque chose.

– Tu veux m'en parler ?

Je respire à fond.

– Tu as parlé de choses qui ne me sont pas familières.

– C'est exact.

– Peut-être qu'elles n'auront pas d'importance.

– Que veux-tu dire ?

– La fête ce soir. Peut-être que j'aurai fini bien plus tôt que prévu et que je n'aurai donc pas à me soucier de quoi que ce soit.

– Ça rendrait les choses plus simples, c'est sûr, approuve Père.

– Bien plus simples, ajouté-je.

EN ME VOYANT, ERICA M'ADRESSE UN PETIT SOURIRE SATISFAIT.

Elle est assise derrière la vitre d'une librairie sur la 82e rue et Broadway, une tasse de café presque vide à la main.

Je ne la rejoins pas. Je lui fais juste signe. Une minute plus tard elle bondit du magasin, souriante, essoufflée.

– Salut toi, dit-elle.

Elle m'enlace trop fort et recule brusquement, la main au sein.

– Aïe ! Qu'est-ce qui m'a piquée ?

Je plonge ma main dans ma poche poitrine et sors le stylo spécial que j'ai emporté pour ce soir.

– C'est mon stylo porte-bonheur.

– Tu as besoin d'un porte-bonheur ?

– Je l'aime bien. C'est mon père qui me l'a donné.

Faux. C'est le Programme qui me l'a donné. Mais elle ne le saura jamais.

– Tu es prête ? On y va ?

– J'ai changé d'avis. Si on allait plutôt chez moi pour regarder un film ?

Je hausse un sourcil.

– Poisson d'avril, dit-elle.

– Elle est bonne celle-là.

– Oui, comme moi, quoi.

Ses joues rougissent dans l'air frais de cette soirée de printemps. Elle est belle. Elle me regarde de ses immenses yeux fardés.

Une contraction très brève, comme une crampe, me saisit la poitrine.

Puis cela passe.

Elle prend mon bras et nous partons.

– Qu'est-ce qu'il y a entre toi et Sam ? me demande-t-elle.

– Pourquoi ? Qu'est-ce qu'elle t'a dit ?

– Nada. Mais je suis assez intuitive.

– Il n'y a rien. Je suis nouveau. Elle a eu un peu pitié de moi alors elle m'a invité, c'est tout.

Je sens son bras se détendre.

– Alors, j'ai encore une chance ?

Par cette simple question, j'entrevois une vie entière de compétition. Je m'imagine un instant à sa place, celle de la meilleure amie d'une fille non seulement riche et belle, mais dont le père est le maire de New York. Peu importe combien elle brille, il y a toujours quelqu'un à côté d'elle qui brille plus fort.

Je compatis en silence.

– Est-ce que Sam sort avec quelqu'un ?

– Pas depuis un moment, répond Erica.

– Tu sais pourquoi ?

– Elle est un peu paumée. Son ancien copain l'a jetée super méchamment et elle a du mal à s'en remettre.

– Ça craint, dis-je.

– L'amour fait mal. Parfois.

– Parfois ?

Elle hausse les épaules.

– Oui, si tu aimes les fessées et les trucs dans le genre. Mais, au fait, s'insurge-t-elle soudain, on va quand même pas passer toute la soirée à parler de Sam ?

Elle serre mon bras contre son corps. Je sens l'arrondi de son sein. Agréable.

– Tout dépend si tu arrives à me fasciner.

– Oh, j'y compte bien.

JE LAISSE ERICA ME CONDUIRE À L'APPARTEMENT DE SAM.

Il se trouve sur la 81e rue, entre Central Park et Columbus, juste en face du Muséum d'histoire naturelle.

Je prends note de tous les détails à l'extérieur : une voiture de police garée au bout de la rue, une autre en bas de l'autre côté et, devant, sur le trottoir, une guérite permanente pouvant abriter un policier.

Ensuite, j'enregistre les détails à l'intérieur de l'immeuble : entrée somptueuse, quatre hommes en service vingt-quatre heures sur vingt-quatre : un portier, un gardien et son assistant, un garçon d'ascenseur. Des réguliers. Je le vois à leurs manières détendues. Il est quasiment impossible de ne pas être détendu quand on fait jour après jour la même chose. Même si on s'entraîne et qu'on fait des exercices de sécurité, même si on s'efforce de rester vigilant, avec le temps, l'attention s'émousse forcément, surtout lorsqu'il n'y a jamais aucun incident. Le cerveau n'est pas fait pour rester en alerte maximale tout le temps.

Le danger aiguise les sens.

Pas de danger, pas de sens aiguisés.

Une bande de lycéens qui débarque pour une fête, ce n'est pas un danger, mais plutôt l'occasion de voir quelques filles passer. En somme, une distraction.

J'entre aux côtés d'Erica. Grâce à elle, ma crédibilité est immédiate et, côté distraction, elle assure.

Nous montrons nos cartes d'identité au gardien, qui biffe nos noms sur la liste des invités tout en louchant sur le décolleté d'Erica. Pas très professionnel, mais ce n'est pas moi qui vais me plaindre. Mon visage est du coup passé complètement inaperçu.

Le garçon d'ascenseur passe sa carte électronique devant un lecteur et nous voilà en route vers l'appartement de Sam.

– Tu as vu le culot de ce type à l'entrée, comment il regardait mon décolleté ? me chuchote Erica.

– C'est dur de résister, tu sais.

Elle sourit et m'attire vers elle un peu plus fort.

– De ta part, c'est un compliment.

Je jette un coup d'œil au liftier. Imperturbable, il fixe le mur en face de lui. Faire la sourde oreille aux conversations qui se tiennent à quelques centimètres de lui fait partie intégrante de son métier.

– La résidence du maire, annonce-t-il.

Les portes s'ouvrent sur une petite entrée inhabituelle dans ce style de demeure. D'ordinaire, dans un appartement de ce standing, l'ascenseur donne directement dans un premier salon. Ce vestibule constitue en fait un sas de sécurité supplémentaire entre l'appartement et le reste du monde. Cela en dit long sur l'importance des gens qui habitent ici.

Je suis prêt à parier que les deux issues peuvent être verrouillées pour piéger toute personne malveillante.

C'est bon à savoir.

Mais ce n'est pas tout.

Je constate d'autres mesures de sécurité. Notamment deux hommes en noir. Il ne s'agit ni de flics ni de vigiles embauchés pour l'occasion.

Non, ces types sont d'authentiques gardes du corps. Des poids lourds. Je sais faire la différence.

Le premier est décevant pourtant. Il se tient trop près de l'ascenseur. Il sera très mal si jamais il y a du grabuge quand les portes de l'ascenseur s'ouvriront.

Le second, en revanche, occupe une excellente position. Il est de l'autre côté, dos au mur. De là, il peut tout voir. Rien ne le distrait. Il scanne visages, ceintures, mains. C'est un pro, un vrai.

Je suis impressionné.

Au moment où je passe devant lui, il me fait un signe de la tête. Le genre de signe qu'on utilise dans l'armée ou la police lorsqu'on reconnaît un des siens. Il a reconnu quelque chose en moi, consciemment ou non. Un membre de son clan.

J'ai failli lui faire le signe en retour. Par automatisme. Je me retiens juste à temps.

Un seul signe et tout était fichu. Si ce type est aussi bon que je le pense, alors j'aurais eu droit à une foule de questions.

Du coup, je fais semblant de ne pas avoir remarqué son geste, et je baisse mon énergie d'un cran.

Ce professionnel représente un danger potentiel. Je dois faire le maximum pour l'éviter.

Son acolyte nous ouvre la porte. Lui ne me fait aucun signe.

Nous voilà maintenant dans la résidence du maire, à l'étage véritablement privé, celui du penthouse.

Je m'attends à quelque chose d'ostentatoire. Une pièce grandiose, un plafond d'une hauteur de plus de quatre mètres, un chandelier de la taille d'une petite voiture.

Rien de tel.

J'ai, devant les yeux, tout simplement une maison, un foyer.

Les couleurs sont dans les tons naturels. Les bibliothèques remplies de livres. Les lumières tamisées.

Attention, je n'ai pas dit que le lieu était modeste. L'appartement est immense – il couvre un étage entier de l'immeuble –, mais en même temps on le sent accueillant et confortable. Il est visiblement habité par de vraies personnes. C'est le propre de certains lieux.

Le goûter.

Cette pensée surgit de nulle part.

Ça m'agace quand ça m'arrive. Une idée qui entre comme par effraction dans ma tête.

De retour à la maison, les enfants prennent leur goûter.

Pourquoi suis-je en train de penser à ça ? Cela n'a aucun lien avec la réalité en face de moi. Est-ce quelque chose que j'ai vu à la TV ?

Non, je sais, c'est un souvenir.

J'ai douze ans. Ma dernière année de vie normale dans le monde réel.

Mon goûter. Une assiette remplie de cookies à l'avoine et aux raisins secs.

– La Terre appelle Benji, dit Erica.

Je la regarde. Je ne dois pas me laisser distraire par des souvenirs, pas quand je n'ai que cinq jours pour exécuter la plus importante mission de ma vie.

Probablement la plus courte aussi. Tout dépendra du maire. Mais est-il là au moins ?

– Désolé, j'avais la tête ailleurs, dis-je à Erica.

– Je sais à quoi tu penses. Tu penses que tu n'es pas à ta place. C'est ce que tous les gens pensent quand ils viennent ici pour la première fois. Mais ce n'est pas cool, Ben. J'ai besoin que tu sois *suavecito*, super cool, quoi.

– Pas à ma place dans cet endroit ? Quoi, qu'est-ce qu'il a de si spécial ? dis-je d'un ton faussement hautain.

– Ah, je préfère, et je retrouve là le jeune homme impertinent de tout à l'heure. Maintenant, viens avec moi.

Nous suivons le son de la musique et arrivons dans un vaste salon. Le volume est à fond. Des corps gesticulent dans tous les sens.

Erica s'anime soudain. Elle remue ses épaules au rythme de la musique.

– C'est pas génial ? crie-t-elle.

Elle se met à danser devant moi, ondulant tout en déhanchement et attitude aguicheuse.

Je jette un coup d'œil à l'assistance pour voir si on nous regarde.

La réponse est oui. Tous ont l'air surpris de voir Erica accompagnée du nouveau.

Mais ce qui compte pour moi, c'est l'effet de surprise qu'aura notre couple sur Sam.

– Où est Sam ? demande Erica à une fille, qui le lui indique d'un geste.

Erica me tourne le dos et remue ses fesses en rythme.

Furtivement, elle vérifie si je l'observe. Elle est vite rassurée.

Puis elle me guide dans le couloir.

Vers Sam.

Nous retrouvons Sam dans une immense cuisine ultramoderne. Quelqu'un dans cette famille aime cuisiner. Sam peut-être. Elle est derrière le comptoir en train d'émincer des légumes avec un vrai couteau de cuisinier.

– Regarde ce que j'ai trouvé, dit Erica avec fierté.

Sam nous regarde et absorbe l'idée que nous soyons là, devant elle, ensemble.

Aucune réaction flagrante, du moins aucune perceptible par une personne normale.

Mais je ne suis pas une personne normale.

Je vois ses épaules se crisper légèrement, les muscles de son visage se tendre. Je perçois un pli dans les sourcils qui n'était pas là auparavant. Je pense avoir touché la corde sensible.

Sam coupe un poivron vert et jette les morceaux dans un plateau.

– Et c'est quoi, ce que tu as trouvé ? demande-t-elle d'une voix qui ne laisse transparaître aucune émotion.

– Un petit chiot égaré dans la rue. Je n'ai pas pu m'empêcher de le prendre, répond Erica.

Elle m'enlace comme si j'étais sa nouvelle peluche préférée.

– Je vois que tu as finalement décidé de venir, dit Sam en s'adressant à moi.

– Ce n'est pas comme si j'avais eu le choix, je rétorque en indiquant Erica d'un mouvement de tête.

Sam nous regarde l'un après l'autre, une étincelle de colère dans les yeux.

– Fais attention, elle est connue pour ses talents de dressage, avertit Sam.

– Bon, tout ça est fascinant mais il est temps que la fête commence pour moi, s'exclame Erica.

– Les boissons sont sur la table de la cuisine et la planque est...

– Dans le tiroir à planque. Je m'en occupe, c'est bon, dit Erica.

Elle va dans un garde-manger de la taille d'un dressing, ouvre un grand tiroir et en sort une bouteille d'huile d'olive extra-vierge. Elle verse deux doigts dans un verre et complète avec de la citronnade.

– Tu vas vraiment boire de l'huile ? C'est quoi ce délire ? m'étonné-je.

– C'est de la tequila. Une petite astuce de Sam. Futé, non ?

– J'ose à peine demander ce qu'il y a dans la bouteille de vinaigre, dis-je.

Sam se tourne vers moi, le couteau de cuisine bien en main.

– Je pourrais te le dire, mais ensuite je serais obligée de te tuer.

Je regarde le couteau. La lame est mouillée, brillante et dangereuse. Je calcule la distance de frappe entre Sam et moi en m'aidant du carrelage au sol. Environ l'équivalent de six carreaux.

Je suis à moins de cinq.

Aussi discrètement que possible, je recule d'un pas.

La plupart des gens n'auraient rien remarqué mais Sam, elle, m'observe attentivement.

– Tu as peur des couteaux ?

– Disons que je m'en méfie.

Elle pose le couteau.

– Ou peut-être as-tu peur de moi.

Je souris.

– J'ai surtout peur de ton père. Que va-t-il se passer s'il apprend que nous buvons sous son toit ?

– Ce qu'il ne sait pas ne peut pas lui faire de mal, répond Sam.

– Pourquoi ? Il est là ?

– Oui, quelque part. Il court se cacher quand il y a ce genre de soirée.

Où donc ?

– Enfin, ne te fais pas de souci pour l'alcool. Ce n'est pas comme si les flics allaient débarquer, ils sont déjà là.

– Merci de nous le rappeler ! s'exclame Erica, qui du coup avale avec un plaisir évident une bonne gorgée de la citronnade trafiquée.

Au passage d'un groupe de filles, elle pousse un cri surexcité.

– Je dois absolument saluer ces meufs ! Ne t'éloigne pas, mon petit chiot trop mignon, d'accord ? dit-elle en souriant.

Sans attendre ma réponse, elle me pince l'oreille et part, boisson bien en main.

– Tu t'es fait une nouvelle amie, remarque Sam.

– Apparemment.

– C'était rapide.

Elle me regarde fixement.

Je veux qu'elle soit un peu jalouse mais pas jusqu'à la perdre. À partir de maintenant, je dois la ménager.

– Ça ne te dérange pas trop que je sois venu avec Erica ? Comme je suis nouveau, franchement, ça ne me disait rien de venir seul.

Sam balaye le sujet d'un revers de la main.

– T'inquiète. C'est une fête. Ce n'est pas comme si nous avions un rendez-vous ou un truc dans le genre.

– Pas encore.

Elle sourit et me tend un verre de la fameuse citronnade.

– Pas de risque que ton père arrive et me surprenne en train de boire ça ? Je détesterais faire mauvaise impression.

– J'ai l'impression que tu es pressé de le rencontrer, non ?

– Bof, je ne sais pas.

– Arrête de mentir, je déteste ça.

– Alors, OK, oui, j'ai envie de le rencontrer, ça te va ?

Elle détourne le regard et boit une gorgée.

– Mais bon, à tout prendre, je préfère être avec toi, dis-je.

Elle me regarde à nouveau.

– Tu ne serais pas en train de te rattraper aux branches ?

– Non, je t'assure, je le pense sincèrement.

– Peut-être qu'un jour je te présenterai, Benjamin. À condition que toi et moi...

– Toi et moi quoi ?

– À condition que nous soyons devenus plus proches.

Plus proches. J'aime la manière dont elle prononce ces mots.

Mais je ne deviens jamais proche de qui que ce soit. Du moins, pas comme elle l'entend.

Je ne cherche à devenir plus proche que de ma cible.

– Tu ferais mieux d'aller retrouver ta petite amie, propose Sam.

– Genre, avant qu'elle ne fasse un malheur ?

– Certaines femmes se mettent en colère quand elles n'obtiennent pas ce qu'elles veulent.

– Toi, par exemple ?

– Non, moi je suis à moitié israélienne, alors c'est sans comparaison avec de la colère.

– OK, je m'en souviendrai, dis-je.

Je sors de la cuisine en direction de la fête.

Mais pas à la recherche de ma petite amie.

LE MAIRE EST ICI.

Sam l'a confirmé. Il est cloîtré quelque part.

D'un pas mesuré, je fais le tour complet de l'appartement.

En faisant mine de chercher des amis, je mémorise la topographie.

Je dois impérativement connaître toutes les issues, que ce soit pour entrer ou sortir.

Je prends note des portes, recoins et culs-de-sac. Comme il fait bon dehors, les fenêtres ont été ouvertes. J'entre dans une pièce vide, et sors la tête par la fenêtre.

Nous sommes au douzième étage. C'est haut.

Une étroite corniche en béton court le long de la base des fenêtres. Pas le genre de choses sur lequel on voudrait rester perché plus que nécessaire.

Je rentre la tête et vois Darius. La Grande Tignasse se tenait derrière moi tout ce temps et il me regarde d'un air mauvais.

– Envie de me pousser ?

– À vrai dire, j'espérais un suicide pour m'épargner cet effort.

– En même temps, tu as peut-être raison, je me sens un peu triste aujourd'hui.

– Il faut savoir s'écouter dans la vie. Tu es triste maintenant, mais tout à l'heure tu seras encore plus triste, surtout si tu bois.

– Tu es un type sympa, tu sais. Sam avait raison.

Les muscles de son cou se crispent.

– Elle a parlé de moi ?

Il a l'air intrigué un quart de seconde puis fait comme si de rien n'était, rectifiant :

– Non, elle n'a pas parlé de moi. Pas avec toi. Bien essayé.

– On ne peut rien te cacher. Elle t'a à peine mentionné.

Un petit tic nerveux vient de se réveiller dans une de ses paupières.

Ce type est drôlement tendu. Je ne veux pas m'occuper de lui pour l'instant, j'ai assez à faire avec le maire. Je l'ai bien malmené et je domine, alors le moment est sans doute arrivé d'arrondir un peu les angles, de l'amadouer. Si ma mission doit s'accomplir ce soir, la dernière chose que je souhaite, c'est qu'il aille suggérer à la police de m'interroger.

– Tu veux un verre ? je lui demande en lui proposant le mien.

– Pourquoi, tu as craché dedans ?

– C'est des trucs de gamins, ça. On est des grands, nous. Non, j'ai pissé dedans.

Ses yeux s'écarquillent.

– Je blague ! Il n'y a rien. Je ne bois pas, c'est tout.

Je lui tends le verre. Un gage de réconciliation.

Il hésite.

– Tu fais partie du programme ? me demande-t-il.

Le Programme.

L'image de Mère me vient à l'esprit.

Je comprends dans la seconde qu'il ne parle pas de mon Programme, mais de celui des AA, les Alcooliques anonymes.

– Je ne suis pas très assidu, mais j'ai complètement arrêté de boire. Je n'en pouvais plus, dis-je en mentant sans hésiter.

– Dur, dur, dit-il l'air pensif.

Il boit une gorgée.

– Évidemment, moi, je n'ai pas ce problème, mais je fais quand même gaffe. Tu vois, quoi.

– Oui, oui, dis-je.

– Enfin, c'est pas comme toi. Toi, tu ne fais pas vraiment gaffe, me lance-t-il.

– De quoi tu parles ?

– Je parle de ta manière de taper l'incruste à cette fête.

– Je ne me suis pas incrusté. C'est ta copine qui m'a invité.

– C'est pas ma copine, c'est juste une amie.

– Peu importe. Je ne sais pas ce que tu lui as raconté sur moi, mais apparemment ça n'a pas marché.

– Alors là, écoute, ça n'avait rien à voir avec moi. C'est elle qui m'a demandé de te cuisiner un peu et ensuite je lui ai dit ce que je pensais de toi.

– Elle t'a demandé de faire ça ?

– Je ne sais pas comment c'était dans ton ancienne école mais, ici, on a une règle : prendre soin des nôtres. Surtout de Sam. C'est un peu comme si c'était un membre de la famille royale.

Il est amoureux. C'est évident.

Il boit une autre gorgée. Une grosse gorgée, qui vide la moitié du verre.

– Comment as-tu fait pour t'introduire si rapidement ? demande-t-il.

– De quoi parles-tu ?

– Tu es là, ici. C'est difficile d'arriver ici.

– Pourquoi, tu as mis du temps pour arriver, toi ? Coincé dans les embouteillages ?

– Ce n'est pas ce que je veux dire.

Il me fixe. Tente de me fixer. Sa vision commence à se brouiller.

Voilà exactement pourquoi je ne bois pas. La conscience de ce qui se passe autour de soi diminue progressivement sous l'influence d'une substance telle que l'alcool.

Et en plus, on devient bête.

Il avale une autre gorgée. Du courage sous forme liquide.

– Toi, me dit-il, en me pointant de nouveau du doigt.

Il aime pointer du doigt, ce gars-là. Je commence à croire qu'il n'a qu'un seul tour dans son sac.

– Toi, je t'ai à l'œil, poursuit-il.

– Tu n'as pas besoin de me surveiller, tu sais, on est dans le même camp.

– Ah oui ?

Il titube un peu.

– Je ne vais pas faire de mal à Sam. Je te le promets, dis-je.

Il hoche la tête, et je sens qu'il baisse la garde.

– Ç'a été dur pour elle, tu sais. J'essaye de la protéger, mais ce n'est pas facile.

Je lui tape amicalement sur l'épaule. À force de faire de la muscu, ce type est en béton.

– J'entends, je réponds.

Et je me dirige vers la porte.

– Tu reveux ta boisson ? me demande-t-il.
– Non, garde-la.
Il lève son verre dans un toast silencieux.
– À plus tard, me lance-t-il.
Peut-être pas.

ERICA AGRIPPE MON BRAS ET ME TRAÎNE SANS MÉNAGEMENT DANS LE COULOIR.

Ni salut. Ni rien.

Elle m'a repéré juste quand je sortais de la pièce où je discutais avec Darius et elle a littéralement plongé sur moi. Enfin, elle a littéralement tenté de plonger sur moi. Sa robe trop courte et surtout trop étroite au niveau des hanches l'en a empêchée. Mais la volonté y était.

– Je cherche quelqu'un, dis-je en essayant de me dégager de son emprise.

– Quelqu'un de plus important que moi ?

– Évidemment que non, mais j'ai juste besoin de...

– Deux secondes. Je veux te montrer quelque chose.

Elle me tire avec brutalité dans la salle de bains et claque la porte.

– Qu'est-ce que tu veux me montrer ici ?

– Je t'ai apporté un cadeau, dit-elle.

Elle mange ses mots. Combien de verres de citronnade a-t-elle bien pu boire en l'espace d'un seul quart d'heure ?

Je regarde ses yeux.

Beaucoup. Beaucoup trop.

– C'est gentil mais c'est quoi ?

Elle pose un doigt sur ses lèvres.

– Je ne comprends pas, dis-je.

– Ma bouche. C'est ça ton cadeau.

– Ta bouche ?

– Je peux faire plein de choses avec ma bouche.

– Tu fais partie du club de débat ?

– Très drôle.

Elle se penche alors vers moi, me pousse contre le lavabo et m'embrasse avec force. Ses lèvres ont le goût de tequila sucrée. C'est comme embrasser une margarita. Une délicieuse margarita.

– Tu vois ce que je te disais ? Avec ma bouche, je peux embrasser...

Elle me pousse à nouveau et me mord l'épaule.

– Je peux mordre...

Elle commence à s'agenouiller devant moi.

– Hop hop hop, on se calme, là ! m'exclamé-je.

– Allez, ne sois pas timide, Ben. Benji.

– Je ne suis pas timide. Je crois que tu as trop bu.

– Je suis un peu paf, et alors ?

– Je ne veux pas que tu fasses quelque chose que tu pourrais regretter ensuite.

– Genre quoi, te prendre dans ma bouche ? Pourquoi je regretterais ça ?

Je n'ai absolument pas le temps pour ce genre de choses. Même si certaines parties de mon anatomie pensent le contraire.

Je la prends par les épaules et la redresse.

– C'est à cause de Sam ? demande-t-elle.

Elle scrute ma réaction.

– C'est ça, n'est-ce pas ? Tu m'as déjà menti une fois, dit-elle.

– Ça n'a rien à voir avec Sam.

– Laisse-moi t'apprendre une chose. Tu crois qu'elle est miss superstar. Tout le monde croit ça. Mais tu ne la connais pas comme moi je la connais. Elle a un passé qui n'est pas tout blanc, tu sais, Ben.

– Comme tout le monde, non ?

– Non, pas moi. Moi c'est mon présent qui n'est pas tout blanc. C'est beaucoup mieux. Ma merde à moi, elle, est à la surface.

Je dois essayer une autre tactique.

– La vérité c'est que je ne peux pas m'engager en ce moment, avec qui que ce soit, dis-je.

– Moi non plus. Tu as demandé si Sam avait un petit ami, mais tu as oublié de demander si moi j'en avais un. Pour ton information, il s'appelle Geoffrey. Il est plus âgé que moi. Il va à Princeton et il t'écraserait comme une crêpe s'il était là. Alors qu'en penses-tu ?

Que penser, en effet ?

– Ça me fiche un peu les jetons, réponds-je.

– Mais ça t'excite aussi, n'est-ce pas ? dit-elle en mettant ses mains sur la boucle de ma ceinture.

De toute évidence, ce n'était pas la bonne réponse.

Je retiens ses mains dans les miennes.

– Sérieusement. Je n'ai aucune envie de me mêler des histoires d'un autre type.

– Chevalier servant ?

– Non, tu n'y es pas.

– Si c'est ça, alors tu es le seul de toute l'école, les autres n'en ont rien à faire.

– Mais moi, oui.

Elle arrête d'essayer de me déshabiller et fait un grand pas en arrière.

– Pour quelle raison ?

– Je n'aime pas profiter des gens.

Ma petite phrase me surprend. Pas parce qu'elle sonne comme un cliché, mais parce que j'ai le sentiment que c'est la vérité.

Erica scrute mon visage.

– Tu as raison, j'ai vraiment l'impression que tu en as quelque chose à faire, à ta façon bizarre.

Que voit-elle ?

Toute cette histoire me dérange. Mes pensées, le fait que je les exprime à voix haute.

Le timing n'est pas bon. *Et tout a commencé avec Sam.*

– L'amour fait des ravages, dit Erica.

Elle remonte sa jupe.

– Qu'est-ce que tu fais ?

– J'ai besoin de faire pipi, annonce-t-elle.

– Je vais te laisser seule, alors.

– Tu peux rester, tu sais.

Je m'éclipse.

– Tu peux courir mais tu ne peux pas te cacher, me crie-t-elle.

C'est ce que tu crois.

DE LA MUSIQUE RÉSONNE DANS LE COULOIR.

Je m'éloigne de tout ça, d'Erica et de Darius, de Sam dans la cuisine, de la fête.

Direction le maire.

Je projette mon énergie à travers le lieu comme on me l'a enseigné. Puis j'obéis à mon instinct pour m'enfoncer dans l'appartement.

La musique s'évanouit peu à peu tandis que j'avance dans le couloir et que je me dirige vers la partie plus privée de la maison. Je scrute le plafond, à la recherche de caméras ou d'un signe de leur présence : fausses moulures pour cacher les câbles, raccords de peinture recouvrant des saignées rebouchées après l'installation d'un matériel de surveillance...

Par prudence, je fais semblant d'être un des jeunes fêtards qui se serait égaré. Si quelqu'un m'intercepte, je pourrai toujours prétendre que c'est ma première fois ici. Personne ne serait choqué que je me sois trompé de chemin ou même que je fasse un peu le curieux. Nous sommes chez le maire après tout.

Mais je n'ai aucune intention de me faire intercepter.

Au tournant du couloir, j'aperçois de la lumière qui filtre sous une porte.

J'approche.

La porte est entrouverte. Je regarde à l'intérieur.

C'est un bureau joliment décoré, la table de travail est recouverte de papiers et d'épais listings informatiques. La lampe de bureau éclaire la pièce d'une lueur dorée. Face à la fenêtre je vois le dossier d'un fauteuil capitonné duquel dépasse la tête d'un homme à l'épaisse chevelure poivre et sel.

– Bonjour, dis-je.

L'homme ne se retourne pas.

Je fais en sorte de garder une voix douce.

– Excusez-moi de vous déranger. Je crois que je me suis égaré.

– Tu as trouvé le seul endroit où la fête, elle, ne se trouve pas, remarque l'homme.

C'est mon ouverture.

– Pour être tout à fait honnête, c'est exactement le genre d'endroit que je cherchais.

– Pourquoi donc ?

– Je suis nouveau, je ne connais pas grand monde à la fête.

– Alors tu es le bienvenu ici, dit l'homme.

La voix. La coupe de cheveux.

Je fais celui qui est surpris.

– Mon Dieu, vous êtes le maire.

– À ce qu'on prétend.

Je plonge ma main dans ma poche poitrine, à la recherche du stylo-bille que j'ai pris soin d'apporter.

– C'est super gênant. J'ai dû me tromper de chemin à un moment.

Des rires éclatent à l'autre bout du couloir, de là où je viens. Deux gamins de l'école passent au loin, parlant fort et se tapant sur le dos de manière exagérée.

– Approchez si vous voulez, dit le maire.

Un léger accent. Manhattan avec un soupçon de New Jersey.

– Alors juste un instant, j'accepte.

Je saisis la poignée de la porte.

– Ouverte ou fermée ?

– Tu peux la fermer. Cela me reposera les oreilles.

– Parfait.

Je ferme la porte. Les basses font vibrer le sol.

– Voilà qui est mieux, approuve le maire.

Je calcule les risques. Celui d'être interrompu. Celui d'avoir quitté la fête sans que personne s'en soit aperçu. Celui, enfin, du maire qui viendrait à mourir de manière inattendue lors d'une fête où, comme par hasard, je me trouvais aussi.

Moi, un nouvel élève. Un inconnu arrivé depuis moins de vingt-quatre heures.

Ce serait sans doute une erreur d'agir maintenant.

Quelle que soit ma mission, je dois toujours déterminer le bon moment pour agir. Est-ce quand je suis suffisamment introduit dans le cercle et que je n'attire plus l'attention ? Ou bien le plus vite possible afin de décamper avant même qu'on ne sache que j'étais là ? Parfois, je dois attendre patiemment une occasion, et d'autres fois...

D'autres fois, c'est le destin qui décide pour moi.

Le maire se retourne. Je vois son visage pour la première fois. Une moitié est éclairée par la lampe de bureau, l'autre est plongée dans la pénombre.

C'est un visage gentil. Et célèbre.

Ses yeux me frappent, ce sont les mêmes que ceux de Sam.

Ne pas y penser.

L'essentiel est que nous soyons dans la même pièce. La porte est fermée. Il suffit que j'exécute ma mission et que je retourne à la fête avant que quelqu'un ne découvre le corps.

– Combien d'appartements penses-tu qu'on puisse voir d'ici ? demande le maire qui s'est retourné et fait à nouveau face à la fenêtre.

J'aperçois, au-dessus du toit du Muséum d'histoire naturelle, une immense et magnifique vue sur la ville. Des fenêtres en haut, en bas, à droite, à gauche. Parfait quadrillage lumineux de la vie.

– Des milliers, sans doute, dis-je.

Je me tiens à présent derrière lui, à quelques dizaines de centimètres de son épaule gauche.

– Je dirais environ douze mille, déclare le maire.

– Vous les avez tous comptés ?

– Je n'en ai pas eu besoin. J'ai calculé le nombre de fenêtres visibles dans trois centimètres carrés de vitre, et j'ai multiplié ce chiffre par la taille totale de la vitre, puis j'ai divisé par le nombre moyen de fenêtres par appartement.

– Voilà pourquoi c'est vous qui dirigez la ville tandis que moi je suis le dernier de ma classe en trigonométrie.

Il éclate de rire.

Je retire le stylo de ma poche. Je le fais tourner entre mes doigts sans le regarder, je localise le mécanisme de détente à l'aide de mon pouce.

– Douze mille, rien que pour cette petite partie de ville. Imagine que tu sois à la recherche d'un appartement. Avec tant de choix, comment être sûr d'avoir trouvé celui qui te convient le mieux ?

L'image de mon père me vient soudain à l'esprit. Mon père dans son bureau à l'université.

Quand il m'amenait avec lui au travail, j'avais l'habitude de m'asseoir en face de lui tandis qu'il corrigeait des copies. De temps en temps, il levait les yeux et il me posait une question – sur la vie, les amis, l'école – et nous en discutions. Déjà, alors que je n'avais que dix ans, il m'apprenait à réfléchir.

Le maire se retourne et me regarde.

– La plupart des gens ne choisissent pas vraiment. Combien de gens ont les moyens d'habiter ce genre d'appartement ? réponds-je.

– Tu as sans doute raison, approuve le maire.

Il regarde à nouveau par la fenêtre. Je fais un pas vers lui.

La musique a changé. Les basses se sont calmées.

Boum, boum.

– Donc tu es en train de dire que nous ne choisissons pas, que ce sont nos contraintes qui choisissent pour nous.

– Je crois, oui.

Je revois Sam lors du débat de ce matin. Elle a le même genre de curiosité intellectuelle. Je sais, maintenant, de qui elle tient ça.

– Mais si nos contraintes choisissent pour nous, comment arrivons-nous à savoir ce que nous voulons ?

– Peut-être que cela importe peu, ce que nous voulons.

Je fais un autre pas pour me rapprocher de la nuque du maire.

La distance de frappe.

– Et pourtant ce sont nos désirs qui nous définissent. Si nous ne savons pas ce que nous voulons, comment savoir qui nous sommes ?

– J'imagine qu'on fait le choix qu'on estime le meilleur et qu'on accepte de vivre avec.

Je tourne le capuchon du stylo vers la droite.

Il est maintenant armé.

– Tu as peut-être raison, dit-il.

Je clique sur l'embout et la pointe sort du stylo, fine et mortelle.

– Il y a toujours un moment avant le choix, tu ne crois pas ? Un moment où on prend conscience que le choix qu'on s'apprête à faire va affecter un certain nombre de gens.

– Vos choix, peut-être, pas les miens.

– Pourquoi cela ?

– Vous êtes le maire. Et moi un simple ado.

– Pourtant nous faisons tous des choix. Et ils ont des conséquences.

Les choix.

Mon père a fait un choix, et cela a changé ma vie pour toujours.

Je fais également des choix, et je change le cours de la vie des gens pour toujours.

La vie de Sam par exemple. Et celle du maire.

Je me fige, le stylo à la main.

Pourquoi suis-je en train de penser à cela maintenant ?

Un pas de plus, un seul, et j'atteindrai sa nuque. Ce sera

fini. Je déménagerai à nouveau, loin de cette ville, de cette maison, de Sam.

Un seul pas.

Et pourtant je ne le franchis pas.

Le maire soupire. Il se retourne.

– Tu es très gentil de supporter mes élucubrations. Comme tu peux le voir, j'ai pas mal de choses à l'esprit. Je dois prendre une très importante décision concernant mon avenir. Désolé de t'ennuyer avec ça.

– Ce n'est pas ennuyeux. Ça me dépasse un peu, c'est tout.

– C'est étrange, mais j'en doute.

Il regarde ma main.

– Pourquoi tiens-tu ce stylo ?

Juste à cet instant, la porte du bureau s'ouvre pour laisser entrer Sam.

– Qu'est-ce que tu fais là ? me demande-t-elle.

Voilà, j'ai hésité et maintenant mon opportunité m'a filé entre les doigts.

Mais où avais-je donc la tête ?

Je tourne le capuchon vers la gauche. Le stylo redevient inoffensif.

– J'étais juste sur le point de m'humilier en demandant à ton père un autographe.

– Nous sommes dans la partie privée, ici, tu n'as rien à y faire, dit Sam.

– Je lui ai permis d'entrer. Et nous avons eu une excellente conversation, n'est-ce pas ?

– En effet.

Le maire me fait un clin d'œil.

– OK, dans ce cas, désolée, s'excuse Sam.

Le maire s'approche d'elle, son corps noueux un peu raide. Sam lui fait un câlin.

– Ma fille est très protectrice. Tu la connais bien, fiston ?

– Je m'appelle Benjamin.

Je ne suis pas ton fiston.

– J'apprends à la connaître. Il y a beaucoup de strates.

Le maire éclate de rire. Il a le rire facile, et chaleureux.

– C'est bien vrai. Elle est comme sa mère pour ça.

– Hé, vous deux, je suis là. J'entends tout ce que vous dites.

Je jette un coup d'œil sur le bureau. Il y a un cadre contenant une photo d'eux trois – Sam, son père et sa mère, la femme dont j'ai vu la photo dans le profil Facebook. Ils posent devant un monument quelque part au Moyen-Orient.

– On devrait te laisser tranquille, papa. Je sais que tu as du travail.

D'un petit signe de la tête, elle m'indique de sortir de la pièce.

– Un instant, demande le maire.

Il s'approche de moi. Et me tend une main, la paume tourner vers le haut.

– Ton stylo. Donne-le-moi.

Je sors mon stylo, et clique pour faire sortir la pointe-bille.

Je le pose dans sa main, délicatement.

Il se penche sur son bureau et prend une carte imprimée du logo de la mairie. Il secoue le stylo, écrit quelques mots, plie la carte et me la donne.

– Content d'avoir fait ta connaissance, Ben.

– De même, monsieur.

Nous nous serrons la main. Sa paume est chaude et sèche.

– J'espère que nous aurons l'occasion de nous revoir, ajoute-t-il.

– Moi aussi.

Je me dirige vers la porte et m'arrête.

– Excusez-moi, monsieur, mais est-ce que je peux reprendre mon stylo ?

Il jette un coup d'œil sur son bureau. Le stylo est resté posé là.

– Bien sûr, dit-il, avant de me le rendre.

LE PRO SE TIENT JUSTE DERRIÈRE LA PORTE DU BUREAU.

Il attend.

Depuis combien de temps est-il là ?

Et si j'avais exécuté ma mission et que j'étais sorti pour le trouver là ?

Je ne dois pas penser à ça.

Le Pro regarde Sam, puis moi.

– Vous n'avez pas le droit de vous trouver dans cette partie de la résidence, dit-il en s'adressant à moi.

– C'est mon ami Benjamin, explique Sam.

Il me fixe tout en parlant à Sam.

– Que faisiez-vous dans le bureau de votre père ?

– On lui parlait. En privé.

Il regarde Sam, opine de la tête, entrouvre la porte et jette un coup d'œil pour vérifier que le maire se trouve bien là.

– Satisfait ? demande-t-elle.

– Je fais juste mon travail, mademoiselle.

Il referme la porte et se fige à nouveau telle une gargouille.

Sam me tire dans la direction opposée.

– Quel con ! Je suis désolée de cet incident, s'excuse-t-elle.

– J'ai l'impression qu'il ne m'apprécie pas des masses, dis-je.

– Il n'apprécie personne, mais toi il ne t'apprécie *vraiment* pas du tout.

– Bizarre, je suis pourtant plutôt sympa.

– C'est aussi ce que mon père a l'air de penser.

– Et toi ?

– Je n'ai pas encore décidé.

– Prends ton temps. Je ne vais nulle part.

Surtout pas maintenant. Je viens de gâcher ma première opportunité et je dois trouver un moyen de rattraper ça.

Dans le couloir, nous marchons côte à côte.

– Mon père t'a cassé les oreilles avec ses histoires ?

– Pas qu'un peu.

– Il a une importante décision à prendre et ça le rend un peu dingue.

– Quoi, il va changer le jour de passage des poubelles ?

– Ha, ha, très drôle. Non, c'est plus le genre : que vais-je faire avec le reste de ma vie ?

– Je ne savais pas que les maires pensaient à ce genre de chose.

– Les maires qui font leur dernier mandat, si. C'est le revers de la médaille de la limitation du nombre de mandats. C'est plutôt anxiogène.

– Il ne va pas retourner à la direction de sa société ?

GRAM. C'est le nom de la société fondée par le maire. Global Risk Assessment Modeling. Des algorithmes de données complexes appliqués à la sécurité mondiale. Grâce à cette société, le professeur est devenu homme d'affaires et l'homme d'affaires, millionnaire. Et ce millionnaire a été élu maire de New York à un moment où le monde était considéré très peu sûr.

Du moins, c'est ce qu'on raconte. C'était il y a presque huit ans. J'avais huit ans à l'époque.

– Qui sait ce qu'il choisira de faire. Mon père a le chic pour compliquer des choses simples. Ma mère le lui répétait tout le temps. Mais maintenant il n'y a plus que nous deux.

Son visage s'est assombri.

Sa mère. Je me souviens de l'article relatant son accident de voiture en Israël.

Sam regarde fixement le sol, et trace du bout du pied des motifs sur le marbre.

– Ça va ?

– Les souvenirs. Je les hais parfois, dit-elle.

– Moi aussi.

– C'est vrai ? Quels souvenirs ?

Ceux de beaucoup de choses, toutes dangereuses pour moi.

Avant que je puisse lui répondre, une fille aux cheveux d'un roux éclatant arrive vers nous et nous interrompt.

– Super fête ! s'écrie-t-elle.

– Merci ! C'est sympa d'être venue, lui répond Sam.

Tout Feu Tout Flammes pose son regard sur moi, puis sur Sam, puis sur moi à nouveau, indiquant ostensiblement qu'elle ne me connaît pas et qu'elle aimerait bien que je lui sois présenté. Elle attend un instant de plus les présentations.

Elles ne viendront pas.

– Bon, je vais vous laisser, dit-elle en tournant les talons.

– D'autres questions concernant mon père ? demande Sam.

– Oui, plein, dis-je.

Son visage s'assombrit à nouveau.

– Plus j'en sais sur lui, plus j'en sais sur toi.

– Je vois, dit-elle en me regardant de près.

– Tu passes ton temps à essayer de savoir si je dis la vérité.

– C'est un risque du métier.

– Quel métier ?

– Fille de personnalité influente.

Moi, je me demande s'il ne s'agit pas d'autre chose. *Fille qui a été blessée par un ancien petit ami.* Ou bien, *fille qui a perdu sa mère et ne fait confiance à personne.*

Quoi qu'il en soit, c'est compliqué.

Nous passons devant la porte du vestibule et au lieu de continuer vers la fête je m'arrête et saisis la poignée.

D'autres occasions d'aborder le maire ne se présenteront pas ce soir. Le mieux est de partir maintenant.

– Où vas-tu ? demande Sam.

– Je pars.

– Poisson d'avril ?

– Non, en vrai.

– Tu n'en as rien à faire de ma fête ?

– Pas du tout. Je suis venu. Et maintenant je pars.

Voici une fille qui n'est pas habituée à ce que les garçons partent de la sorte. Elle est visiblement décontenancée. Elle s'apprête à me poser une autre question, puis se ravise.

– D'accord alors, mais Erica va être déçue.

– J'ai l'habitude de décevoir les femmes.

Elle tord une mèche de cheveux entre ses doigts.

– Et moi j'ai l'habitude de décevoir les hommes. Une autre chose que nous avons en commun.

Je passe la porte et le gorille.

Je compte les secondes avant qu'elle referme la porte. S'il s'agit d'un ami, on referme souvent directement derrière lui. Si c'est quelqu'un qui ne nous laisse pas indifférent, on attend quelques secondes. Mais si c'est quelqu'un dont on est en train de tomber amoureux...

– Hé ! Benjamin ! appelle-t-elle.

Je me retourne. Sam se tient à moitié sur le palier, sa main sur la poignée. La porte est restée ouverte.

S'il s'agit de quelqu'un dont on est en train de tomber amoureux, on ne rentre pas, on attend sur le palier et on le regarde partir. Exactement comme elle le fait à l'instant.

– Tu ne m'as pas déçue, dit-elle.

Les portes de l'ascenseur s'ouvrent. Le liftier attend.

– Pas encore, dis-je.

Elle sourit et me salue de la main.

J'entre dans l'ascenseur et je laisse les portes se refermer derrière moi.

DANS LE HALL D'ENTRÉE, ON ME DEMANDE DE SIGNER POUR CONFIRMER MA SORTIE.

Je fais une croix à côté de mon nom, et les policiers me souhaitent bonne nuit.

Je ne suis qu'un gamin quelconque qui quitte une fête.

C'est exactement ce que je veux paraître.

Je scanne la rue. Mon corps est décontracté, mais je suis très conscient de tout ce qui m'entoure. J'avance puis je marque une pause pour vérifier s'il y a des réactions autour de moi.

Rien.

En attendant au coin d'une rue que le feu change de couleur, je sors la carte du maire de ma poche. Le sceau de la Ville de New York est doré au fer dans la partie supérieure.

D'une écriture régulière, le maire a écrit :

À un nouvel ami,
content d'avoir fait ta connaissance.
Jonathan Goldberg

Fausse familiarité. Un vieux truc de politicien, mais qui fonctionne toujours.

Quelle personne normalement constituée ne serait pas émue d'avoir une telle carte entre les mains ? Et ne se promettrait pas de voter à vie pour cet homme.

N'ayant pas l'âge de voter, cette tentative de séduction est gaspillée.

Enfin, presque.

Ce maire dégage une énergie qui m'impressionne. Son image demeure en moi comme une lumière vive.

Je pense à lui. Et à la façon dont Sam l'a embrassé.

Je pense à la mort de sa mère. Que se passera-t-il quand elle perdra aussi son père ?

Un klaxon retentit, me rappelant à la réalité du moment. Je lève les yeux juste à temps pour apercevoir une berline noire couper la route à un taxi. Sur le toit du taxi, une publicité :

L'♥ fait d'une maison un foyer

Le cœur accélère et disparaît au loin dans l'avenue.

Je vais dans la direction opposée.

Je n'ai plus de maison, encore moins de foyer.

Cette pensée étrange et lointaine surgit dans mon esprit.

Je la repousse.

J'accélère le pas et je sens le vent souffler dans mes cheveux. J'inspire et j'absorbe le mouvement de la ville, du monde, l'incessant tourbillon.

Moi aussi je suis en mouvement. En mouvement perpétuel, jamais je ne m'arrête, mission après mission.

Cette pensée m'apaise.

Mais pas pour longtemps.

Une demi-rue plus loin, je sens quelque chose. Je regarde dans une vitrine le reflet de la rue derrière moi.

La berline noire. Elle roule doucement dans ma direction, elle me suit deux rues plus bas.

Est-ce la même berline que celle qui a coupé la route au taxi il y a un instant ? Impossible à dire.

Mais je vais le savoir.

Je remonte la 86e rue et prends à gauche vers Broadway. C'est une rue très passante, la circulation y est dense. Impossible d'y effectuer une filature subtile.

La berline ne s'y essaye pas. Elle accélère et me dépasse à toute vitesse. Les vitres sont fumées, je n'ai pas pu voir le chauffeur. Elle tourne sur Broadway et disparaît.

Peut-être ne me suivait-elle pas.

J'attends au feu, puis je traverse Broadway et je continue le long de la 86e rue.

Je projette mon attention dans toutes les directions.

Je ne détecte rien.

Du moins pas pendant une longue minute. C'est alors que la berline réapparaît, cette fois devant moi, roulant à vive allure dans ma direction.

J'assemble les morceaux du puzzle. J'ai été suivi après avoir rencontré Sam, et maintenant après avoir quitté la résidence du maire. Cela n'a rien d'une coïncidence. Mais est-ce pour autant lié à ma mission ?

J'ai la ferme intention d'en avoir le cœur net. Et vite.

En arpentant les rues du quartier plus tôt dans la journée, j'ai remarqué une benne de chantier devant une maison en cours de rénovation. Cette benne n'est qu'à quelques mètres de là où je me trouve.

Sans attendre de voir ce que la berline compte faire, je bifurque à droite, enjambe le trottoir et saute derrière la benne. Je monte quatre à quatre le perron et je pousse avec mon épaule la planche de bois qui fait office de porte d'entrée.

Le panneau grince affreusement et le cadenas cède d'un bruit sec et sonore.

J'ENTRE DANS UN PETIT SALON SOMBRE EN COURS DE DÉMOLITION.

Les murs ont été mis à nu, les revêtements de sol arrachés, des fils électriques pendent du plafond. L'intérieur d'une magnifique maison entièrement détruit pour rénovation.

Dehors, sur le trottoir, des pas résonnent. Deux personnes, peut-être plus.

Un escalier à ma gauche, sans rampe.

Monter ou descendre ?

Si je monte, je cours le risque de me retrouver piégé à l'étage, mais c'est un petit risque comparé aux avantages. Position haute et effet de surprise : deux éléments clefs pour contrer une attaque.

Je monte en courant. À l'instant où j'atteins le palier du premier, j'entends quelqu'un forcer le panneau de l'entrée, en bas. Cette maison compte trois étages, donc le salon et la salle à manger doivent se trouver au premier. J'ai besoin de place pour me battre : ce sera ici ou sous les combles. Je choisis ici.

D'un pas rapide, je m'enfonce dans le couloir et arrive à une porte dont le chambranle a été tapissé d'une bâche de plastique pour empêcher la poussière des travaux de pénétrer dans le reste de la maison. Peut-être un traitement antimoisissure. Peut-être de l'amiante. On ne sait jamais avec ces vieilles bâtisses. Les murs ont eux aussi leurs mystères.

J'écarte le rideau de plastique et j'entre dans un vaste salon. Un lampadaire dans la rue situé au niveau d'une des fenêtres éclaire d'un rai de lumière une partie de la pièce.

À peine entré dans le salon, j'entends bruisser la bâche de protection. Je bondis me cacher derrière une colonne tandis qu'un homme avance d'un pas ou deux dans la pièce.

Il est nerveux. Sans bouger, il regarde ici et là, penche la tête à droite, à gauche. Je retiens ma respiration, je baisse mon niveau d'énergie.

Lui aussi a retenu son souffle.

Il expire et sort à reculons. Soudain, il s'arrête et regarde par terre.

Le sol est recouvert d'une fine couche de poussière qu'éclaire la lumière du lampadaire. Des empreintes de surchaussures en papier dessinent un chemin précis.

D'autres empreintes tracent un chemin différent. Les miennes.

Je n'ai pas pensé à regarder le sol.

Erreur monumentale.

L'homme revient alors dans la pièce et n'a plus qu'à suivre mes pas. Sur le chemin, il ramasse une barre de fer, puis il avance avec prudence.

Tandis qu'il approche, je tourne lentement autour de la colonne afin de me retrouver derrière lui. J'attends et je me jette sur lui. Je l'agrippe sous l'épaule et je plaque ma main sur sa bouche.

La barre de fer tombe avec fracas.

On réagit à l'étage en dessous. Quelqu'un monte quatre à quatre les marches de l'escalier.

Je serre plus fort encore l'énergumène qui se débat. Nous tournons sur nous-mêmes dans une étrange chorégraphie. Sur les murs, j'aperçois, ici et là, des lambeaux d'un papier peint de belle qualité.

Je me mets à imaginer ce lieu comme il devait être autrefois, propre, meublé avec élégance, habité par une famille heureuse.

Autrefois.

Aujourd'hui, cette demeure est le théâtre d'une lutte pour la vie.

L'homme me donne une puissante ruade, tentant de me faire lâcher prise, de me dégager de son dos. Je le serre de toutes mes forces et sens que je suis à deux doigts de lui déchirer les tendons de l'épaule. Je ne veux pas lui faire de mal. Pas si je peux faire autrement. J'ai besoin de savoir qui il est, de lui poser des questions.

Derrière la bâche une ombre passe sans s'arrêter.

Mon homme redouble d'efforts désespérés pour se libérer et tente de crier.

Je serre ma main encore plus fort sur sa bouche et lui pince les narines pour l'empêcher de respirer.

Si j'entends que le second homme continue de monter, alors j'assommerai le mien pour pouvoir le suivre.

Mais le numéro deux ne monte pas. Au lieu de cela, il fait demi-tour. Il revient.

Sa silhouette apparaît derrière la bâche. Il n'est pas nerveux comme l'autre. Il est puissant, sûr de lui.

C'est la Présence.

Nous y revoilà.

Sans entrer dans la pièce, il analyse la situation, le visage brouillé par l'épais plastique.

Soudain, l'homme que j'enserre sort une lame. Il a secoué brusquement son bras et dégagé un couteau du fourreau caché sur son avant-bras.

Il frappe en arrière, visant mon cou mais prêt à se contenter de l'épaule.

En un éclair, je fais volte-face et je vois la lame frôler mon visage.

J'ai évité le premier coup, mais quid du second ?

Je ne tue jamais par plaisir, uniquement par nécessité.

Je n'ai plus le choix.

Il y a nécessité.

Je change ma position afin de préparer le coup fatal, retirant ma main de sa bouche pour la plaquer sur son front.

Aussitôt que sa bouche est libre, l'homme pousse un cri. Au même moment, je tords sa tête violemment jusqu'à ce que je sente craquer sa colonne. Il s'affaisse comme un pantin désarticulé dans mes bras.

Quelques mots à peine. C'est tout ce qu'il a eu le temps de crier. Des mots dans une langue étrangère, mais que je reconnais.

C'était une mise en garde.

En arabe.

Je laisse son corps tomber et me précipite vers la Présence, dégageant d'un geste la bâche.

Personne.

J'entends des pas sur les dernières marches de l'escalier, le panneau de l'entrée claquer et l'homme bondir dans la rue.

Il a trop d'avance sur moi. Même si je lui cours après tout de suite, il sera déjà loin.

Je décide de revenir dans le salon mais, avant, j'observe attentivement le sol du couloir.

Je vois mes empreintes et celles de l'homme que j'ai tué.

Et celles de la Présence.

Des traces de bottes visibles dans la poussière. Des bottes neuves. Aucune trace d'usure.

Dans le salon, je tire le corps pour l'amener dans le rai de lumière. Je l'examine de la tête aux pieds. Un polo encore raide d'amidon, un treillis impeccable et de grosses bottes flambant neuves.

Tout ce qu'il porte est neuf.

Un professionnel n'achèterait jamais de nouvelles affaires pour partir en mission. C'est trop compliqué de casser, vieillir ou user correctement ses chaussures et ses vêtements. Des semelles neuves glissent. Ou collent, s'il s'agit de tennis. Autant de détails qui sautent aux yeux d'un enquêteur.

Or ces types étaient des professionnels, du moins ils avaient une gestuelle de militaire. Aucun gars du métier ne s'aventurerait dans une mission vêtu de la sorte. Sauf. Sauf s'ils étaient pressés par le temps.

Ils sont pressés par le temps.

Exactement comme moi.

Je repense à l'homme qui a parlé en arabe.

Il est originaire du Moyen-Orient, et c'est là-bas que la mère de Sam est morte.

Les coïncidences n'existent pas. Du moins, pas pendant une mission. C'est ce que Mère m'a enseigné.

Je dois donc partir du principe qu'un lien existe, même si je ne sais pas lequel.

À moi maintenant de voir comment faire pour le savoir.

JE RÊVE DE MAISONS.

De celle où j'ai grandi, de celle où j'ai suivi mon entraînement et de celle du maire.

Dans mon rêve, l'une devient l'autre. Je me perds dans ces différents lieux et tente de retrouver mon chemin. Je me sers de tout ce que j'ai appris. Je trace des marques sur les murs, je mémorise les tournants.

En vain. Plus j'essaye de me retrouver, plus je me perds.

Je me réveille en sursaut, haletant.

Je me redresse dans le lit et je tente de comprendre ce qui m'arrive. D'habitude, je ne fais pas de rêves pendant mes missions, pas comme celui-là.

D'habitude, je rêve de plans, de stratégies, du passage à l'acte.

Que signifie ce rêve ?

Il parle d'un échec.

Ce n'est pas possible.

Je me précipite dans la salle de bains et m'asperge le visage d'eau. Je me regarde dans le miroir.

Qu'est-ce qui m'arrive ?

Mon téléphone se met à vibrer deux fois. Cette double vibration est le signal qu'utilise Père pour m'indiquer un appel en mode sécurisé.

Je regarde l'heure.

6h45. Deuxième jour.

Je décroche.

– Alors, c'était comment la fête, hier soir ? dit Père sans même me saluer.

– C'était très intéressant.

Je pense au cadavre abandonné dans la maison en travaux. Je n'ai pas envoyé un bulletin météo pour déclencher la venue d'une équipe de nettoyage. Cela aurait impliqué de rendre des comptes au Programme, d'admettre avoir compromis non seulement ma couverture, mais aussi sans doute la mission.

Quoi qu'il en soit, je suis prêt à parier que le corps ne s'y trouve plus. Selon moi, la Présence est un militaire et je sais maintenant qu'il ne travaille pas seul. Il ne laisserait pas traîner un corps s'il estimait que cela puisse lui être préjudiciable.

C'est pourquoi je n'ai pas émis de bulletin météo et que je ne parlerai pas du corps à Père.

– As-tu pu rencontrer le maire ?

Est-il possible qu'il sache que j'ai rencontré le maire, qu'une personne dans la résidence le lui ait dit ?

Je ne crois pas.

Dois-je tester cette hypothèse en lui mentant ?

Je ne crois pas non plus. Restons-en aux faits.

– Oui, je l'ai rencontré. *Et j'ai hésité.*

Mais je ne prononce pas ces trois derniers mots.

– Il y aura un article à ce sujet dans le *Times* ?

– Non.

Une pause.

– J'ai un appel sur l'autre ligne. Je te rappelle tout de suite.

La ligne coupe.

Je suis dans le pétrin.

J'ai rencontré le maire et le maire n'est pas mort. Père veut savoir pourquoi.

Un texto arrive sur mon téléphone.

Super de t'avoir parlé
Papa

Cela n'a rien d'un texto normal. En appuyant dessus je déclenche la caméra du téléphone direction utilisateur. Je suis en train de regarder ma propre image diffusée en direct sur l'appareil.

Le streaming vidéo est à sens unique. Père peut me voir, mais pas l'inverse.

– Y a-t-il eu un problème hier soir ?

– Non, aucun. Ma rencontre avec le maire ne sera pas relatée dans le journal, c'est tout. Tu sais, il y a tous les jours des lycéens qui rencontrent le maire.

– Mais pas des lycéens comme toi. Pas des élèves spéciaux.

– Élèves spéciaux, élèves normaux, toutes sortes d'élèves le rencontrent. Il y avait beaucoup de monde à la résidence hier soir. C'était difficile de se retrouver seul avec lui.

– Je vois.

Silence.

J'ai ma petite idée sur ce silence. Père est en train d'analyser mon image à l'aide d'un logiciel de lecture de micro-expressions qui étudie les mouvements oculaires, les changements subtils de la musculature faciale, le nombre de clignements d'œil par minute.

En d'autres termes, un détecteur de mensonges.

Mauvaise nouvelle. Je suis en train de mentir.

Je n'ai jamais menti à Père auparavant. Alors pourquoi maintenant ?

Il a laissé entendre que cette mission était une mise à l'épreuve.

Je veux réussir ou non ?

Suis-je un soldat ou un simple garçon qui hésite ? Un garçon qui ne sait pas gérer une filature ? Un garçon incapable de se concentrer sur la tâche à accomplir tant il est hanté par des souvenirs ?

Non.

Je suis un soldat.

Et un soldat, ça va jusqu'au bout de sa mission.

Alors je ne raconte pas à Père les détails de la veille. Je me concentre sur mon visage qui doit rester calme à l'écran. Je ralentis ma respiration. Je me représente mentalement les muscles de mon visage – ils sont détendus, insouciants, professionnels.

– Ce qui m'inquiète, c'est qu'une rencontre avec le maire est une occasion assez unique, dit Père.

– C'était un moment très spécial, mais cela ne signifie pas que l'occasion ne se représentera pas. Rappelle-toi, je vais au lycée avec sa fille, maintenant.

– Tu es en train de m'expliquer que tu vas le revoir. Si tu as de la chance.

– Il ne tient qu'à nous d'avoir de la chance. C'est ce que tu m'as appris, non ?

– En effet.

Je bouge légèrement sur le rebord du lit. Je sens un creux dans le matelas à l'endroit où quelqu'un est supposé avoir dormi nuit après nuit. Dans chaque mission, le matelas a toujours été parfaitement usé, modelé. Je me suis toujours demandé comment ils arrivaient à faire ça. Avec une sorte de massue automatisée qui s'enfoncerait encore et encore dans le lit, étirant le coutil et enfonçant le rembourrage à volonté ?

– Si tu as besoin de quoi que ce soit, tu me le feras savoir, n'est-ce pas ? demande Père.

– Bien sûr.

– As-tu besoin de quoi que ce soit ?

Je sens qu'il me regarde à l'autre bout du fil. Il regarde mon image tandis qu'elle est analysée par l'ordinateur.

– J'ai tout ce qu'il me faut.

– Super, c'est ce que je pensais, dit-il avant de raccrocher.

JE ME SUIS INSTALLÉ DEVANT UN ORDINATEUR DU CDI DE L'ÉCOLE.

Assis dans un des box d'une longue rangée, je surfe sur le Web. La plupart des élèves ici ont leur propre ordinateur portable, netbook ou iPad, mais le CDI met néanmoins à la disposition de tous des ordinateurs en accès libre.

Évidemment, moi aussi j'ai mon propre équipement, en l'occurrence mon iPhone qui, en plus, est sécurisé, mais contre le commun des mortels, pas forcément contre le Programme.

Je ne souhaite pas que le Programme sache que j'enquête.

Dans l'absolu, je n'ai besoin d'aucune autre information pour mener à bien ma mission. On ne me demande pas d'enquêter ni de comprendre tous les enjeux.

On m'a donné une formation. Et maintenant on me donne un nom, ma cible, et c'est tout.

Pas besoin de plus.

Pour une mission normale.

Mais celle-ci comporte trop d'éléments qui ne sont, justement, pas normaux.

La Présence, par exemple. Qui est cet homme et d'où vient-il ? Comment a-t-il su que j'étais ici ?

Et cet autre homme hier qui a crié en arabe.

La mère de Sam était israélienne et elle est morte au Moyen-Orient.

Je tiens mon lien.

Probablement un peu tiré par les cheveux mais je tiens quelque chose.

Je n'ai aucune envie d'impliquer Père ou le Programme dans cette affaire. Si je peux élucider ce mystère moi-même et exécuter seul ma mission jusqu'au bout, je crois que ce sera à mon avantage.

Alors je range de côté mes doutes et je me plonge dans mes recherches.

Je me concentre sur les articles traitant du décès de la mère de Sam, et notamment de l'accident de voiture en Israël. Je lis les nombreux articles relatant le drame, puis je regarde les photos prises dans les jours et semaines suivant l'accident.

Un cliché en particulier attire mon attention.

On y voit Sam lors des funérailles. À ses côtés se tient son père et, à sa gauche à lui, le Premier ministre israélien. Derrière eux, une rangée de soldats au garde-à-vous. Tous regardent droit devant.

Tous, sauf un.

Un des soldats regarde Sam.

Serait-ce dû à une histoire d'angle de prise de vues ? Un éternuement soudain ? Le passage d'une connaissance quelque part derrière le photographe, qui aurait modifié la direction de son regard ?

Ou s'agit-il d'autre chose ? Quelque chose qui aurait à voir avec Sam ?

Malgré le grain épais de la photo et le manque de netteté du visage de ce soldat, cet homme m'évoque quelque chose.

– Ça t'a plu, la fête ? me demande Howard.

Il avance vers moi et s'assied juste à côté. Discrètement, je ferme les fenêtres et quitte le navigateur.

– Oui, c'était pas mal. Tu y étais ?

– J'étais invité, mais je ne suis pas venu.

– Pourquoi pas ?

– J'évite les fêtes.

– Ah bon, pourquoi donc ?

– À cause des gens.

– Ils te dérangent ?

– Je ne m'entends pas très bien avec les gens en général et encore moins avec ceux de l'école.

– Il n'y a qu'avec Sam, dis-je.

– Qu'avec Sam.

Il baisse le regard et fixe le sol. Ce n'est pas la première fois qu'il fait ça. Je connais cette attitude. Elle est courante chez les animaux qui ont été blessés.

– Le jeu en vaut la chandelle, non, quand il s'agit d'aller chez le maire ? dis-je.

Il hausse les épaules.

– J'y suis déjà allé il y a plusieurs années. Tu as vu la chambre de Sam ? demande-t-il en relevant les yeux pour me regarder.

– Pourquoi j'aurais vu sa chambre ?

– Je ne sais pas. En visitant la résidence ou un truc dans le genre.

Un bâillement sonore retentit à l'autre bout du CDI.

Je scanne les lieux. Sommes-nous surveillés ? Quelqu'un est-il en train de nous écouter ?

Négatif.

– Pourquoi tu me poses toutes ces questions à propos de la fête, Howard ?

– Je n'ai jamais vu Sam craquer pour un mec aussi vite.

– Et alors si elle m'aime bien, qu'est-ce que ça peut te faire ?

– Je suis en train de me demander si tu n'as pas une idée derrière la tête, et ça ne me plaît pas.

– Quelle sorte d'idée ?

– Envie d'une conquête.

– Ce n'est pas mon style.

Pas tout à fait vrai. En fait, je n'ai aucun style en particulier. Je fais ce qui doit être fait, un point c'est tout.

– Alors c'est peut-être autre chose, quelque chose qui concernerait le maire.

Je n'aime pas du tout la tournure que prend cette conversation. Je commence à me demander si Howard ne va pas bientôt connaître une issue fatale dans les toilettes.

Mais cela risquerait d'attirer l'attention.

Ou peut-être pas tant que ça, même si l'événement perturbe le cours normal des choses et amorce une enquête policière.

Je me ravise. Il est préférable que l'accident se déroule hors de l'école.

Ou le mieux encore serait d'éliminer tout bonnement la nécessité même de cet accident.

– OK, tu m'as démasqué, dis-je.

– C'est le maire ? demande-t-il en se penchant vers moi avec intérêt.

– Non, le sexe.

– Typique, soupire-t-il d'un ton déçu.

– Tout le monde a envie de coucher avec la fille du maire, non ?

– Pas moi.

– Ah non ?

– Je ne pense pas, contrairement à d'autres, que ce soit bien de vouloir sortir avec quelqu'un juste parce que son père est célèbre.

– Tu ne t'es jamais imaginé avec Sam ?

Il sourit timidement.

– Je suis déjà pris.

– Tu as une petite amie ?

Il regarde autour de nous pour vérifier que personne ne nous écoute puis il me fait signe de me rapprocher. Il ouvre son netbook et commence à pianoter avec frénésie sur le clavier. Jamais je n'avais vu quelqu'un d'aussi rapide sur Internet.

En trois secondes top chrono, la page s'ouvre et Howard oriente l'écran vers moi.

Un personnage virtuel me regarde fixement. Elle a des yeux gigantesques. Chaque fois qu'elle cligne des paupières, une myriade de petites étoiles couleur arc-en-ciel s'échappent de ses longs cils.

– Voici Goji, c'est ma petite amie.

– Goji ? Comme la baie, comme le petit raisin sec du même nom ?

– Oui, c'est son surnom.

– Hum... ta petite amie est un personnage virtuel ?

– Mais évidemment que non, là c'est juste son avatar, explique Howard d'un ton agacé. Il poursuit : Pour ton info elle est japonaise. Et elle existe vraiment. Au fait, tu veux voir *mon* avatar ?

Sans attendre ma réponse, il se remet à pianoter comme un dingue pour m'afficher en deux secondes cette fois son avatar Howard.

Du moins, je crois que c'est supposé représenter Howard. Je reconnais les cheveux, mais pas le reste. Disons que c'est peut-être Howard après cinq années d'entraînement assidu en salle de gym et une chirurgie esthétique pour le moins extrême.

Son avatar fait un signe de la main à Goji, geste qui provoque toute une série d'ondulations d'énergie de couleur bleu-vert. Soudain, les deux personnages courent l'un vers l'autre, s'enlacent puis s'envolent sur une rivière de petits cœurs.

– Elle m'appelle Fro-Fro. À cause de mes cheveux, qui ressemblent à une coiffure afro.

Goji et Fro-Fro. Mignon. Pour peu qu'on apprécie ce genre de choses.

– Elle est comment Goji, dans la vraie vie ?

Il baisse à nouveau le regard.

– Je ne l'ai jamais vue. Elle habite à Osaka.

– Peut-être qu'un jour tu pourras aller là-bas la rencontrer.

– Ouais, peut-être, j'aimerais bien, dit-il.

Moi qui considérais Howard comme un rival, certes platonique, vis-à-vis de Sam, je constate à présent mon erreur. Ce n'est pas un rival mais un possible confident.

– Sam a quelqu'un, elle ? demandé-je.

– Pas en ce moment.

– Mais avant, oui ?

Ses doigts s'agitent à nouveau sur le clavier. Il tourne à nouveau l'écran vers moi. C'est un article du *Daily News* daté d'il y a deux ans. Une toute petite colonne de texte enfouie dans les pages du quotidien.

Corps trouvé dans la Harlem River

Le corps d'un adolescent qui se serait donné la mort a été retrouvé dans la Harlem River, a déclaré la police.

– C'est quoi le lien avec Sam ? demandé-je.

– Le type dans la rivière ? C'était un gars de la Bronx Science. Il aimait bien Sam.

– Et il s'est suicidé ?

– C'est ce que dit le journal, mais moi je n'y crois pas.

– Je ne te suis pas, Howard.

Il baisse la voix.

– Ce type est sorti avec Sam plusieurs fois et il a fini au fond de la rivière. C'est ce qui arrive aux types qui aiment bien Sam. Ils disparaissent.

– Elle les élimine ? dis-je en souriant.

Il secoue la tête. Lui ne sourit pas.

– Qui alors ?

Il regarde autour de nous.

– Elle avait un petit ami à l'époque, révèle-t-il.

– L'ex dont tu m'as parlé et qui lui avait chamboulé la tête ?

– C'est ça. Ils avaient une relation longue distance. Il était israélien. Je n'en sais pas beaucoup plus.

– Je croyais que toi et Sam étiez intimes.

– Nous parlons de toutes sortes de choses mais pas trop de ça, elle ne veut pas.

– Alors tu crois que c'est ce type israélien qui l'a tué ?

– Je n'ai pas la preuve. Mais c'est possible. C'était ce genre de relation.

– Quel genre ?

– Intense.

– Et il fait encore partie du paysage, ce type ?

– Sam prétend que non, mais je n'en suis pas si sûr.

– Qu'est-ce qui te laisse penser ça ?

– Ils se sont séparés mais elle retourne vers lui sans arrêt.

Au lieu de réfléchir à comment cela risquerait de compliquer ma mission, je pense à autre chose.

Je pense à ce que cela signifie pour Sam et moi.

Et je me demande pourquoi elle ne m'a pas encore parlé de lui.

Oublions ces pensées et concentrons-nous sur le présent, sur Howard en face de moi.

– Merci pour l'info, Howard.

– Pas de problème. C'est plutôt sympa d'avoir quelqu'un à qui parler.

À nouveau Howard regarde ses pieds. C'est comme si la solitude irradiait de son corps.

Je repense à moi, seul dans des chambres d'hôtel aux quatre coins du pays, tentant de me divertir en regardant la TV ou en me promenant dans des villes inconnues, sans jamais rencontrer personne et ne communiquant que par téléphone avec des gens invisibles.

– Tu es un chic type, Howard.

– C'est vrai ?

– Tu n'as jamais pensé à t'inscrire à un cours d'autodéfense ou à un truc dans le genre ?

– Je suis incapable de me battre dans la vraie vie, juste sur ordinateur.

– Tu es un gamer ?

Il jette un coup d'œil autour de nous pour s'assurer que personne ne l'écoute.

– Non, mais j'aime bien bidouiller un peu.

– Quoi, tu hackes ?

Il hausse les épaules.

– Je sais faire certaines choses. Par exemple, j'ai craqué la boîte mail de Justin et je l'ai abonné à une newsletter consacrée au virus de l'herpès.

Je laisse échapper un rire.

– Je suis peut-être un loser dans la vraie vie mais, en ligne, je suis un véritable ninja.

– Voilà qui est bon à savoir.

« TU PENSAIS POUVOIR M'ÉCHAPPER ? »

Je me retourne, Erica est juste derrière moi dans le couloir principal du lycée.

– Je t'ai fait peur ? demande-t-elle.

– Un peu.

Elle sourit d'un air satisfait. Je ne lui dis pas que le bruit de ses talons m'avait annoncé son approche depuis un moment déjà.

– Tu ne peux pas m'échapper, personne ne peut.

– Personne ?

– Personne. Je suis une chasseresse. Quand je veux quelque chose, je bondis dessus.

– Et tu l'obtiens toujours ?

– Toujours.

Elle passe ses doigts semblables à des griffes dans son lissage brésilien.

Vantardise, absurde confiance en sa sexualité. Je pourrais la dresser vite fait, identifier son point faible et appuyer dessus. Ouvrir les vannes des émotions qui la font souffrir.

La grande majorité des gens craint la douleur émotionnelle plus que la douleur physique. Je ne sais pas pourquoi, mais je sais comment utiliser ce principe à mon avantage.

Je pourrais la réduire à néant en un clin d'œil, mais ce ne serait pas dans mon intérêt. Je dois trouver le moyen de retourner chez le maire, et vite. Erica me sera sans doute utile.

– Erica, dis-je simplement.

– Benjamin, me répond-elle.

– Tes cheveux sont jolis aujourd'hui.

Elle penche la tête sur le côté, un peu perplexe. Elle scrute mon visage, une main posée sur la hanche comme un mannequin.

– Tu iras loin avec ta flatterie.

– Aussi loin que la classe où tu as cours ?

– Mais certainement.

Elle passe son bras sous le mien. Elle aime bien faire ça. Je ne m'attendais pas à moins.

– Dois-je rougir pour hier soir ?

– Pas du tout.

– Merci, tu es gentil.

– Mais j'ai quand même vu ta culotte.

– Et qu'en dis-tu ?

– Très florale.

Elle rit et me serre contre elle.

– Sam fait souvent des fêtes chez elle ? demandé-je.

– Tous les deux ans environ. Elles sont très courues parce que c'est chez le maire, mais en réalité elles ne sont pas si fun que ça. Franchement, qui a envie de faire la fête au milieu des flics ?

– Oui, je vois ce que tu veux dire.

Arrivés au bout du couloir, je la dirige vers la gauche.

– Pourquoi on va par là ?

– C'est un raccourci.

– N'importe quoi.

– OK, tu as gagné. J'ai pris le chemin le plus long pour qu'on puisse passer plus de temps ensemble.

– Benjamin, je n'en crois pas un traître mot.

Et pour cause. Mais cela ne l'empêche pas de sembler heureuse d'être avec moi. C'est exactement l'effet recherché.

Nous passons devant plusieurs classes.

Dont celle de Sam.

D'où mon idée d'être accompagné d'Erica.

Comme toujours, Sam a pris place au premier rang. Pile en face de la porte.

Je ralentis notre pas. Erica capte le regard de Sam et lui fait un clin d'œil.

Parfait.

Je viens d'introduire un élément de conflit entre Sam et moi. Je n'ai pas le temps que notre relation se développe lentement, et j'ai appris qu'une relation se renforce face à l'adversité. Prenez Roméo et Juliette par exemple. Enlevez les familles en guerre et que reste-t-il ? Une amourette entre deux ados déjà las l'un de l'autre au bout de quelques jours.

Un élément conflictuel.

Cela peut faire toute la différence. Et je suis prêt à parier que cela va faire évoluer les choses de manière intéressante avec Sam.

– Tu voulais que Sam nous voie, c'est ça non ? demande Erica lorsque nous arrivons devant sa classe.

– Peut-être.

Pas la peine de nier. Elle est trop maligne pour ça.

– Tu sais, ce n'est pas grave. Ça ne me fait rien. Tu veux savoir pourquoi ?

– Oui, pourquoi ?

– Parce que Sam est une chouette fille mais, moi, je te conviens mieux.

– Comment ça ?

– Moi, tu me comprends.

– Mais elle aussi, peut-être que je la comprends.

– Personne ne comprend Sam. Je ne crois pas qu'elle-même se comprenne. Et je l'aime beaucoup, alors ce n'est pas pour être méchante.

– Bon, nous verrons bien.

– Les dés sont jetés ! dit-elle en rentrant en cours.

Moi, je fais demi-tour, direction la classe de Sam.

Dans le couloir, juste après un tournant, elle est là. Elle m'attend. Elle est sortie de classe pour m'affronter.

C'est un bon signe.

– Tu t'amuses bien ? me demande-t-elle, d'un ton sardonique.

– Trop, réponds-je en levant les yeux au ciel.

Elle ne trouve pas ça drôle.

– Tu es avec Erica, puis avec moi, puis encore avec Erica. Pourquoi ai-je l'impression que tu joues au même jeu avec nous deux ?

– Je me sers d'elle, c'est tout.

– Pour quoi faire ?

– Pour pouvoir t'approcher.

– Et tu crois que ça va me flatter. Grosse erreur. Je déteste ce genre de petit jeu.

– Moi aussi.

– Mais, toi, tu y joues. C'est même probablement la seule chose que tu saches faire.

À cet instant, Darius déboule dans le couloir, visiblement en retard. En nous apercevant, il ralentit.

– Il y a un problème ? demande-t-il en s'adressant à Sam.

Elle me regarde.

– En fait, oui. Ben a un petit problème avec la vérité.

– Flash info : Ben est une andouille, annonce Darius.

– Je croyais qu'on était devenus potes hier soir, dis-je d'un air faussement vexé.

– Pas si Sam a un problème avec toi. C'est elle d'abord.

La deuxième sonnerie de l'interclasse retentit.

– On y va ? intervient Darius en indiquant la classe à Sam.

Il entre, et Sam le suit.

– Attends, Sam..., dis-je.

Elle hésite.

– Écoute, je suis désolé.

– Et ? demande-t-elle en se retournant.

– Et, je suis une andouille. Darius a raison.

– Perds pas ton temps avec lui, conseille Darius.

Il s'attarde à l'entrée de la classe, alors Sam pose une main sur son bras.

– Ça va aller, lui dit-elle.

Il grogne dans sa barbe et entre. Elle ferme la porte derrière lui.

– Tu es un mystère, Ben.

– Comment ça ?

– On ne comprend pas ce que tu veux, qui tu es.

– Je suis quelqu'un de simple. En fait, je suis exactement ce que tu vois.

– Je ne vois rien, c'est justement ça le problème. D'habitude, je vois tout. Je suis très douée pour sentir si quelqu'un ment ou dit la vérité. Mais avec toi, c'est différent. Une minute je pense savoir à qui j'ai affaire et la suivante je ne sais plus rien.

– Que voudrais-tu savoir ?

– Je voudrais savoir ce que tu aimes et n'aimes pas. Ta vision politique générale.

– Ma vision politique générale ?

– Je suis une personne sérieuse. Je veux être avec quelqu'un de sérieux.

Être avec. Qu'entend-elle par là ?

La dernière sonnerie résonne dans les couloirs, mais ni Sam ni moi ne bougeons.

Je réfléchis comment jouer mes cartes.

Abonder dans son sens. Renforcer le lien en partageant une même vision.

Ou au contraire tenter le rapprochement avec une vision opposée. Les opposés sont censés s'attirer. Cela pourrait être un moyen de la faire réagir.

– Tu es en train de calculer quelque chose, me dit-elle.

– Non, pas du tout.

– Je le vois quand tu fais ça. Pourquoi tu ne me réponds pas franchement pour une fois ?

Répondre franchement.

– OK. Très franchement, je n'ai pas de vision politique.

– Tu te fiches de ce qui se passe dans le monde ?

– Je me préoccupe de moi au sein du monde.

– Voilà une attitude typiquement américaine.

– Tu es américaine toi aussi.

– J'habite aux États-Unis, mais je ne me sens pas américaine.

– Tu te sens quoi ?

– Je me sens... déchirée.

– À cause de ta mère ?

Elle fronce les sourcils.

– Cela n'a rien à voir avec elle.

Alors peut-être avec ton petit ami israélien.

– Désolé d'avoir parlé de ça, dis-je.

Elle se frappe la cuisse.

– Je ne me sens pas moi-même quand je suis avec toi, je me sens bizarre. Ça m'énerve, je n'aime pas ça.

Je la regarde, cherchant désespérément quelque chose à répondre.

Une fissure dans la façade de Samara la toute-puissante. La première que j'entrevois.

Signe qu'elle est en train de s'ouvrir à moi.

– Je ne te trouve pas bizarre, moi.

Son visage se décontracte.

– On peut effacer cette conversation et recommencer plus tard ? demande Sam.

– Absolument. À condition qu'on efface hier soir aussi et qu'on remette ça.

– Qu'as-tu en tête ?

– On pourrait dîner chez toi ce soir ? C'est un peu plus rangé que chez moi.

Elle rit.

– En fait, je dîne avec mon père ce soir. C'est un peu une soirée spéciale.

– Parfait. Ton père m'adore.

– Ce n'est pas faux. Il m'a posé des questions sur toi ce matin.

– Qu'est-ce qu'il t'a demandé ?

– S'il y avait quelque chose entre nous.

– Et que lui as-tu répondu ?

Elle sourit et tourne son regard vers la porte de la classe.

– Il faut qu'on y aille.

– Et pour le dîner ?

Elle ne répond pas, et se contente d'ouvrir la porte en m'invitant à entrer dans la classe d'un grand geste galant.

– Viens à huit heures, mais sans Erica cette fois, me murmure-t-elle à l'oreille lorsque je passe devant elle.

– Compte sur moi.

UN POLICIER SE TIENT DANS LA GUÉRITE EN BAS DE L'IMMEUBLE DU MAIRE.

Petite cabane chauffée. Un seul homme en service.

J'entre dans le hall et je reconnais les quatre employés d'hier soir. Le gardien m'annonce par téléphone.

Dans l'ascenseur, je repense à la veille.

À mon hésitation.

Je me dis que c'était le hasard, une chose qui ne se reproduira pas. Ce que Mère appelle des scénarios uniques. J'ai appris à faire face à ce genre d'éventualité, à réagir aux circonstances, à m'adapter et à recommencer.

Ce soir sera ma seconde chance.

Deuxième jour sur cinq. Je n'ai pas l'intention d'avoir besoin des trois autres.

Un point d'achoppement : la Présence.

Mes recherches n'ont presque rien donné. Je n'ai toujours pas déterminé pour qui travaillent la Présence et son équipe, ni leurs motivations. Si j'exécute ma mission ce soir, aurai-je affaire à eux ?

Je réglerai ce problème en temps voulu.

Les portes de l'ascenseur s'ouvrent sur le vestibule du penthouse.

Le Pro est là, il attend.

Premier obstacle.

– Re-bonjour, dis-je.

Aucune réaction.

Enfin, pas immédiatement. Une fraction de seconde plus tard, il m'ordonne de me tourner et de mettre les mains sur la tête.

– Pourquoi dois-je me retourner ?

– Parce que je vais vous fouiller.

Qu'est-ce que cela signifie au juste ? Ai-je affaire à la procédure normale ou est-il suspicieux à mon égard ?

Qu'importe. L'essentiel est de réagir comme le ferait n'importe quel ado. C'est-à-dire en se rebellant.

– Mais, vous ne m'avez pas fouillé hier soir !

– Ce soir, c'est différent.

– Et mes droits ?

– Pas de discussion. Retournez-vous ou repartez d'où vous venez.

– C'est bon, dis-je en râlant.

Je me retourne et lève les bras.

J'avais anticipé la possibilité d'une telle fouille. Je n'ai sur moi qu'un portefeuille contenant trente dollars et ma carte d'identité scolaire, ma montre spéciale au poignet et, dans la poche, mon téléphone et mon stylo.

C'est tout.

Le Pro trouve toutes ces choses. Il les trouve et les ignore.

Mais il m'a fouillé. Je quitterai sans doute précipitamment les lieux tout à l'heure, alors je dois arrondir les angles.

– Vous êtes là tout le temps ? demandé-je d'un ton plus calme.

– Qu'est-ce que ça peut vous faire ?

Je rends ma voix plus amicale encore.

– Je me demandais seulement si vous aviez une famille.

Sans répondre, il frappe à la porte de l'appartement.

Pendant que nous attendons, il daigne me jeter un regard.

– J'ai une famille, mais je ne la vois pas beaucoup.

Un moment d'humanité. À creuser.

– Des enfants ?

– Un fils. Il est dans l'armée.

– Comme son père.

– Pourquoi vous posez toutes ces questions ? Vous voulez devenir soldat, plus tard ?

– J'y ai songé.

– Ne le faites pas. Ce n'est pas une vie facile. Vous avez un autre choix ?

– Avocat. Paraît que ça rapporte.

Il se marre. C'est bon signe. J'espère que son dernier souvenir de moi sera celui d'un gamin aimable et plutôt drôle. Cela facilitera les choses.

Sam ouvre la porte.

– Sois à nouveau le bienvenu.

Elle porte une petite robe à motifs et un tablier de cuisine. Pas de maquillage, mais cela importe peu. Elle est superbe.

– Salut toi, dis-je.

– Entre.

Je jette un coup d'œil au Pro.

– Prenez soin de vous.

Pas de réaction.

Sam ferme la porte derrière moi. Elle vient de se laver les cheveux. Quand elle passe devant moi, je sens le parfum fruité de son shampooing.

– Je ne savais pas que c'était une soirée habillée.

Elle pose ses mains sur son tablier.

– Oh, ça, je suis en train de cuisiner.

– Tu sais cuisiner ?

– J'ai appris ce matin. J'espère que tu as un bon estomac.

– Rassure-moi, tu blagues ?

Elle prend mon manteau. J'ai juste le temps de retirer mon stylo de la poche.

– Tu espères un autre autographe ?

– C'est mon stylo porte-bonheur. Je l'ai toujours sur moi.

– Tu as besoin de chance ce soir ?

– Si tes talents de cuisinière sont tels que tu les décrits, peut-être, non ?

– T'inquiète, tout va bien se passer. En fait, j'adore cuisiner. C'est une soirée juste entre nous. Les employés sont partis, c'est juste papa et moi.

– Et la statue de l'île de Pâques à l'entrée ?

– C'est un nouveau. Ils ont renforcé la sécurité autour de papa.

– Il s'est passé quelque chose ?

– Je suis désolée, je n'ai pas le droit d'en parler.

Le maire appelle de l'autre bout du couloir :

– C'est Benjamin ?

Il arrive d'un pas nonchalant, habillé de manière décontractée d'un gilet de laine et d'une paire de treillis. On a du mal à croire qu'il s'agit d'un des hommes les plus riches du pays.

– À nouveau bienvenue, dit le maire.

– Je l'ai déjà dit, papa, intervient Sam.

– Les grands esprits se rencontrent, rétorque-t-il gentiment.

– Je dois aller vérifier que ma sauce n'est pas en train d'accrocher. Vous pouvez vous tenir compagnie quelques minutes ?

Quelques minutes. Peut-être juste assez de temps pour moi.

– Je refuse que tu retournes aux fourneaux, s'écrie le maire en prenant la direction de la cuisine.

– Mais où crois-tu aller comme ça ? demande Sam.

– Je préfère que tu passes du temps avec ton ami.

– Mais ma sauce...

– Je gère toute une ville, je dois être capable d'empêcher une sauce de brûler l'espace de dix minutes, non ?

– Vous n'avez pas d'adjoint aux sauces ?

Le maire rit.

– J'aime ton style, garçon.

– Juste n'oublie pas de tourner sans arrêt, papa.

– Oui chef ! répond le maire en faisant un salut militaire avant d'aller à la cuisine.

– Nous voilà coincés ensemble, dis-je.

– Quelle horreur ! répond Sam.

Elle me sourit.

– Viens. Nous allons faire le grand tour.

– Ce n'est pas ce qu'on a fait hier soir ?

– Si tu es gentil, je te montrerai un endroit que tu n'as pas encore vu.

– Quoi ?

– Ne pose pas tant de questions.

Elle m'amène dans sa chambre.

SUR LA COMMODE SE TROUVENT PLUSIEURS PHOTOGRAPHIES ENCADRÉES DE SA MÈRE.

D'autres encore sont accrochées au mur près du lit. Sur certaines, sa mère est seule, sur d'autres, elle pose avec des membres de la famille.

– Ta mère est partout, dis-je.

Est-ce pour cela qu'elle m'a amené ici ? Pour me montrer ça ?

– Ça me fait du bien d'avoir des photos d'elle autour de moi.

Il est habituel de conserver des photos de personnes qu'on aime. Pour se réconforter. Je le sais, sans véritablement le comprendre.

– Ça te fait du bien comment ?

– J'ai l'impression qu'elle est encore un peu là, avec moi.

– C'est suffisant, un peu ?

– Parfois oui. Parfois...

Elle prend un des cadres. Sur la photo, Sam, qui doit avoir quatre ou cinq ans, tient la main de sa mère.

– Tu n'as pas de photos de quand tu étais petit ? me demande-t-elle.

– Pas comme toi, non.

Un cliché sur la commode capte mon attention. Sam est dans le désert à côté d'un jeune homme en treillis militaire, un Uzi[1] à l'épaule.

Pas n'importe quel jeune homme.

Non. Il s'agit du même homme que celui de la photo que j'ai vue sur l'ordinateur au CDI, celle de Sam aux funérailles de sa mère. C'est le soldat qui semblait la fixer du regard.

– Qui est-ce ?

– Juste un soldat. C'était pendant une séance photo officielle, quand on a visité le Néguev.

– Genre cliché touristique ?

– Exactement. À quoi bon faire un voyage en Israël si c'est pour revenir sans une photo d'un soldat fusil à l'épaule ?

Mais ce soldat n'est pas n'importe quel soldat. Il est présent sur deux photographies de Sam prises à deux époques différentes.

Conclusion : elle me ment.

Question : pourquoi ?

Je prends la photo dans mes mains et immédiatement une tension apparaît autour de sa bouche.

Une tension subtile certes, mais palpable.

Sam a environ treize ou quatorze ans sur cette photo, son visage de fillette transparaît sous ses traits d'adolescente.

---

1. Pistolet mitrailleur israélien.

Le soldat à ses côtés a l'air féroce. Il a environ dix-neuf ans. Teint mat, cheveux frisés.

Je reconnais quelque chose en lui.

Peut-être ses yeux. Ils sont froids.

Comme les miens.

Ou bien autre chose.

– Cette photo a l'air de beaucoup t'intéresser, dit Sam.

Elle est mal à l'aise. Je l'entends dans sa voix.

– Tu as l'air si jeune.

– Naïve et sans défense. Un agneau dans les bois, ou plutôt dans le désert.

– Ça se voit. Et on dirait que le soldat aussi s'en est aperçu.

Soudain sa nervosité a disparu. Elle vient vers moi et me prend la photo des mains.

– Serais-tu jaloux, Ben ?

– Bien sûr. J'aurais bien aimé te connaître à cette époque.

– Moi pareil.

Elle range la photo et s'assied sur le lit. Je m'installe près d'elle.

– Toutes ces images de ta mère. Je peux te demander comment elle...

– Tu ne l'as pas lu dans la presse ?

– La presse et la réalité sont deux choses différentes.

Elle hésite, comme si elle voulait ajouter quelque chose, mais se retient.

– C'était un accident. Elle conduisait et quelqu'un l'a percutée. Nous étions en Israël.

– Je suis navré.

– Ne le sois pas. La vie est ainsi faite.

– Quoi, faite d'accidents ?

– Non, la vie est injuste.

Je pense à la dernière fois où je suis allé dans le bureau de mon père à l'université. Il avait dû se rendre à une réunion et m'avait laissé là, en lieu sûr. J'étais assis sur le canapé, content d'être seul dans son bureau, entouré de toutes ses affaires, de ses livres, persuadé qu'il reviendrait vite.

Mais il n'est jamais revenu.

Le souvenir repasse en boucle dans ma tête.

Le coup de téléphone m'annonçant l'accident.

Moi me précipitant à la maison pour trouver Mike assis à la table de la cuisine en train de m'attendre.

Une sensation traverse mon corps. Une étrange sensation qui provoque une contraction dans ma poitrine et ma gorge.

Sam me regarde.

– Toi aussi tu as perdu quelqu'un ?

– Peut-être.

– Tu n'aimes pas en parler, c'est ça, non ?

Je ne réponds pas.

– Si jamais tu as envie d'en parler, dis-toi que je sais ce que c'est. D'accord ?

– C'était il y a longtemps.

Sam regarde une photo de sa mère tenant un bébé coiffé d'un béret rose.

– On n'est plus pareil après, tu ne trouves pas ?

– Si.

– Les enfants ! appelle le père de Sam de la cuisine.

– Il croit encore que je suis une enfant. Comment pourrais-je encore être une enfant avec tout ce qui s'est passé ?

J'inspire et j'expire. C'est plus difficile que ça ne devrait l'être.

– Tu as faim ? me demande Sam.

– Oui, très faim.

C'est un mensonge.

LE BRAS DE SON PÈRE EST À MOINS DE CINQUANTE CENTIMÈTRES DE MOI.

Les poils sont châtains. Des taches de rousseur parsèment une peau pâle, visiblement peu exposée au soleil.

Le bras se tend vers moi pour attraper le sel. De cinquante il passe à trente centimètres de moi.

– À quoi penses-tu, jeune homme ?

Je veux en finir et partir d'ici. Voilà à quoi je pense. Je n'aime pas ce qui m'arrive quand je suis avec Sam. Ces souvenirs qui m'envahissent. Sans parler des autres choses qui pourraient me faire perdre mon sang-froid.

– J'étais en train de penser que c'est vraiment délicieux. Et à quel point je suis surpris étant donné que le chef est novice.

Sam me donne un coup de pied sous la table.

Le bras du maire saisit la salière, se plie, secoue du sel sur la nourriture, repose la salière au centre de la table.

– Quoi qu'elle en dise, Samara est très bonne cuisinière, répond le maire.

– C'est Zabar's, le bon cuisinier, dit-elle.

– Tu as peut-être tout acheté chez Zabar's, mais tu en as fait du Samara.

Le maire sort un appareil photo de sa poche.

– J'ai failli oublier, dit-il.

Il regarde dans le viseur tandis que moi, je recule discrètement. Je ne veux pas de photos de moi dans cet endroit, surtout pas ce soir.

Le maire rapproche son assiette, se penche et prend une photo de son dîner. Le flash illumine la pièce.

– Papa, râle gentiment Sam.

– Vous immortalisez notre repas ? demandé-je.

– C'est pour le Web. Je poste des images de ma vraie vie, de ce que je fais, de ce que je mange. La mairie se doit d'être transparente.

– Mon père tient un blog, tu y crois ?

Le maire me tend l'appareil photo.

Sur le petit écran, je regarde la photo du dîner. Dans la lumière du flash, les brocolis paraissent vert fluo.

– Quand Sam a suggéré que je tienne un blog, j'ai d'abord pensé que c'était une très mauvaise idée. Mais maintenant que j'ai commencé, je trouve cela plutôt amusant.

– Comme ça les gens te voient comme un être humain.

– Au lieu de quoi ? Le monstre que je suis en réalité ?

Le Pro du vestibule entre dans la pièce. Il ne s'annonce pas. Il surgit, c'est tout.

Le maire l'aperçoit deux secondes après moi.

– Vous avez besoin de moi ? lui demande-t-il.

– J'ai vu un flash, dit le Pro.

– Je prends des photos de mon repas.

Je rends l'appareil au maire.

Le Pro acquiesce d'un hochement de tête.

– Désolé de vous avoir dérangé, monsieur le maire.

– Ce n'est rien, vous pouvez poursuivre.

Le Pro se retire pour continuer sa tournée.

Cela fait environ quarante-cinq minutes que je suis arrivé et il fait sa tournée. À mon avis, il doit en faire une toutes les heures. Peut-être moins ce soir. La soirée est tranquille, et entre ici et la rue, il y a tout de même trois postes de sécurité.

Par prudence, je règle la pendule dans ma tête pour dans une heure. Je lui donne cinq minutes pour terminer sa tournée, puis une heure avant de le revoir.

– Je déteste toutes ces mesures de sécurité, dit le maire.

– Vous devez y être habitué depuis le temps, non? demandé-je.

– La police de New York, oui. Nos hommes en bleu quand je me rends à un événement, oui, bien sûr. Mais je n'arrive pas à m'habituer à ces hommes-là dans ma maison.

– Pourquoi avez-vous besoin de ces mesures supplémentaires ?

Sam regarde son père mais ne dit rien.

– Secret d'État, répond le maire.

Puis il change de sujet :

– Mangeons avant que ça ne refroidisse.

Je n'insiste pas.

Nous mangeons et Sam raconte à son père sa vie à l'école. Les notes, les tests, les gens à qui elle a affaire au quotidien. Je réalise que c'est le genre de conversation que des milliers d'enfants ont chaque jour avec leurs parents. On discute pendant le dîner, on échange des anecdotes, on pose des questions, on répond, on esquive.

C'est la chose la plus naturelle au monde, sauf pour moi. Mes conversations à moi se résument à des communications cryptées, des descriptifs de mission, des rapports de situation. Bref, à des choses liées au travail.

Là, c'est le réel. C'est comme ça que les gens vivent vraiment.

Tu ne rates rien.

C'est ce que je me raconte. Même un maire qui discute avec sa fille est ennuyeux comparé à ma vie. Je vis dans un jeu vidéo, alors que ces gens-là vivent dans le monde.

– J'ai l'impression qu'on t'ennuie, dit Sam.

– Pas du tout.

– Peut-être pensais-tu que dîner chez le maire était plus excitant ? se moque-t-elle.

– Pour être tout à fait franc, je m'attendais à une salve de vingt et un coups de canon entre chaque plat.

– Vingt et un coups de canon ? C'est du poulet ou un enterrement ?

Je rigole.

– Bon les gars, j'espère que vous avez gardé un peu de place, dit Sam.

– Pourquoi donc ? demande le maire.

– Pour ta surprise, répond-elle.

– Mais tu m'avais promis...

– Tu me connais, je suis une menteuse.

– De quoi parlez-vous ? demandé-je.

– Aujourd'hui n'est pas un jour comme les autres, explique Sam.

Le maire fait non de la tête à Sam mais elle l'ignore.

– C'est l'anniversaire de mon père, dit-elle.

Le maire se cache le visage.

Je me repasse rapidement les différentes informations contenues dans le profil. Une date de naissance n'est pas en soi une information cruciale, sauf si l'anniversaire tombe pendant la mission. Comment ai-je pu passer à côté de cette information ?

– OK, j'avoue, c'est la vérité. J'ai aujourd'hui cent ans.

– Oh, allez, papa, dit Samara en donnant à son père un petit coup de coude.

– OK, j'ai cinquante-deux ans. Mais c'est plus près de cent que de zéro.

– Joyeux anniversaire, dis-je.

– Vous deux, ne bougez pas. J'en ai pour une minute, déclare Sam.

Elle pose un bisou sur la tête de son père et sort de la pièce.

Je regarde le maire assis de l'autre côté de la table, en face de moi.

Une minute. Sans doute cinq.

Je visualise le plan de l'appartement et la position des quatre protagonistes.

Le Pro vient de finir sa tournée, il est sans doute déjà de retour dans le vestibule. Sam est dans la cuisine à une trentaine de mètres de nous de l'autre côté d'une porte à double battant qui grince sur ses gonds.

Voilà qui nous laisse seuls. Le maire et moi.

Le maire se lève.

– Profitons de cette mi-temps pour nous étirer.

– Bonne idée.

Je fais comme lui. Je me mets debout et je m'étire. Et j'en profite pour faire un scan visuel complet de la pièce.

Nous sommes seuls.

– Je suis content que nous ayons une minute à nous. J'aimerais poursuivre notre conversation d'hier soir, dit le maire.

Il fait un pas vers moi, s'approchant suffisamment pour que je puisse sentir son after-shave. L'odeur est agréable, propre et un peu sucrée. Comme un père devrait sentir.

Mon père.

Une violente vague de vertige m'envahit et la pièce se met à tourbillonner autour de moi. J'enfonce mes pouces dans les yeux.

– Ben ? dit le maire.

– Oui, monsieur.

– J'ai besoin de votre aide concernant une chose en particulier.

Mon aide ?

J'arrête d'appuyer sur mes yeux.

– Allons ici poursuivre notre conversation, dit le maire en m'indiquant le salon d'un geste de conspirateur.

Je le laisse s'éloigner et je bois une grande gorgée d'eau. Je respire à fond. Je me concentre.

Je suis prêt.

Lorsque j'entre dans le salon, le maire a pris sa position préférée face à la fenêtre, perdu dans ses pensées. Il retire un étui en argent de sa poche. Il l'ouvre et prend une cigarette qu'il fait glisser un moment entre ses doigts.

– Je suis censé avoir arrêté de fumer lors de la dernière campagne électorale. Si la presse l'apprend, ils me couperont la tête. Ensuite ma fille s'occupera de découper le reste en petits morceaux.

– Je suis une tombe.

Il allume sa cigarette et tire longuement dessus.

– Je me fais du souci pour Sam, déclare-t-il.

– Du souci ?

– Bientôt, beaucoup de choses vont changer et elle n'aime pas les changements.

Il me regarde pendant quelques secondes et s'installe dans son fauteuil. Il ouvre un tiroir et sort un cendrier.

– Assieds-toi, Ben.

C'est ce que je fais. Je prends place sur le canapé, au plus près du maire. Nos jambes, séparées d'à peine trente centimètres, forment un angle à quarante-cinq degrés. Quand il se penche pour déposer ses cendres dans le cendrier, il se penche forcément vers moi.

– Je sais que Sam te fait confiance, dit-il.

Je pourrais très bien aller dans son sens et le laisser continuer. Mais c'est un homme très intelligent. Ne pas oublier cela.

Donc, dire la vérité.

Enfin, pas toute la vérité.

– Pour être honnête avec vous, nous venons juste de faire connaissance. Je ne connais pas Sam si bien que ça.

– Peut-être, mais le fait est que tu es là. Elle n'a jamais invité qui que ce soit auparavant à un dîner de famille.

– En fait, je me suis un peu invité moi-même.

Le maire ricane doucement.

– C'est vraiment ce que tu crois ?

– Que voulez-vous dire ?

– Elle m'a demandé ce matin si elle pouvait t'inviter ce soir.

– Elle a fait ça ?

– C'est une futée, Ben. Méfie-toi.

Je repense au moment où, dans le couloir de l'école, j'ai

suggéré à Sam de m'inviter à dîner. Avait-elle tout manigancé ?

Comment ai-je pu ne pas m'en apercevoir ?

– Tu sais que mon dernier mandat s'achève dans quelques mois, ajoute le maire.

– Oui, j'ai lu des articles dans la presse à ce sujet.

Je jette un coup d'œil vers la cuisine. Aucun mouvement là-bas.

– On m'a proposé quelque chose. Quelque chose qui va se jouer sur un terrain de jeux bien plus grand.

– Un nouveau travail ?

– Oui, si tu veux. Et si j'accepte, cela impliquera beaucoup de changements. Pour Sam surtout.

Nouvelles fonctions. Nouvelles mesures de sécurité.

Cela a du sens et sans doute un lien avec ma mission. Mais cela importe peu au moment présent. Je suis si proche de la fin.

– Des changements pour Sam, je comprends. Mais en quoi cela me concerne-t-il ? demandé-je.

– Je voudrais que tu t'occupes d'elle.

– Plein de gens s'occupent déjà d'elle.

– Je sais qu'elle a des amis. Mais je suis en train de te parler d'autre chose.

À cet instant précis, un grand clic retentit et la pièce est plongée dans le noir.

– Que se passe-t-il ? demande le maire.

Dans l'obscurité, je me prépare à affronter un danger.

– Bon anniversaire ! crie Sam de la salle à manger tandis que la porte de la cuisine grince lentement.

– Le moment est arrivé. De l'embarras servi sur un plateau, dit le maire.

Il se lève avec brusquerie, écrase sa cigarette et cache le cendrier dans le tiroir.

Il se tient à un bras de distance de moi dans l'obscurité. Je sens sa présence, j'entends sa respiration.

Il tend sa main et me touche l'épaule, s'approche et me chuchote à l'oreille :

– Nous reparlerons de tout ça plus tard. S'il te plaît, pas un mot, à personne, pour l'instant.

Sam arrive dans un halo scintillant de lumières de bougies.

– Quelle merveilleuse surprise ! dit le maire.

Il fait très sombre de notre côté du salon. La partie de la pièce où se trouve Sam est éclairée par les bougies. L'espace entre les deux est animé d'ombres.

Sam se met à chanter.

Le maire me dirige vers elle, son bras posé de manière nonchalante sur mes épaules. Nos corps sont proches, si proches que je peux mettre mon bras autour de lui.

Ce que je fais.

Finis-en. Là, tout de suite.

C'est justement le bras où je porte ma montre spéciale. Il me serait facile de cliquer sur un bouton situé sur le côté du cadran puis d'enfoncer le dos de la boucle dans la peau fine de sa gorge.

Nous sommes à une douzaine de pas de Sam.

« S'occuper d'elle », a dit le maire.

Mais ce n'est pas mon travail.

C'est même tout le contraire.

Le gilet du maire est épais mais son cou au-dessus est dégagé. Il me serait facile de lever un peu le bras, de quelques centimètres à peine, pour l'atteindre.

Ce serait fait et je pourrais quitter ce lieu, être loin de cette famille et de ses conversations autour de la table à manger, de ses histoires de confiance et tout le reste.

Je serais loin et j'aurais terminé.

Dix pas de Sam.

Le maire chante, moi aussi.

Nous sommes bras dessus bras dessous maintenant. Nous nous balançons et chantons à l'unisson.

Je pourrais atteindre le cou. Orienter mon poignet.

Il tomberait, je le rattraperais. Sam et moi nous nous tiendrions au-dessus de lui. L'un de nous appellerait à l'aide. Les secours arriveraient tout de suite mais forcément trop tard.

Cinq pas de Sam.

Le maire me serre contre lui. Je n'ai qu'à faire pivoter mon bras...

Mais je ne le fais pas.

Au lieu de cela, je chante. Je fête ce jour avec ces gens et j'agis comme si j'étais l'un des leurs, comme si je faisais partie de la famille.

Avant que je puisse m'en rendre compte, la chanson est finie et le maire enlève son bras de mon épaule.

Je fais de même.

Il avance vers le gâteau, son visage éclairé par les bougies. Je vois comment il regarde sa fille. Je vois la manière dont il lui sourit, dont elle lui sourit.

Je ne dois pas me laisser influencer.

Même quand ils mentent les hommes sourient. Le père de Jack ne souriait-il pas alors qu'il trahissait son pays ?

Mon père aussi souriait, et Mike est arrivé.

Aujourd'hui, le maire sourit, et je suis là.

Personne n'est innocent. C'est ce qu'on m'a enseigné.

Une question cependant surgit dans ma tête en même temps que le souvenir de cet enseignement.

Et si ma mission n'était pas justifiée ? Et si le maire était innocent et tout cela n'était qu'une erreur ?

Non. Le Programme ne saurait commettre d'erreur.

Finis-en.

Un point c'est tout.

Le maire sort son appareil et prend une photo du gâteau pour son blog. Il me montre l'image. Le glaçage a pris un aspect fantomatique.

Finis-en.

C'est tout ce qu'il te reste à faire.

Je ne peux pas.

Le maire souffle ses bougies. Sam et moi applaudissons.

– Et si on prenait une photo de nous trois ? J'ai envie de garder le souvenir de cette soirée, dit-il.

Tandis qu'il s'approche pour me placer, je fais un pas en arrière. Je ne veux plus jamais le toucher. Je ne veux plus jamais sentir son odeur. Plus jamais voir comment il regarde Sam.

– Excusez-moi, je vais aux toilettes, dis-je.

J'ENTRE DANS LA SALLE DE BAINS AU FOND DU COULOIR.

Je ferme la porte à clef derrière moi et m'asperge le visage d'eau. Je me regarde dans le miroir.

Quelque chose ne tourne pas rond.

Mon cerveau me joue des tours. Je me pose des questions sur la culpabilité et l'innocence alors que cela ne doit pas entrer en ligne de compte.

Mon immersion a été trop poussée. Voilà l'explication.

Je ne suis pas censé m'impliquer autant.

J'ai appris à considérer le monde comme un échiquier. Je suis au-dessus du jeu, je l'observe et l'analyse, je déplace les pions et, au besoin, j'en élimine. Je ne suis jamais sur l'échiquier, toujours en dehors. C'est de cet endroit périphérique que je fais mon travail, et c'est là que je suis en sécurité.

Mon téléphone vibre.

C'est la double vibration qui signale que Père souhaite me parler en mode sécurisé.

Je regarde le téléphone.

Finis-en. Ensuite, tout sera terminé. Tu auras passé l'épreuve.

Il vibre à nouveau.

Je ne décroche pas. J'éteins l'appareil.

Je prépare un plan.

Je vais proposer à Sam de l'aider avec la vaisselle, faire en sorte qu'elle s'occupe dans la cuisine, puis je trouverai une excuse pour sortir de là et passer un peu de temps avec le maire.

J'ai besoin de passer deux minutes seul avec lui.

Je dispose d'encore un peu de temps. Le Pro ne repassera pas avant au moins dix minutes. C'est suffisant.

Je vais en finir, et ensuite j'appellerai Père pour le lui annoncer.

J'éteins le robinet. Je me prépare psychiquement.

On frappe à la porte.

– Benjamin, laisse-moi entrer, demande Sam.

Ne la laisse pas entrer.

Je m'essuie le visage.

– Benjamin.

Ne la laisse pas entrer.

J'ouvre la porte, elle entre et ferme derrière elle.

– Tout va bien ? Tu te comportes bizarrement.

– Ça va.

– Pourquoi as-tu l'air si mal à l'aise ?

– Sam, on est dans les toilettes.

– Tu ne sais pas mentir.

Elle s'appuie contre la porte. Je sens la colère monter en moi. Je déteste être piégé, disséqué par cette fille.

– En l'occurrence, ce n'est pas moi qui mens, dis-je.

– De quoi parles-tu ?

– Tu as demandé à ton père si tu pouvais m'inviter ce soir.

Je parle sans réfléchir. Sans penser une seconde à la suite.

– Mon père a dit ça ?

– Pourquoi ne me l'as-tu pas dit ?

– Je n'en ai pas eu l'occasion, Ben. C'est toi qui m'as demandé le premier, tu te souviens ? Je n'ai pas menti.

Je réfléchis. Elle a raison. Elle n'a pas menti.

– Mais pourquoi voulais-tu que je sois là ?

Elle fait un pas vers moi. Je tente de calmer mon pouls, en vain.

– La vérité ?

– Oui.

– À cause d'Erica. Le courant passe entre vous deux. Ça se voit.

– Et alors ?

Elle tripote un fil sur le bord de sa robe.

– Peut-être que je commence à éprouver des sentiments pour toi.

Je la regarde dans les yeux. Elle dit la vérité.

Soudain je suis ailleurs, à un autre moment. J'ai dix ans et je descends l'escalier de notre maison à Rochester. J'entends un bruit de vaisselle dans la cuisine. Quand j'entre dans la pièce, mes parents sont déjà attablés en train de prendre leur petit déjeuner. Une assiette vide est posée à ma place.

Ma place.

Je me suis toujours assis sur la chaise en face de la fenêtre qui donnait sur le jardin derrière la maison. Cette place m'a toujours été réservée. C'était la mienne.

– Et toi ? me demande Sam.

– Moi quoi ?

– Tu as des sentiments pour moi ?

Je respire un grand coup.

– Je...

J'essaye de dire quelque chose mais sans y parvenir.

– Pourquoi dois-tu toujours jouer au dur ?

Je suis en danger.

Cette pensée traverse mon cerveau. Je suis en danger et ma mission aussi.

– Bon, il y a quelque chose que je dois t'avouer, Ben. Disons que le timing est très mauvais.

– Pourquoi ?

– En fait, c'est un peu compliqué pour moi en ce moment. À cause de mon ex.

– Si c'est un ex, pourquoi tu prétends que c'est compliqué ? dis-je.

– On n'arrête pas de se voir puis de rompre puis de recommencer, ça fait des années que ça dure.

– Et en ce moment, vous êtes ensemble ou séparés ?

– Un peu des deux.

– Effectivement, dans le genre compliqué...

– Je ne savais pas que j'allais te rencontrer. Et même après, je ne pensais pas que tu t'intéresserais à moi.

– Comment ça ?

– Parce que tu es difficile à déchiffrer.

– Pourtant j'ai l'impression que dans ce domaine tu te débrouilles plutôt bien.

– Non, je ne crois pas.

Elle s'approche de moi. Je me crispe. Juste un peu, mais suffisamment pour qu'elle s'en rende compte. Elle sourit.

– Je crois que tu es dur à l'extérieur, mais tendre à l'intérieur.

– Et toi ?

– Moi je suis tendre dedans comme dehors.

Son visage est à quelques centimètres du mien. Dans la zone de danger. Si quelqu'un se tient aussi près de votre visage, il peut vous faire du mal. À cette distance, il est impossible de voir ce que font ou tiennent les mains.

– Pardon, ce que je voulais dire, c'est plutôt que je suis tendre quand j'ai confiance, rectifie-t-elle.

– Et tu me fais confiance ?

– Je commence, oui.

D'ordinaire, c'est dans ce genre de moment que je sais que ma mission va réussir. Mon but étant de gagner entièrement la confiance de ma cible, pour ensuite pouvoir agir avec assurance. Mais là, c'est différent. Il se passe des choses imprévues. Des complications que je ne maîtrise pas.

– Je crois que quelque chose ne tourne pas rond chez moi, dis-je.

Ma tête ne réfléchit pas comme il faut. Au lieu de me concentrer sur la façon d'achever ma mission, je ne pense qu'à la courbe de son cou, la forme de ses lèvres, la manière dont ses seins appuient contre l'étoffe de sa robe.

– Tout va bien, au contraire, affirme-t-elle.

Elle se penche vers moi, ses lèvres sont près des miennes, assez près pour que je sente son souffle sur mon visage.

– Ton père va se demander ce qui se passe.

– Laisse-le se demander.

Brusquement, je recule.

– Non, sérieusement. Nous devons y retourner, dis-je en sortant précipitamment de la salle de bains.

JE LEUR RACONTE UN MENSONGE.

– Je ne me sens pas très bien, dis-je.

– Tu crois que c'est ma cuisine ? demande Sam, qui essaye d'en rire mais qui se fait visiblement du souci.

Je ne tiens pas compte de son inquiétude ni de celle du maire. Et je décline la proposition de ce dernier de me ramener en voiture.

Maigres excuses qui suffisent cependant à me libérer.

Pour pouvoir enfin quitter ce lieu.

Sortir dans la rue.

Me retrouver, enfin, à l'air libre.

Le deuxième jour s'est évaporé, et avec lui l'occasion d'achever ma mission. Je suis le seul à blâmer pour cette situation. C'est moi et moi seul qui ai laissé s'échapper cette occasion. Moi, qui n'en laisse jamais filer aucune. C'est contraire à tout ce que j'ai appris.

Contraire à mon entraînement.

Je suis supposé retourner à ma mission et non fuir ainsi.

Pourtant, je me vois, impuissant, passer devant le portier,

traverser le hall, sortir dans la rue. Marcher, marcher, jusqu'à disparaître de la vue du policier dans sa guérite.

J'ai beau me répéter en boucle que je dois y retourner, je continue d'avancer et de m'éloigner autant que possible de ce lieu, de ces personnes, de ces pensées qui m'embrouillent la tête.

Soudain, je m'arrête net. Une sensation m'envahit.

Celle-là même qui toute la nuit dernière n'a cessé de me ronger de l'intérieur. Désormais, elle me submerge avec une force rare.

Une odeur.

Une odeur familière.

Qui me rappelle...

Mon père.

Mon père était un homme chaleureux. Un homme gentil. Il était professeur.

Mon père me prenait sur ses genoux quand il s'installait à son bureau. Je me souviens des bruits que faisait son fauteuil, du craquement du cuir et du grincement des roues sur le parquet.

Parfois, après l'école, je m'introduisais en cachette dans son bureau. Je m'agenouillais sur son fauteuil, bien que ma mère me l'ait strictement interdit, et je me propulsais pour tourner comme sur un manège, partout entouré de l'odeur de mon père.

Je me souviens de ce que je ressentais dans ses bras, ma petite tête plaquée sur sa poitrine qui résonnait de sa voix profonde.

Là, à cet instant même, je sens le doux parfum de son after-shave.

Je le sens. Mais mon père n'est pas là. Il ne me reste que si peu de lui.

« Un peu, c'est suffisant », a dit Sam en parlant de sa mère.

Un peu de mon père est là, mais est-ce suffisant ?

Je ne le crois pas.

Alors, je n'ai d'autre choix que de...

« LÂCHEZ-MOI », HURLE UNE FEMME.

Quelle femme ?

Cette femme plus loin dans la rue.

Cette femme avec la doudoune sans manches, le sac marron au bras, à cent quatre-vingts degrés derrière moi devant l'étalage de fruits de l'épicerie coréenne.

Je ne l'avais pas vue.

Cette femme qu'un homme aux cheveux noirs et vêtu d'un coupe-vent vient de pousser brutalement.

Cet homme non plus je ne l'avais pas vu.

Les bras tendus en avant, il écarte violemment la femme de son chemin, laquelle lâche la boîte de myrtilles qu'elle tenait.

Dans sa course, les fruits sont piétinés.

Dans sa course vers moi.

Je comprends maintenant, je comprends sa trajectoire et pourquoi je n'ai pas pu le voir arriver par-derrière.

Passons.

Je dois choisir entre retourner chez le maire dans l'espoir

que la seule présence du policier dans la guérite soit dissuasive, ou faire face au danger et peut-être découvrir l'identité de mon poursuivant.

Je n'ai qu'une seconde pour décider. Après, ce sera trop tard, je ne pourrai plus battre en retraite.

Je n'ai pas eu besoin d'une seconde entière. J'ai choisi d'avancer. Ou plutôt, mon corps a choisi.

Je commence par descendre Columbus Avenue, vers le sud.

Sur cette artère presque déserte à cette heure de la nuit, j'ai l'impression qu'on ne voit que moi. Mais je n'ai d'autre choix que d'avancer.

Les méthodes de ce type sont pour le moins inhabituelles. S'il m'attrape ici, que compte-t-il me faire, au juste, en pleine rue ?

Mais je n'ai pas l'intention de le découvrir. Pas à ses conditions.

Mon but est de rejoindre Broadway où il y aura davantage de monde et de possibilités. Quand j'arrive sur la 70e rue, je tourne et me dirige vers l'ouest.

C'est à ce moment-là que je la sens.

La Présence de l'autre soir.

La Présence se trouve quelque part devant moi tandis que l'homme au coupe-vent me suit. Ils sont deux.

Soudain, un autre homme encore surgit d'une allée juste après mon passage pour rejoindre le type derrière moi.

Et de trois.

Sans doute ai-je fait une erreur en bifurquant sur la 79e. Je ne commets pas souvent d'erreurs mais peut-être cette décision était-elle trop prévisible. Pour le moment, je n'ai pas le temps de m'attarder.

Je rythme mon pas et ils se mettent au diapason, maintenant une même distance quels que soient mes zigzags.

Trois contre un. Les chances sont de leur côté.

Sous mes pieds, je sens le grondement sourd du train de la ligne 1. Voyons s'ils sont doués dans le métro.

JE DESCENDS.

Je m'enfonce dans l'obscurité. En bas, un escalier humide en ciment et des lumières qui clignotent. Dans la rue au-dessus, deux hommes et la Présence.

J'arrive sur le quai du métro, soulagé de constater qu'il y a foule. Des gens qui sortent probablement des bars situés sur Amsterdam et d'un événement au musée. Auxquels s'ajoutent tous ceux qui ont choisi de dîner tard dans les restaurants de Midtown.

Le grondement dans le sol s'accompagne désormais d'un énorme courant d'air et se transforme en vrombissement au passage du métro qui se dirige vers le sud.

Je me glisse subrepticement dans la foule.

Du moins, c'est ce que je crois. Une personne me voit pourtant.

– Serais-tu en train de me suivre ? demande Erica.

Elle tangue un peu, ses paupières sont lourdes.

Merde. Je n'avais pas besoin de ça.

– D'où viens-tu, Erica ?

– J'étais à une soirée avec des amis.

Je regarde ma montre.

– La soirée s'est terminée tôt, dis-je.

Je l'observe. Joues rouges, cheveux en pétard.

Est-ce un piège, fait-elle partie de l'embuscade ?

– La soirée s'est finie tôt parce que je suis partie. Un des gars a commencé à vouloir me tripoter et à me chercher des noises.

– Tout va bien ?

– Bien sûr, qu'est-ce que tu t'imagines ? Je suis grande, je sais me défendre. Le salopard devra juste passer quelques jours un sac de glace entre les jambes.

– Bien fait pour lui.

Son histoire sonne juste. Tout comme sa localisation et son apparence.

Ce n'est pas une entourloupe, juste une coïncidence.

Le métro arrive. Derrière moi, sur le quai, je sens un mouvement. La Présence et les deux hommes sont en train de descendre l'escalier. Je ne les vois pas mais je sens qu'ils se rapprochent.

– Tu peux me raccompagner chez moi, Ben ? J'ai une migraine épouvantable.

Elle s'appuie contre moi.

Que faire ?

L'abandonner ici ? Mais sera-t-elle en sécurité ?

Si je la repousse tout de suite, les hommes qui me poursuivent estimeront qu'il s'agit d'une simple rencontre avec une inconnue qui a trop bu. Si j'attends une seconde de plus, ils penseront à la rencontre inopinée d'une connaissance. Si je tarde encore, ils sauront que c'est une personne qui importe, une personne qu'ils pourront utiliser contre moi.

– Benji, Ben-Ben, me dit-elle en m'embrassant dans le cou.

Elle vient de décider pour nous deux.

Je ne peux plus la laisser partir, maintenant.

Les portes du métro s'ouvrent, les gens montent, le quai se vide.

Je sens un mouvement dans ma vision périphérique. Les poursuivants vont agir.

La sonnerie de la fermeture des portes retentit.

– Éloignez-vous des portes, annonce la voix.

J'attends.

J'ai besoin qu'ils soient plus près. Qu'ils se demandent dans quel sens je vais aller.

Je fais comme si je ne savais pas qu'ils étaient là, comme si je pensais les avoir semés en me précipitant dans la station. Je fais exprès d'avoir l'air d'hésiter. Mon corps oscille entre les deux possibilités, monter dans la rame ou rester sur le quai. Mon but est de les embrouiller, de les faire douter de moi et de mon savoir-faire. Je veux qu'ils pensent que je suis peut-être assez bon pour savoir qu'ils sont là sans en donner les signes, mais pas assez pour déterminer ce que je dois faire ensuite.

C'est le message que fait passer mon corps.

– On va louper le métro, se plaint Erica.

– On ne loupera rien. Je te le garantis.

Au tout dernier moment, je l'agrippe et nous sautons ensemble dans la rame tandis que les portes se ferment juste derrière nous.

Une seconde après, un visage se cogne contre la vitre, des doigts se retrouvent coincés entre les portes.

Les haut-parleurs se mettent à brailler. Le conducteur hurle au type de reculer.

Il ne bouge pas. Ses doigts restent dans la porte.

Par-dessus l'épaule d'Erica, je l'observe. J'enregistre tous les détails.

Teint olivâtre. Barbe de plusieurs jours. Coupe-vent au col de guingois.

Je pense à l'homme d'hier qui parlait en arabe. Au fait que ses vêtements étaient neufs. Cet homme lui ressemble. Mais ce n'est pas la Présence.

Le conducteur refuse d'ouvrir les portes.

Ce genre de situation arrive. D'un côté, un voyageur particulièrement têtu, de l'autre, un conducteur qui ne l'est pas moins. Bref, une impasse.

En général, le voyageur cède. Sans doute par peur de perdre un bras. Même s'il sait que le conducteur ne cédera pas à la tentation de le traîner dans le tunnel.

Le duel se poursuit encore dix secondes, laps de temps jugé suffisamment long pour que certains voyageurs commencent à râler.

J'analyse la situation. Coupe-vent est dans un endroit on ne peut plus public, il est entouré de témoins, cependant il persévère.

Finalement, c'est le conducteur qui cède. La sonnerie retentit, les portes s'ouvrent.

– Dis-moi quelque chose, lance Erica.

– Ce que tu veux.

Coupe-vent monte à bord. Derrière lui, les portes se referment.

– Si tu devais choisir entre moi et Sam, tu choisirais qui ?

– Choisir pour quoi faire ?

– Tu sais très bien.

Coupe-vent se tourne vers moi.

J'entraîne Erica au fond de la voiture.

– Où allons-nous ? J'en ai assez, je veux m'asseoir, gémit-elle.

– C'est ce qu'on va faire.

Coupe-vent avance. Mais lentement, pas comme quelqu'un qui chercherait à nous rattraper.

Bizarre.

S'il ne cherche pas à nous attraper, que fait-il alors ?

Je sais. Il est en train de nous positionner.

Je reconnais la tactique. Trois hommes qui avancent en tandem. C'est une variante du mouvement en pince. Il s'agit d'une attaque frontale utilisée pour cacher une manœuvre latérale.

C'est une tactique militaire.

Cela signifie que le vrai danger n'est pas devant mais derrière nous. Dans la voiture d'après.

Coupe-vent approchant, la réaction naturelle serait de battre en retraite et de filer dans le wagon suivant pour fuir. Mais, alors que vous pensez échapper au danger, vous allez au contraire droit dans la gueule du loup.

La réaction pas naturelle ?

Aller droit vers lui.

– Je vois une place tout là-bas, à l'autre bout, dis-je à Erica.

Je la prends par le bras et ensemble nous avançons vers Coupe-vent. Un tic secoue son œil droit. Visiblement, cela ne correspond pas à ce qu'il avait prévu.

Le métro accélère et se met à tanguer.

Je me dirige droit vers Coupe-vent, un bras autour d'Erica.

Il plonge la main dans sa poche. Danger maximum dans cinq secondes.

Je le regarde, faussement surpris, et je m'exclame :

– Jerry !

C'est le premier prénom qui me vient à l'esprit.

Toujours avec Erica à mes côtés, je plonge sur Coupe-vent comme si je voulais embrasser un vieil ami. Je l'enserre avant qu'il ait pu réagir, une accolade qui lui plaque les bras le long du corps et l'empêche de sortir la main de la poche.

Les freins grincent bruyamment et le train donne un à-coup. J'en profite pour cogner avec force sa tête contre le poteau métallique. Le craquement est masqué par le vacarme ambiant. Dans un geste fluide et continu, je guide son corps autour du poteau et vers une place libre où il s'affale.

Je me retourne et ouvre les portes qui séparent les wagons, toujours en tenant Erica.

Dans l'espace entre les deux wagons, nous sommes assourdis par le crissement des roues, giflés par un violent courant d'air. Enfin nous passons dans l'autre voiture.

– Qu'est-ce qui s'est passé ? Tu connaissais ce type ?

– J'ai cru, mais non, je me suis trompé.

Je remarque une place libre juste à côté de la porte que je viens de refermer.

– Tu veux t'asseoir ?

– Si tu as fini de me traîner partout, alors oui, volontiers.

– Promis. C'est fini.

– J'ai trop bu. Il faut que j'arrête de sortir autant.

Elle s'affale, la tête entre les mains.

Je sens que ça bouge dans la voiture où nous nous trouvions. L'homme numéro deux approche. Il porte une veste légère et des baskets blanches immaculées. Trop immaculées.

– Tu peux rester là une seconde ? Ça va aller ? dis-je à Erica.

Le métro nous remue dans tous les sens. Ce conducteur est un vrai cowboy. Sans le savoir, il m'apporte une aide précieuse.

– Où vas-tu ? demande-t-elle tout en s'assoupissant.

– J'ai oublié quelque chose.

– Tu n'as jamais répondu à ma question au sujet de moi et Sam.

– Je vais y réfléchir.

– Tu ne devrais pas avoir à réfléchir à ce genre de question.

Je regarde Immaculé arriver. Il s'apprête à ouvrir la porte de son wagon. Tandis que sa main gauche est posée sur la poignée, la droite est plongée dans la poche de sa veste.

J'attends qu'il ouvre la porte pour ouvrir la mienne.

Nous nous retrouvons au milieu, sur la petite plateforme.

Plongés dans le noir et fouettés par un violent courant d'air.

S'ensuit une rafale de coups. La plupart ne m'atteignent que sur les côtés. Il n'est pas mauvais. Plutôt rapide.

Mais je suis meilleur.

Je lui assène quatre coups, de la taille à la tête, en montant.

Le train s'engage dans un tournant et crisse affreusement. La force centrifuge a pour effet de tirer Immaculé en arrière et moi en avant. J'utilise l'inertie pour lui envoyer, bras tendu, un coup dans la poitrine. Il tombe en arrière, casse la chaîne qui sert de garde-corps et bascule dans le noir.

Les freins hurlent.

Je m'élance pour tenter de le rattraper.

En équilibre sur une jambe, il essaye de s'accrocher à moi pour ne pas tomber en arrière. J'attrape un coin de sa veste, et je tire. Le tissu glisse entre mes doigts, alors je serre plus fort encore.

Soudain le bruit dans le tunnel redouble d'intensité. Sur l'autre voie, un train arrive à toute vitesse.

Le timing va être essentiel.

Si je tire un grand coup sur la veste maintenant, je devrais pouvoir le ramener à moi.

Mais je tire sans doute trop fort tandis que l'homme perd déjà l'équilibre et se contorsionne. Du coup, la veste me reste dans les mains. Les yeux de l'homme s'écarquillent de terreur, et il bascule dans le vide.

Son corps rebondit tel un pantin désarticulé contre un train puis l'autre, avant d'être aspiré sous la rame.

Je me retrouve tout seul entre les deux voitures. Aucun cri en provenance des wagons. Personne n'a tiré sur la poignée d'alarme. Personne n'a rien vu.

Ça s'est passé trop vite.

Immaculé n'est plus.

Il ne reste plus qu'un seul homme.

La Présence.

Je jette un coup d'œil vers Erica. Elle dort, la tête penchée. Alors je décide de la laisser tranquille et d'aller dans l'autre wagon.

Là où se trouve la Présence.

Je traverse mon wagon en courant. Quelques têtes se relèvent puis se baissent. Nous sommes, après tout, dans le métro de New York. Les gens y sont réputés pour tout remarquer, mais ne rien voir.

Au moment où nous entrons dans la station de la 72e rue, je suis à l'autre bout du wagon.

Je note un mouvement dans la voiture suivante. La Présence est en train de partir dans l'autre sens.

L'homme se retourne pour me regarder. Pendant un bref instant, je parviens enfin à voir son visage.

Teint mat, cheveux bruns frisés, barbe bien taillée.

C'est l'homme de l'Apple Store, celui que j'ai aperçu dès mon premier jour quand j'achetais mon iPhone.

Il me suit donc depuis le premier jour. Peut-être même depuis le moment où je suis arrivé à New York. Et ce n'est que plus tard que je l'aurais vu.

Qu'une fois Sam rencontrée.

Je cherche à tout prix une autre manière d'envisager la raison d'être de cet homme. Mais je n'y arrive pas.

Tout s'éclaircira quand je l'aurai attrapé.

Le train s'arrête, et je décide de lui foncer dessus sur le quai.

Il descend, mais rapidement des voyageurs bloquent son chemin. Je bondis sur le quai. Je le cherche du regard. Je ne le vois plus.

Il a disparu, avalé par la foule. Et avec lui l'occasion de l'attraper.

Je marche à pas lents le long du quai et remonte dans le métro.

Je m'assieds à côté d'Erica.

Elle se réveille doucement.

– J'ai froid, Benjamin.

Elle tire sur la veste que je n'ai pas lâchée. Je la couvre avec.

– Mmm. Ça fait du bien.

Je parcours les poches, à la recherche d'une arme. Rien.

– Tu me fouilles ? marmonne Erica.

– Je cherche mon stick à lèvres.

– Continue de chercher, ça fait du bien.

J'arrête.

Elle soupire, plonge sa main dans la poche poitrine et en sort une étiquette.

– Aucun stick, désolée, uniquement ça, dit-elle en me donnant l'étiquette.

Gap. La veste est flambant neuve. Comme les vêtements de l'homme que j'ai tué dans la maison.

Des Arabes ayant suivi un entraînement militaire arrivent aux États-Unis et veulent passer inaperçus. Que font-ils ?

– Bizarre. Je ne te voyais pas du genre à porter du Gap.

– J'ai toutes sortes de genres.

Ils se rendent dans un magasin typiquement américain pour y acheter des habits parce qu'ils n'ont pas le temps de se préparer convenablement pour leur mission.

Pourquoi n'ont-ils pas le temps ?

Parce que leur mission s'inscrit dans un laps de temps très court.

Comme moi.

En cinq jours, deux d'entre eux ont été éliminés.

Rien de tout cela n'est une coïncidence. Eux comme moi courons vers la même ligne d'arrivée mais avec des objectifs différents. Je vise le maire. Eux me visent moi.

Mais pourquoi ?

Qu'est-il supposé se passer dans trois jours ?

Erica serre la veste contre elle. Elle pose sa tête sur mon épaule et ses cheveux caressent ma joue.

– Je me sens en sécurité avec toi, dit-elle.

Elle se rendort.

Je m'assure qu'elle rentre chez elle sans encombre et qu'il en soit de même pour moi.

« VOUS ALLEZ ME TUER », GÉMIT HOWARD.

Vendredi matin. Troisième jour. Le couloir de l'école.

Les mots prononcés par Howard, à peine compréhensibles, ressemblent plus à un couinement. Mais je les comprends, car il m'est déjà arrivé de les entendre. Ce sont les paroles d'une personne qui supplie pour sa vie.

Je vois Howard maintenant, piégé dans un des fameux recoins par Justin et son ami au problème de peau. Justin pousse Howard dans le mur et l'écrase avec un de ces poufs en microbilles.

Howard est coincé.

Cette situation me met mal à l'aise.

– Je ne peux plus respirer, râle Howard.

Je jette un nouveau coup d'œil. Justin ne va pas réellement le tuer, juste lui pourrir la vie au point que Howard se charge un jour d'y mettre fin lui-même.

Je me répète sans cesse que cela ne me concerne pas.

C'est le sort des gens comme Howard. Leur fardeau. Ils n'ont pas la possibilité de déterminer qui ils seront dans la vie. Ce choix a été fait *pour* eux, peut-être dès la naissance, ou par simple malchance. Qui sait ?

Il ne leur reste qu'à en subir les conséquences. Ou faire comme l'autre et inventer le prochain Facebook et savourer leur vengeance.

Quoi qu'il en soit, cela ne me regarde pas. Alors je poursuis mon chemin.

Justin fait un pas en arrière, comme s'il allait enfin laisser Howard en paix, puis il saute dans la poire. La tête de Howard heurte le mur.

Sam n'est pas dans les parages. Il n'y a personne.

Que moi.

Et merde.

Je fais demi-tour et me dirige vers eux.

– Qu'est-ce qui se passe encore ? dis-je, assez fort pour qu'on m'entende de loin.

Justin tourne la tête vers moi sans pour autant arrêter de pousser dans la poire. L'ami luisant sort du recoin pour me bloquer le passage.

– Occupe-toi de tes oignons, me lance-t-il.

– Je devrais, c'est vrai, je devrais, mais ce n'est pourtant pas ce que je vais faire.

Face-qui-brille ricane. Un petit crachat blanc s'échappe de ses lèvres.

Dans moins d'une minute il sera obligé de boire avec une paille pendant six semaines.

Pourtant, je ne veux faire de mal à personne. Pas si je peux faire autrement.

Alors je choisis de jouer au pacificateur. J'adopte une posture la moins agressive possible.

– Bon, allez, c'est fini les gars. On arrête. Qu'en dites-vous ?

– Qu'en dites-vous ? répète Face-qui-brille, genre perroquet.

Grave erreur de sa part.

– Paille ou béquille ? demandé-je poliment.

– De quoi tu causes ?

– C'est par rapport aux six prochaines semaines de ton existence. Je te donne le choix.

Il rigole.

– C'est quoi la paille ?

– OK. Oublie ma question.

Et je casse sa cheville.

Plus précisément, je la disloque.

Je le fais en un seul mouvement. J'abaisse mon talon selon un certain angle, et je laisse la gravité et le poids faire le reste. Il s'écroule comme un château de cartes, puis éclate en sanglots.

– Qu'est-ce que... s'exclame Justin.

À peine a-t-il commencé sa phrase que je lui fais une violente balayette. Il roule et tombe par terre.

C'est un véritable club-sandwich. Le sol, la poire, Justin, puis moi avec mon genou enfoncé dans son dos.

– À partir de maintenant, tu vas laisser Howard tranquille, dis-je.

– Ouais, c'est ça. Et puis quoi encore ?! C'est un *freak* ! Tu ne connais pas toute l'histoire.

– C'est quoi ton sport ?

– Le foot.

Je me sens magnanime, alors je laisse ses pieds en paix.

Et je casse son poignet.

Enfin, je ne le casse pas, je provoque son hyperextension.

– Putain, hurle-t-il en roulant sur le côté et agrippant sa patte blessée.

Howard reste bouche bée.

– Maintenant on y va, lui dis-je.

– Et les deux, là ?

– Ils déconnaient un peu et ça a dégénéré. N'est-ce pas, les gars ?

Justin grogne mais fait oui-oui de la tête. Face-qui-brille, lui, pleure à chaudes larmes.

– Ne vous inquiétez pas, ils vous arrangeront ça aux urgences.

Leurs blessures correspondent à celles d'un jeu de lutte improvisé entre copains qui aurait mal tourné. J'ai fait en sorte qu'il en soit ainsi.

Je traîne Howard avec moi.

– Pourquoi tu es venu à mon secours ?

Je me pose la même question. Pourquoi ai-je donc pris le risque de m'exposer ainsi ?

C'était stupide. Stupide de chez stupide. Mais il faut admettre que cela m'a fait du bien. Même si je ne comprends pas très bien pourquoi.

– Je ne sais pas, réponds-je à Howard.

C'est la vérité. Il y a trop de choses comme ça en ce moment. Des choses que je fais sans savoir pourquoi, des gestes dont je ne comprends pas les motivations.

– Quelle que soit la raison, je te revaudrai ça, me dit-il.

Nous tournons pour rejoindre le corridor central. Je remarque que tous les élèves nous évitent, comme s'ils ne voulaient pas risquer d'approcher Howard. Ce type est entouré à tous moments d'une zone d'exclusion d'environ un mètre de diamètre.

– Tu as beaucoup d'ennemis, non ?

– Toute une école.

– Comment tu expliques ça ?

– Je suis bizarre.

– Plein de gens sont bizarres sans être pour autant détestés de tout le monde. Ç'a à voir avec l'histoire dont parlait Justin ?

– On m'a chopé en train de faire quelque chose.

Howard parle dans sa barbe.

– Allez, raconte, Howard, dis-je.

– J'étais en train de me tripoter, OK? Dans la bibliothèque. Quand j'étais en troisième.

Il regarde ses pieds.

– C'est gênant, mais tu n'es sûrement pas le premier ni le dernier à aller dans une bibliothèque en quête d'une fin heureuse.

– Si je te raconte toute l'histoire, tu risques de ne plus jamais m'adresser la parole.

– Je suis le type qui s'est fait virer de Choate, tu te rappelles ?

Howard hoche la tête.

– J'utilisais un livre quand ils m'ont surpris.

– Tu lisais un livre ?

– Non, je me frottais avec. *Le Bruit et la Fureur*.

– Tu te masturbais avec Faulkner ?

– J'adore les classiques.

J'étouffe un rire.

– Ensuite ils ont vérifié tous les livres. La plupart des

pages des livres du programme des terminales étaient collées les unes aux autres.

– Et tu ne t'es pas fait renvoyer ?

– On m'a exclu. J'ai eu droit à une évaluation psy, etc., etc. Le docteur a dit que c'était ma façon d'exprimer du dédain pour le système éducatif.

– Et toi ?

– Je dis que les terminales sont des andouilles. De toutes les manières, l'administration m'a laissé revenir, mais avec obligation d'un suivi psychologique. Dans le dossier, c'était écrit que j'avais fait une dépression après avoir été le souffre-douleur de mes camarades. Le terme « souffre-douleur » est un vrai sésame.

– Alors tu as pu rester dans cette école.

– C'est la plus grosse erreur que j'aie jamais commise. Je pensais que les gens finiraient par oublier, mais non.

– Il y a des erreurs comme ça.

– Comme ça quoi ? demande Howard.

Je pense à ma première journée dans la maison d'entraînement. Mère assise en face de moi de l'autre côté du bureau, qui me regarde.

– Des erreurs, disons, permanentes.

Howard s'arrête.

– Puisque nous nous disons tout, je peux te confier autre chose ?

Je hoche la tête. Il se rapproche et baisse la voix.

– Je sais que tu n'es pas un élève, murmure-t-il.

– Ah bon ?

Je scrute son visage. Il a peur.

– Pas comme nous autres.

Je l'empoigne et le pousse dans les toilettes pour hommes.

IL N'Y A PERSONNE DANS LES TOILETTES.

Je continue de pousser Howard jusqu'à ce qu'il soit dos au mur.

– Qu'est-ce que tu es en train de raconter, Howard ?

– Je ne crois pas que tu allais à Choate. Ou alors si tu y étais vraiment, ce n'était pas pour suivre des cours.

– Qu'y aurais-je fait d'autre ?

– Tuer des gens.

Quinze secondes suffiraient. J'exercerais une pression sur sa carotide, pas trop fort afin de ne pas provoquer un hématome, et je le balancerais dans une des cabines.

– Pourquoi voudrais-tu que je tue des gens ?

Je passe mes doigts le long de son cou pour localiser le pouls carotidien. C'est là que j'appuierais.

– Parce que tu es un vampire.

Je retire ma main de son cou et lâche son T-shirt.

– Un vampire ?!

– Je t'ai observé, tu sais. Tu es silencieux. Tu dégages une étrange énergie. Par moments, on dirait que tu t'évapores.

Et tu es plus fort que n'importe qui. Là, à l'instant, tu leur as mis une sacrée raclée comme si de rien n'était, explique Howard.

Je savais bien que c'était une erreur.

– Les vampires, ça n'existe pas, dis-je.

– Ça ne me dérange pas si tu en es un. Juste, s'il te plaît, transforme-moi aussi en vampire, Ben. Même un vampire faible. Ça m'est égal. Du moment que je suis plus fort que ces types et capable de me défendre tout seul.

– Cette conversation est terminée.

Je me dirige vers la sortie.

– Tu ne vas pas me laisser là ! s'insurge Howard.

Je m'arrête et me passe la main sur le front, agacé.

– Ces types vont attendre que tu sois parti et après ils me tueront pour se venger. Et toi tu ne seras plus là pour me protéger.

– Je n'y peux rien.

– Si, tu y peux quelque chose : tu peux me laisser venir avec toi.

Voilà exactement pourquoi j'évite à tout prix de me lier à quiconque. Les gens, en général, sont compliqués. Ils me demandent des choses que je ne peux pas faire.

– Je déteste cet endroit. Ma vie est pourrie, dit Howard.

– Ça s'améliore avec le temps. C'est ce qu'on raconte, non ?

Est-ce que ça s'améliore vraiment ? Pour Howard ? Pour moi ?

Pas sûr.

– Je pourrais t'être utile. Tu as besoin d'argent ? demande Howard.

– J'ai tout l'argent qu'il me faut.

– Je peux t'obtenir des bonnes notes dans toutes les matières.

– Je n'ai pas besoin de tes bonnes notes. Et comment tu arriverais à faire ça, de toute façon ?

– Je te l'ai déjà expliqué, je suis un hacker.

Je revois Howard hier à l'ordinateur, ses doigts pianotant à la vitesse de la lumière. Pour moi c'était un simple geek.

– Qu'est-ce que tu hackes ?

– Tout ce que tu veux. Je peux pénétrer dans des sites. Je peux effacer ton identité et en créer une nouvelle. Tiens, je peux même enlever Choate de ton dossier scolaire si tu veux.

Voilà qui n'est pas pour me rassurer. Je ne suis pas certain que ma couverture en ligne soit aussi sophistiquée. Pour une recherche normale elle convient sans doute, mais peut-elle résister à l'analyse plus poussée d'un professionnel du hacking comme Howard ?

Howard est dangereux pour moi.

Ou utile.

Je repense à hier soir, mon incapacité à agir, mes doutes quant à la culpabilité ou à l'innocence du maire.

Et si j'arrivais à trouver la preuve que le maire est coupable ?

Alors je pourrais comprendre pourquoi j'ai été envoyé ici, et mon histoire avec Sam ne m'importerait plus autant. Je n'aurais plus à hésiter.

Malheureusement, c'est interdit.

Je ne suis pas autorisé à demander pourquoi j'ai été envoyé ici. Quelqu'un d'autre se charge du pourquoi. Moi je me charge du comment.

Il ne m'est donc pas possible d'interroger le Programme.

Une seule solution : faire cavalier seul, trouver par moi-même l'information dont j'ai besoin.

Mais cela reviendrait à trahir tous les principes de mon entraînement.

Je ne le ferai pas.

Mon téléphone vibre, une notification sécurisée de Père. Trois symboles identiques :

###

On dirait une erreur, comme si quelqu'un avait laissé son doigt enfoncé par mégarde sur une touche, mais en réalité il s'agit d'un code. L'ordre d'une prise de contact immédiate et obligatoire.

Je ne l'ai pas rappelé hier soir parce que j'essayais de gagner du temps. Je pensais que j'aurais déjà fini et que je pourrais lui annoncer la bonne nouvelle.

Hélas, ce n'est pas le cas.

– Nous devrons parler de ça à un autre moment, dis-je à Howard.

Je le pousse vers la sortie.

– Alors tu vas réfléchir à l'idée de me laisser t'accompagner ?

– Je vais y réfléchir, oui.

Tout ce qu'il faut pour le faire sortir.

– Je te revaudrai ça, Ben. Je n'oublierai pas.

J'obtiens qu'il sorte et je bloque la porte derrière lui.

Ensuite j'appelle Père et j'attends que la ligne s'anime.

– Tu ne m'as pas rappelé hier soir, dit-il.

– J'étais occupé, désolé.

– Occupé en bien ou en mal ?

– Je suis au lycée, alors je ne peux vraiment pas donner de détails.

– Je sais très bien où tu es.

Comment sait-il ?

Je jette un coup d'œil aux portes des cabines. Personne. J'examine le plafond et les moulures à la recherche de systèmes de surveillance. Apparemment rien.

– Je sais où tu es maintenant, et je sais où tu étais hier soir. Tu étais en train de t'amuser au lieu de faire tes devoirs.

– Ce n'est pas vrai.

– Alors qu'est-ce qui t'empêche de rendre ton devoir ?

– Des complications.

Sam est une complication.

Non, ma réaction à Sam est une complication. Et ma réaction à son père.

– J'ai besoin d'un peu plus de temps.

– À ce sujet. Il y a eu un changement. Ton devoir est à rendre demain.

Demain ?

Quatre jours au lieu de cinq !

– Je ne comprends pas.

– Pas de discussion possible. J'ai reçu le message et je te le transmets. C'est compris ?

– Oui.

– Dois-je m'attendre à d'autres complications ?

Le silence plane dans l'espace numérique qui nous sépare. Je rends ma voix froide et professionnelle.

– Aucune complication, dis-je.

– C'est ce que je voulais entendre, conclut-il en raccrochant.

Demain.

Cela signifie que je n'ai plus qu'un seul jour pour

atteindre le maire et exécuter ma mission, pour faire mon devoir.

Cette pensée me trouble, mais pas autant que la suivante : il ne me reste plus qu'un seul jour avec Sam.

JE COURS VITE.

Plusieurs élèves ont convaincu la prof d'EPS de nous laisser courir dans Central Park plutôt que sur la piste d'athlétisme. Sam et Erica sont devant moi, elles mènent la classe. Erica est en première position, ses jambes sont courtes et puissantes comme celles d'une gymnaste. Sam est à quelques pas derrière, sa foulée est plus longue, son corps longiligne magnifique. Je regarde ses cheveux attachés en queue-de-cheval rebondir sur ses épaules.

Plus qu'un seul jour avec Sam.

Elle jette un œil en arrière, mais j'évite de croiser son regard.

Nous ne nous sommes pas parlé depuis que j'ai fui de chez elle hier soir. Je me suis rendu compte que je l'évitais en classe, mon corps se détournant chaque fois qu'elle approchait. Même à l'instant, je viens de baisser le regard.

Je ne me reconnais pas. Je ne reconnais pas celui qui évite une fille parce qu'il ne sait pas quoi lui dire. Qui s'est laissé distraire, qui se fait du souci, qui prend des risques insensés.

Sam jette à nouveau un regard du peloton de tête.

Elle se pose des questions. C'est évident.

Moi aussi je me pose des questions, mais pas les mêmes.

Pour le moment, je cours à travers Central Park, reconnaissant d'être en mouvement. Si je pouvais, je courrais plus vite, je les dépasserais tous, je courrais jusqu'à ce que mes doutes s'en aillent et que je me sente à nouveau moi-même.

– Tu crois que tu vas gagner le dix mille mètres spécial trouduc cette année encore ?

C'est Darius. Il me rattrape laborieusement, ses baskets claquant sur le bitume à chaque pas.

– Laisse tomber, dis-je.

– Je ne vais pas laisser tomber. Tu crois qu'en m'offrant un verre à une soirée cela te donne le droit de courir après nos copines ?

Il regarde Sam et Erica devant.

– C'est quoi ton problème, Darius ? Tu es sur mon dos depuis que je suis arrivé.

– As-tu une idée de combien de mecs j'ai vu essayer de séduire Sam ?

– Pourquoi tu n'essayes pas de la séduire toi aussi ? Rejoins le club. Tu te sentiras mieux.

Il rougit.

– Si tu l'aimais vraiment, tu la laisserais tranquille, déclare-t-il.

Je le regarde. Il est sérieux.

– Pourquoi aurait-elle besoin d'être laissée tranquille ?

– Je ne te le dirai pas.

– Un indice, alors. Aide-moi à comprendre.

Je fais comme si nous étions du même bord, comme si nous pouvions trouver un terrain d'entente.

– Tu rends sa vie encore plus difficile, dit Darius.

– À cause de ce plouc d'Israélien ?

– De quoi parlez-vous ? demande Sam.

Elle a ralenti pour revenir à notre niveau.

Je jette un regard à Darius. Discrètement, il me fait signe de me taire.

– De trucs de mecs, réponds-je.

– Laisse-moi deviner : vous parliez sport et sexe.

– En plein dans le mille.

Erica remarque notre petit groupe derrière et ralentit elle aussi.

– L'administration est venue vous interroger, vous ? nous demande-t-elle.

– Pour quoi faire ? dis-je.

– Tu n'es pas au courant ? Justin et son acolyte se sont bagarrés à l'école aujourd'hui et ils se sont rudement amochés. Ils cherchent des témoins.

– J'ai tout vu, moi, dis-je.

– Vraiment ? demande Erica.

– En fait, j'ai plus que tout vu. C'est moi qui leur ai donné une bonne raclée.

Les deux filles éclatent de rire.

– Ouais, c'est ça ! s'exclame Darius, dubitatif.

Il vérifie rapidement ma position, change le tempo de sa foulée et me donne un coup de hanche. Pas très puissant. Mais éloquent.

Je trébuche pour faire comme s'il m'avait déséquilibré.

– Ouais, c'est ce que je pensais, tu es un vrai dur, toi, dit-il sur un ton moqueur.

Il accélère sa course et part devant. Erica regarde Sam puis moi.

– Attends-moi, Darius, crie-t-elle en courant le rejoindre.

Maintenant il n'y a plus que Sam et moi, en queue de peloton.

– Je peux courir à côté de toi ou tu me fais encore le coup du silence ? demande Sam.

– Tu sais courir en silence ?

Elle rigole.

– Qu'est-ce qui t'est arrivé hier soir, Ben ?

– Je me suis senti mal. Je crois que c'est quelque chose que j'ai mangé.

J'espère la faire rire et détendre l'atmosphère mais c'est visiblement raté.

– Je n'y crois pas. Je crois que tu as fui.

– Pourquoi aurais-je fui ?

– C'est ce que j'essaye de comprendre.

La prof d'EPS nous rejoint.

– Restez groupés, d'accord ? Je ne veux perdre personne dans le parc, dit-elle en s'éloignant déjà.

Nous lui faisons OK de la main.

– Je commence à fatiguer, annonce Sam.

Je regarde ses jambes, musclées par des exercices réguliers. Impossible qu'elle soit déjà fatiguée par cette petite course à pied. Elle ralentit encore un peu, et je fais de même pour rester à sa hauteur. Maintenant nous sommes vraiment les derniers.

– J'ai une crampe, je crois, dit-elle.

Elle fait quelques foulées en boitant et s'arrête. Le reste de la classe s'éloigne devant nous.

– Je peux faire quelque chose ? demandé-je.

– Tu peux essayer de me rattraper, crie-t-elle en filant soudain à vive allure dans une petite allée et en disparaissant de ma vue.

Autant pour la crampe.

Je la suis en courant.

LES ARBRES, DE CHAQUE CÔTÉ, DÉFILENT DANS UN FLOU CONTINU DE VERT.

Sam est rapide, bien plus que je ne le pensais. Elle quitte l'allée pour rejoindre un chemin de terre puis s'enfonce dans les bois, sans jamais laisser entrevoir ce qu'elle va faire ensuite. Je peux à peine la suivre.

Ce n'est pas qu'elle soit plus rapide, c'est simplement qu'elle connaît cet endroit mieux que moi. Elle est en terrain connu. Elle prend des directions inattendues, des chemins que je ne vois qu'au dernier moment. Son image ne m'apparaît que par intermittences à travers les branches.

Je l'entrevois un instant, puis plus rien.

Elle a disparu.

Je m'arrête et j'écoute pour tenter de déterminer quelle direction prendre. J'entends quelque chose vers la gauche, là où les arbres sont denses au point de ne laisser aucune lumière passer.

J'hésite un moment, et je quitte le chemin de terre.

Je me fraye un passage à travers les arbres, m'arrêtant toutes les quelques secondes pour voir si j'entends Sam.

Aucun bruit à part celui de la circulation au loin à l'extérieur du parc.

Je m'arrête et je regarde autour de moi.

Je suis perdu.

J'envisage un instant de retourner sur mes pas, mais je reste où je suis. Je projette mon énergie autour de moi.

Je la sens à ma gauche.

Je progresse dans cette direction, traverse un fourré et me retrouve dans une sorte de clairière. Devant moi se trouve un monument, un grand obélisque en pierre.

Sam est là, elle attend, souriante et essoufflée.

– Tu m'as trouvée. Je suis impressionnée.

– C'était quoi, là ?

– Tu as passé toute la journée à me fuir alors je voulais inverser les rôles.

– Quelle idée ! Mais pourquoi ?

– Allez, Ben. Que s'est-il vraiment passé hier soir ?

– Je ne savais plus où j'en étais.

– À quel sujet ?

Je repense à Sam et à moi dans la salle de bains, ses lèvres à quelques centimètres des miennes.

– Par rapport à mes sentiments.

Elle sourit.

– Tu vois, tu as des sentiments pour moi.

Je me détourne. Je fais quelques pas sur la place déserte, examinant le monument, me donnant un peu d'espace pour respirer.

– C'est quoi cet endroit ?

– C'est l'Aiguille de Cléopâtre.

Je regarde l'obélisque derrière elle, la pierre vert-noir qui s'élance vers le ciel.

– C'est le plus vieux monument du parc. De New York, même, je crois.

– Ce sont des hiéroglyphes, dessus ?

– Oui. On l'appelle l'Aiguille de Cléopâtre mais ça n'a rien à voir avec Cléopâtre. Cet obélisque date de plusieurs milliers d'années avant son règne. Je viens ici parfois quand j'ai besoin de réfléchir. C'est mon espace privé.

– Maintenant je suis au courant de cet endroit.

– Tu connais tous mes espaces privés, dit-elle avec un large sourire.

– J'en doute.

Je marche autour de l'obélisque. La pierre s'effrite par endroits, les glyphes s'estompent à force d'exposition aux éléments.

– J'ai la double nationalité, tu le savais ? C'est peut-être pour ça que j'aime ce monument. Quelque chose d'étranger, planté là, au milieu de la ville. Un peu comme moi.

Le ciel s'est assombri, et le vent commence à se lever. Elle s'est approchée et se tient maintenant à côté de moi.

– Tu ne te demandes jamais où est ta véritable place ? Genre, la vie t'a joué un tour et t'a mis là où tu n'aurais pas dû être.

Je songe à mes vrais parents. À ma première vie.

– Parfois, j'y pense, dis-je.

Entre deux missions, jamais pendant.

Jusqu'à maintenant.

Elle fixe le monument antique, perdue dans ses pensées.

– Pendant un moment, j'avais peur que toi et Erica ne

soyez faits l'un pour l'autre, mais plus je te connais, moins je le pense.

J'ai d'autres questions à lui poser mais je me retiens. Il ne me reste qu'un jour, et pourtant je n'arrête pas de me laisser distraire par ces conversations.

Il faut que je la surprenne, que je change le cours de la discussion. Que nous revenions à son père. Au futur.

Il y a quelque chose d'important en préparation et j'ai besoin de savoir quoi.

– Ton père m'a tout raconté.

Sam s'arrête net et me regarde.

Je bluffe, mais elle ne le sait pas.

– Pourquoi il te l'aurait dit à toi ?

– Parce qu'il se fait du souci pour toi.

Cette partie-là est vraie. Je ne sais pas pourquoi il se fait du souci mais je suis prêt à parier que Sam, elle, le sait.

– Émissaire spécial pour la paix au Moyen-Orient ! Tu y crois, toi ? s'exclame-t-elle d'un ton dépité.

Elle s'assied lourdement à la base du monument.

C'est donc ça. Le maire sera le prochain émissaire spécial.

Je pense à la Présence, au fait que ces hommes parlaient arabe. Est-il possible que le maire travaille avec eux d'une manière ou d'une autre ? Est-ce pour ça qu'ils me recherchent ?

– Je ne comprends pas comment il peut accepter ce travail après ce qui s'est passé, dit-elle.

– Ce qui s'est passé avec ta mère ?

Elle hoche la tête.

– De mauvaises choses sont arrivées en Israël, Ben. Et

maintenant mon père va superviser le processus de paix ? C'est une blague !

– Je ne te suis pas. Qu'est-ce que la mort de ta mère a à voir avec le processus de paix ?

Elle n'écoute pas ma question et continue de parler.

– Mon père devrait juste retourner à sa société. Je le lui ai dit. Mais à chaque fois il me répond qu'il a gagné assez d'argent pour vivre dix vies. Il insiste pour rester dans le public.

– Ce poste d'émissaire le lui permettra, c'est certain.

– Et ruinera ma vie par la même occasion.

– Comment ça, ruinera ta vie ?

Je reçois une goutte de pluie sur le front.

– Il commence à pleuvoir. Retournons au lycée, dit-elle.

Elle regarde le ciel. C'est devenu très nuageux et le vent souffle par rafales.

– Ou alors... Où habites-tu, déjà ?

– Sur la 98e rue.

– L'école est plus proche.

– En effet, mais dans un cas comme dans l'autre, on est bons pour se faire saucer, dis-je tandis qu'une pluie plus soutenue commence à s'abattre sur nous.

– Serais-tu en train de m'inviter chez toi ? demande-t-elle.

– On dirait, réponds-je en démarrant comme une flèche.

Pendant un instant, je me demande si elle va me suivre. Puis j'entends ses pas qui éclaboussent derrière moi. Une seconde plus tard, elle m'a rattrapé.

– Tu ne m'échapperas pas cette fois, dit-elle.

– Je n'essayais pas d'échapper.

Ensemble, nous courons sous la pluie, enjambons les

flaques, zigzaguons entre les piétons, traversons n'importe comment entre les voitures, direction le nord de la ville.

Direction chez moi.

SAM S'ESSUIE LES CHEVEUX DANS MON SALON.

– Je suis trempée jusqu'aux os, tu n'aurais pas un peignoir ou quelque chose dans le genre ?

Elle est debout, devant moi, ses vêtements mouillés plaqués sur son corps.

– Allô ? dit-elle.

– Désolé. Je vais te chercher quelque chose.

Je ne sais même pas si je suis supposé avoir un peignoir dans cet appartement. Je regarde dans le placard de la chambre et, bingo, j'en trouve un suspendu à un crochet. Le Programme pense vraiment à tout.

Non, pas à tout. Ils ne pensaient pas à cette situation quand ils ont placé le peignoir là.

Je retourne dans le salon et trouve la cheminée à gaz allumée. Sam se sèche devant.

– Super, tu as trouvé quelque chose, je suis frigorifiée.

Elle me prend le peignoir des mains.

– Retourne-toi.

– La salle de bains est juste...

– Je n'ai pas besoin de salle de bains, dit-elle.

D'un geste du doigt elle me fait signe de me retourner.

Je me tourne face au mur tandis que Sam se déshabille derrière moi.

– J'étais en train de repenser à mon premier jour de classe, au tout premier cours, dis-je par-dessus mon épaule.

– C'était il y a longtemps.

– Seulement trois jours.

– J'ai l'impression que c'était il y a dix ans.

J'entends ses habits mouillés tomber par terre.

– Et à quoi pensais-tu ?

– Je me demandais pourquoi tu étais venue me parler après le cours, ce jour-là.

– Tu avais quelque chose de spécial. Je voulais savoir qui tu étais.

– Tu cherches toujours à savoir qui est chaque nouvel élève ?

– Seulement les plus mignons. Tu peux te retourner, maintenant.

Je me retourne et Sam prend la pose. Elle a serré la ceinture très fort à la taille, ses cheveux sont lissés en arrière, ses jambes sous le peignoir sont nues.

– Qu'en penses-tu ?

– Je pense que le peignoir te sied à merveille, dis-je sur un ton un peu précieux.

Elle rigole. Les flammes scintillent à ses pieds.

Elle regarde autour d'elle, remarque les différents cadres posés ici et là, s'approche d'une photo en particulier sur la table d'appoint et la touche.

– Je croyais que tu n'avais pas beaucoup de photos ?

– J'en ai quelques-unes.

– Ce sont tes parents ?

– Je crois. Je ne les vois jamais.

– Veinard.

– Je croyais que tu étais pro-parents ?

– Et non.

– Mais ta relation avec ton père est super !

– Oui. En public.

– En privé aussi. Je vous ai vus.

– Si tu nous as vus, c'est que ce n'était pas en privé. Tu crois que juste parce que tu vois un politicien chez lui, tu vas découvrir sa vraie personnalité ? C'est plutôt naïf de ta part, Ben.

– Tu as l'air en colère.

– Oui, eh bien, j'ai mes raisons.

Le sourire qui apparaît soudain sur son visage me fait penser à un masque qu'elle aurait enfilé. J'ai déjà vu ça chez des gens soumis au regard public. De vraies émotions vite enfouies sous de fausses.

Je l'ai moi-même souvent fait. J'ai été entraîné à ça.

Elle touche la photo de mes parents une dernière fois, puis continue de parcourir l'appartement.

– On dirait que c'est à peine habité, ici.

– On a un service de ménage exceptionnel et je ne suis pas souvent là.

– Pauvre Benjamin, ça doit être dur d'être coincé tout seul dans ce grand appartement.

– Je ne suis pas coincé.

– Nous sommes tous les deux coincés dans des vies que nous n'avons pas choisies.

– Parle pour toi.

Je la regarde aller de-ci de-là, examiner tel ou tel objet.

Je n'aime pas trop l'attention qu'elle accorde à cet endroit, elle donne presque l'impression de mener une enquête. Est-ce comme ça chaque fois qu'une fille vient chez vous pour la première fois ?

– Je sais tout sur toi.

– Que sais-tu ?

Je regarde son visage dans la lumière vibrionnante de la cheminée, scrutant le moindre signe d'une intention malveillante.

– Je sais que tu es piégé par le système. Tu es piégé par ce pays et par ta manière de réfléchir. Tu es piégé par le fait que tu es un ado et... je n'ai pas rencontré tes parents, mais s'ils t'envoient dans une école comme la nôtre, tu es aussi pris au piège par leurs attentes.

– C'est faux.

– Dis-moi une chose que tu as faite, une seule décision que tu as prise de toi-même. Véritablement de toi-même.

Comparé à un ado normal, toutes mes décisions sont les miennes. Personne ne me dit ce que je dois manger, quand aller au lit, ce que je peux ou ne peux pas faire le week-end. Pas de famille à laquelle rendre des comptes, pas de petits frères ou sœurs sur lesquels veiller, personne à appeler pour souhaiter un bon anniversaire. Je n'ai à me soucier ni de mes notes ni d'être accepté dans une grande école ni de ce que je vais faire quand je serai plus grand. Je suis totalement libre.

Cependant, tout ce que je fais s'inscrit dans le cadre de mes missions. Ma vie est dictée par le Programme.

En y réfléchissant bien, ce qui ressemble à de la liberté

n'est en fait que l'opposé. Ma vie ne m'a jamais appartenu, pas depuis que Mike est arrivé dans mon école.

– Je vois que tu y réfléchis, et tu sais que j'ai raison, n'est-ce pas ? Tu n'as jamais rien décidé seul, dit Sam.

Soudain l'idée me vient.

– Il y a une décision que j'ai prise tout seul.

– Laquelle ?

– Celle de t'embrasser.

– Et quand as-tu décidé ça ?

– À l'instant.

– Ah, vraiment ? Et j'ai mon mot à dire ?

– Tu as voté oui, je lui rappelle en m'approchant d'elle pour l'embrasser, un long et lent premier baiser qui fait frissonner ma peau.

– Eh bien, si c'est ton idée de la démocratie, je suis preneuse.

Elle m'attire à elle pour un second baiser, plus passionné que le premier.

Nous remontons à la surface pour respirer, toujours dans les bras l'un de l'autre.

Je regarde Sam dans les yeux, et soudain je pense à la première fille, la fille de la supérette. Celle aux yeux bleus.

« Tu vas t'imaginer que tu m'aimes, » avait-elle dit, « et tu auras tout faux. »

– Benjamin, murmure Sam.

Je repousse le souvenir, et me concentre uniquement sur la sensation de Sam dans mes bras, la chaleur de son corps contre le mien, ses lèvres si proches des miennes que nous partageons un même souffle.

– Tu t'es absenté une seconde.

– Le fait que nous devenions intimes me fait peur.

C'est sorti tout seul, une sorte d'épiphanie qui me surprend moi-même.

Sam passe ses doigts dans mes cheveux.

– Je suis contente que tu dises ça, tu sais, moi aussi j'ai peur.

– Pourquoi as-tu peur, toi ?

– Non, toi d'abord, dit-elle.

– Il y a tant de choses à propos de moi que tu ne sais pas. Qui je suis, par exemple. Ou les raisons pour lesquelles je suis à New York.

– J'en sais plus que tu ne crois.

– Que sais-tu ?

Elle touche ma poitrine.

– Je sais ce qu'il y a là-dedans. Peut-être que rien d'autre n'a d'importance.

Je réfléchis un instant. J'aimerais que ce soit vrai mais ce n'est pas le cas.

– Et toi ? Pourquoi as-tu peur ?

– Je ne veux pas te faire de mal.

– Comment pourrais-tu me faire du mal ?

– C'est déjà arrivé.

Je pense à l'article dans le *Daily News* que Howard m'a montré.

– Tu as fait du mal à quelqu'un ?

Elle hoche la tête.

– Intentionnellement ?

– Non, dit-elle.

– Alors peut-être que ça n'a pas d'importance.

– Rien n'a d'importance ce soir ?

– Je crois, oui.

Elle touche mon visage, parcourant d'un doigt le pourtour de mes lèvres.

– Ils reviennent quand, tes parents ?

– Ils sont à l'autre bout du pays.

– Pratique.

– N'est-ce pas ?

Elle dénoue son peignoir. Mes doutes à son sujet, mes angoisses concernant le maire, la mission et le Programme s'envolent.

Sam a raison. Rien n'a d'importance ce soir.

Seulement nous.

L'ORAGE S'ÉLOIGNE.

Une pluie fine tombe qui réfléchit les lumières de la rue.

Sam et moi marchons main dans la main. Nous restons serrés l'un contre l'autre, à l'abri sous le parapluie.

Un klaxon retentit et des pneus crissent.

Un portier surgit d'un immeuble, cigarette non allumée déjà à la bouche.

Un taxi roule dans une flaque et nous sautons en arrière pour éviter d'être éclaboussés. Sur le toit du taxi :

L'♥ fait d'une maison un foyer

Je pense à ma maison, à mon foyer.

Pas à une maison lointaine, ou qui appartiendrait au passé ou à un hypothétique futur.

Et surtout pas à la maison que j'avais avec le Programme. Non.

Je pense au moment présent. Où je suis, là, maintenant. Avec Sam.

Sam est ma maison.

Soudain, un flash de lumière me ramène à la réalité.

Sam vient de me prendre en photo avec son téléphone.

– Qu'est-ce que tu fais ? dis-je.

J'essaye de garder ma voix aussi calme que possible, mais je sens qu'elle est montée d'un cran.

– Tu détestes les appareils photo à ce point ?

– Je ne suis pas photogénique.

Elle regarde l'écran de son téléphone.

– Tu as raison, tu n'es pas terrible. Tes cheveux partent dans tous les sens.

Je pourrais lui prendre le téléphone des mains. Ou exiger qu'elle efface le cliché. Je pourrais lui expliquer que cela me dérange beaucoup, que j'ai déjà été échaudé par une ex-petite amie et que je ne veux pas que cela se reproduise.

Je pourrais trouver toutes sortes d'arguments et d'objections, mais ça risque de paraître étrange.

– Pourquoi veux-tu une photo de moi ? demandé-je.

– Je sais que je vais penser à toi toute la nuit. Alors, j'avais envie de pouvoir continuer de te regarder aussi. Tu es d'accord ?

J'imagine.

– Tu veux une photo de moi ? Comme ça on sera à égalité ?

– Non.

– Tu ne veux pas ma photo ? s'écrie-t-elle à la fois surprise et vexée.

– J'en ai déjà une, dis-je en indiquant ma tête. Là-dedans. Et l'option « effacer » n'existe pas.

– Je ne savais pas que tu pouvais être romantique.

– J'ai mes moments.

Elle range l'appareil.

– J'ai vu ta cicatrice. Tout à l'heure, quand tu as enlevé ta chemise.

Automatiquement, je porte ma main à ma poitrine.

Le coup de couteau. Je pense à Mike et ça me met en colère, son visage qui surgit dans mon esprit de manière inopinée, son souvenir comme marqué au fer rouge dans ma peau.

– Ce n'est rien, dis-je.

– C'est arrivé comment ?

Un éclair de peur traverse son visage. Est-elle juste curieuse ou y a-t-il autre chose ? Elle recule imperceptiblement.

– C'était dans un accident de voiture, quand j'étais petit. J'ai dû être opéré.

– Au cœur ?

– Juste à côté.

– Ça fait mal ?

– Plus maintenant.

Elle met sa main sur ma poitrine où se trouve la cicatrice, mais je ne sens rien. La peau est morte, insensible.

– Pauvre Benjamin, dit-elle en se rapprochant.

Nous nous embrassons sous l'auvent d'un immeuble à quelques rues de la résidence du maire.

Dans son sac, son téléphone vibre. Elle cesse de m'embrasser.

– Il faut que je regarde qui c'est.

Elle jette un coup d'œil au téléphone et son visage devient soudain sérieux.

– Il est tard. Je devrais rentrer.

D'un coup, l'idée même de la mission me revient et m'envahit.

Un jour. C'est tout ce qu'il me reste.

– Tu fais quoi demain ?

– Mon père a besoin de mon aide pour un truc. Le week-end va être très chargé. Je ne pourrai sans doute pas te revoir avant lundi.

Je passerai les jours suivants à repenser à ce moment, à sa manière de regarder par-dessus mon épaule en prononçant cette dernière phrase au lieu de me regarder dans les yeux. À me demander si je n'aurais pas dû la brusquer, tenter d'en savoir plus, être plus exigeant.

Mais pour l'instant je ne fais rien de tout cela.

– Je comprends, dis-je.

– Je t'appellerai si je peux.

Je caresse sa tête mais je sens déjà ses cheveux qui glissent entre mes doigts tandis qu'elle se retourne et s'éloigne.

Elle est à une dizaine de pas de moi lorsque mon téléphone se met à vibrer. Double vibration, deux fois.

L'app pour jouer au poker apparaît. On m'a donné une main.

C'est Mère.

Je joue la main. Connexion.

– Rentre chez toi, dit Mère.

Déconnexion.

IL N'EST PAS DANS LES HABITUDES DE MÈRE D'APPELER PENDANT UNE MISSION.

C'est la première fois.

J'ai commis une terrible erreur.

Le fait d'avoir fait l'amour avec Sam, de m'être ouvert à elle. De m'être dévoilé, dans tous les sens du terme.

J'ai commis une terrible faute, et j'ai été pris sur le fait.

Cette pensée me poursuit tandis que je me précipite chez moi. Immédiatement suivie d'une autre pensée.

Que sait Mère, au juste ?

Je pourrais toujours arguer que j'ai couché avec Sam dans le but de me rapprocher du maire, d'atteindre ma cible. Je peux tout à fait expliquer cela à Mère et faire en sorte qu'elle comprenne.

Je peux aussi tout raconter à Mère, tout ce qui s'est passé. Lui parler de mes hésitations. De la Présence et des hommes qui parlent en arabe. Ensemble, nous chercherons une explication à cela et trouverons le meilleur moyen d'exécuter la mission.

Au moment même où j'ouvre la porte d'entrée de chez moi, une notification du GAME CENTER s'affiche sur mon téléphone.

Mère m'invite à un défi.

Une ligne téléphonique sécurisée est un moyen de communication parmi les plus sûrs, mais qui présente néanmoins un inconvénient. La source et la destination constituent deux points de connexion uniques. Peu importent l'ampleur du brouillage ou le nombre de serveurs que traversent les signaux numériques, ces derniers restent envoyés et reçus par deux points de connexion uniques qu'il est possible, dans l'absolu, de localiser.

Et c'est pourquoi, lorsque je suis en communication téléphonique avec mes supérieurs, je joue un rôle. La ligne a beau être sécurisée, elle n'est pas sûre à cent pour cent.

Mais il existe un autre système. Un protocole que connaissent bien les jeunes du monde entier : les MMORPG, autrement dit, les jeux de rôle en ligne massivement multijoueurs.

Dans ces jeux, des dizaines de milliers de voix s'expriment en même temps. Nous pouvons y converser plus librement, mais seulement en cas d'urgence.

Envoyer une invitation à se connecter au GAME CENTER équivaut pour Mère à appuyer sur la touche « panique ». Et c'est justement ce qu'elle vient de faire.

Je range mon iPhone.

Je m'installe face à mon téléviseur à écran plat dans le salon et j'allume la console de jeu.

Casque audio sur les oreilles. Manette en main.

J'ouvre *Zombie Crushed Dead !*, un jeu de tir en vue subjective.

Niveau 6. Carte 4. « Le chasseur pourchassé ».

Choisir son personnage : caporal de la marine.

Choisir son arme : fusil d'assaut carabine M4.

Commencer jeu.

Voix de Mère.

– Mais qu'est-ce que tu fabriques ? demande-t-elle.

Furieuse.

Je n'ai jamais vu Mère perdre son sang-froid, et je doute qu'elle soit en train de le perdre maintenant. Il est plus probable que ce soit un subterfuge, qu'elle cherche à me choquer.

Ça marche. Mon souffle devient rauque, mes mains moites.

Dans le jeu, je chasse les zombies. Je traverse à pied une ville en flammes où les rues et les immeubles ont été désertés, sauf par les morts-vivants...

– Réponds-moi, ordonne Mère.

Il n'y a que sa voix. Elle n'a pas choisi de personnage.

C'est la voix de Dieu.

– Je n'ai pas fini ma mission. Je veux dire, je ne l'ai pas *encore* finie.

Quand je parle, la bouche de mon personnage bouge.

– Tu es allé deux fois chez le maire.

– Je n'étais jamais seul. Le scénario n'était pas bon.

Une pause.

– Cherches-tu des excuses ?

– C'est la réalité.

– Rien n'a su t'empêcher avant.

– Cette fois-ci, c'est différent.

Je tourne un coin et vide un chargeur sur une horde de zombies qui m'attaque. L'un d'eux, agonisant, pousse un râle épouvantable. « Pourquoi, pourquoi ? » me supplie-t-il.

– Ce n'est pas une mission normale. Tu l'as dit toi-même. Tu m'as recommandé d'être prudent, que cette mission comportait des éléments inconnus.

Tout autour de moi, j'entends d'autres conversations, d'autres joueurs. Dans le monde entier. Ils se narguent. Se vantent. Bluffent. Ils cherchent du zombie-sexe.

– Tu insinues que c'est ma faute ? Que je t'ai donné à faire plus que tu ne pouvais entreprendre ?

– Absolument pas.

– Alors qu'est-ce qui te retient de finir ta mission ?

Je ne réponds pas.

Un zombie gémit. Les collines alentour renvoient l'écho macabre de sa plainte.

– Nous savions que cela arriverait tôt ou tard.

– Cela ?

– Une petite amie.

– Je n'ai pas de petite amie.

Une nouvelle horde de zombies m'a pris en chasse. Je fonce à gauche mais trébuche sur un tronc d'arbre. Je suis à deux doigts d'y passer.

Au dernier moment, je parviens à me remettre debout.

– Nous nous y attendions. Nous avions même essayé de t'y préparer. Je pense que tu t'en souviens.

La première fille.

Nous avions couché ensemble cette nuit-là chez elle. C'était la première fois que je me retrouvais loin du Programme. Je pensais que nous étions tombés amoureux l'un de l'autre. Je trouvais ça normal, même si ce n'était que pour une nuit.

Je ne savais pas que Mère avait tout organisé.

– Oui, je me souviens, dis-je.

– Mais voilà, c'est arrivé, et pendant cette mission-ci. Tu as bon goût mais aucun sens du timing.

– Je n'ai pas de goût.

– C'est ce que tu crois, mais ce n'est pas vrai. Je suis celle qui t'a formé. Je te connais mieux que tu ne te connais toi-même.

Un des zombies n'est pas tout à fait mort. Coupé en deux, il rampe toujours vers moi, sa faim non assouvie.

Je lui mets une balle dans la tête.

– J'aimerais rentrer à la maison, dis-je.

Je n'ai pas prévu de dire ça. C'est sorti tout seul, presque comme si ces mots avaient été prononcés par un autre que moi. Un autre garçon que je ne connais pas bien.

– À la maison ?

J'entends de la surprise dans sa voix. C'est la première fois.

– Juste un peu. Pour te voir.

Cela fait deux ans que je n'ai pas vu la femme à laquelle je parle. Je n'ai aucune idée de l'endroit où elle se trouve. Toujours dans la maison d'entraînement ? Ailleurs ? Même maintenant, tandis que je la cherche dans le monde des zombies, je ne la trouve pas. Je parle à moi-même, à l'air qui m'entoure, aux morts, au gris du ciel.

– Je suis désolée. Ton père et moi sommes en voyage.

– Je sais.

– Et tu sais que nous aussi nous aimerions te voir.

– Bien sûr.

– Mais ce sera pour après.

Après.

Après cette épreuve.

– Je me fais du souci pour toi. Peut-être est-ce un peu

trop, tout ça, pour toi. Peut-être devrions-nous te retirer de cette école.

– Non, je veux finir ma mission.

Une longue pause s'ensuit. Le volet d'une maison désertée claque contre une fenêtre.

– La mission a changé. Ta cible a été modifiée.

– Modifiée ? Comment ça ?

Cela ne s'est jamais produit auparavant. Une modification de cible en pleine mission.

– Tu as une nouvelle cible. La fille.

– Sam ?

– Oui...

– Et le maire ?

– Il n'est plus dans le champ.

Un flash de colère me frappe derrière les yeux. J'arrête de courir. J'échange mon arme contre un fusil de sniper M40A5.

– Pourquoi tu me fais ça ?

– Je ne te fais rien du tout. J'ai reçu de nouveaux ordres et je te les transmets. Nous avons tous des maîtres.

Est-ce la vérité ? Je ne sais pas.

– Je peux quand même finir, dis-je.

– Je sais que tu le peux. Mais tu finiras la mission que je viens de te donner à l'instant.

Là-bas. Là-haut dans les collines, derrière l'hôpital abandonné. Un flash soudain.

Des yeux verts qui brillent, comme ceux d'un chat la nuit.

Je passe au viseur.

– Aide-moi à comprendre. Facilite-moi la tâche.

– Ce n'est pas à toi de comprendre. Mets de côté tes

doutes et tes questions, tout ce qui a pu te retenir. Tu peux faire ça ?

Je ne réagis pas.

– Tu n'as plus le temps. Prends ton téléphone et appelle la fille.

– Mère...

– Finis-en et nous pourrons parler d'après.

J'entends un clic.

– Je crois en toi, conclut-elle, tandis que sa voix s'évanouit.

Je ramène le fusil en face, et je vise là où les yeux se trouvaient.

Ils ne sont plus là.

JE TENTE DE JOINDRE SAM.

Je tombe sur sa boîte vocale. Une, deux, trois fois.

Une mise à l'épreuve. C'est le terme que Père a utilisé pour parler de cette mission.

Je pensais qu'il voulait dire une mise à l'épreuve de mes connaissances, de mon savoir-faire, mais maintenant je me demande s'il ne s'agissait pas d'autre chose : une mise à l'épreuve de ma loyauté.

Mais cela n'a aucun sens. J'ai prouvé ma loyauté au cours de mon entraînement et des six missions déjà effectuées.

À moins que...

À moins qu'on ne doute de moi.

Mère aurait-elle décidé de modifier la mission pour tester mon allégeance ?

Jamais je ne l'ai vue agir par malice. Son éventuelle cruauté a toujours eu pour objectif de me rendre plus fort encore. Les leçons qu'elle a pu m'administrer étaient pour mon bien.

Le rasoir d'Occam : l'hypothèse la plus simple est la plus vraisemblable.

Quelle est l'hypothèse la plus simple ? Mon allégeance n'est pas mise en doute.

Il s'agit d'une mission. Un point c'est tout.

Par conséquent, Sam est coupable.

Mais je n'arrive pas à y croire. De quoi Sam peut-elle bien être coupable au point que le Programme demande son élimination ? Le but du Programme est de débusquer et d'éliminer les ennemis des États-Unis, pas des filles orphelines de mère, des filles plongées dans une tourmente politique en raison d'une décision prise par leur père.

Le maire. À l'origine, c'était lui la cible. Si j'arrive à prouver sa culpabilité, alors j'innocenterai du même coup Sam. Et ma cible redeviendra le maire.

Je compose le numéro de Sam et, pour la quatrième fois, je tombe sur sa boîte vocale. Ce coup-ci, je laisse un message : « Il faut absolument que je te parle. Rappelle-moi dès que tu as ce message. »

Onze heures du soir.

Je fais les cent pas dans mon salon, m'efforçant d'examiner l'échiquier qu'est ma mission avec autant de recul que possible. Comment vais-je prouver la culpabilité du maire sans même savoir de quoi il pourrait être coupable ?

Sam a dit qu'elle devait aider son père, demain.

Demain. Mon dernier jour.

La clef est là. C'est à cause d'un événement qui va avoir lieu que l'échéance de ma mission a été avancée.

Mais quel événement ?

Nous sommes vendredi soir, il est tard. Je ne peux pas

retourner chez le maire. Sam ne répond pas à mes appels. Impossible de parler à Père.

Je suis coincé.

C’est alors que j’ai une idée.

Howard.

« J'AI BESOIN DE TON AIDE. »

C'est ce que j'annonce à Howard depuis l'épicerie coréenne au coin de la rue. J'ai acheté deux téléphones jetables dont celui qui me sert à présent pour appeler Howard. Je ne veux pas prendre le risque d'utiliser mon iPhone, le Programme enregistrant sans doute mes appels.

Si Mère apprenait que je ne respectais pas le protocole... Disons simplement que la prochaine cible ne serait plus Sam.

Passons.

Howard est aux anges.

À peine dix minutes plus tard, je suis dans sa chambre. Des câbles informatiques jonchent le sol, des lumières clignotent, des ventilateurs ronronnent. La pièce sent la sueur et l'électricité. L'antre d'un véritable hacker. Il ne blaguait pas.

– Qu'est-ce qui se passe ? me demande-t-il.

– Il faut que je te dise quelque chose, et j'ai besoin que tu écoutes attentivement et que tu réfléchisses. Tu peux faire ça ?

Son visage devient sérieux.

– Bien sûr.

Je marque une pause et je réfléchis à ce que je m'apprête à faire. J'ai enfreint bien des règles pendant cette mission, mais je n'ai encore rien fait de tel.

Il s'agit là d'une violation simple et nette du protocole.

Sans précédent. Aucun retour en arrière possible.

J'hésite. Je me demande s'il n'existe pas une autre solution.

Puis je pense à Sam. Et au temps qu'il me reste.

– Aujourd'hui, à l'école, tu disais que j'étais différent. Tu as raison.

– Je le savais, exulte Howard.

– J'ai un travail très particulier. Personne n'est au courant.

– Quel genre de travail ?

Comment dire ?

– Je suis un soldat.

– Genre, comme dans l'armée ?

– Non, il n'y a pas d'armée, juste moi.

– Une armée d'une seule personne.

Je fais un pas vers lui.

– Si tu m'aides, Howard, ça risque d'être très dangereux pour toi.

– Le simple fait de me trouver dans un couloir est dangereux pour moi.

Il n'a pas tort.

– Mais ce dont je te parle est dangereux à un tout autre niveau. Quoi que tu fasses pour moi, ça doit rester secret. Personne ne doit savoir. Ni Sam, ni Goji.

– Ça a l'air excitant, dit-il, un grand sourire aux lèvres.

Je me revois au début de mon entraînement. Mon

premier cours sur les armes. Mon premier cours d'arts martiaux.

C'était excitant.

Et puis c'est devenu réel.

– Il y a des vies en jeu, dis-je.

– La vie de qui ?

– De Sam.

Son sourire s'efface. La sirène d'une voiture de police hurle dans la rue.

– Que veux-tu que je fasse ? demande-t-il.

– Il me faut l'emploi du temps du maire pour la journée de demain.

– Je peux te le trouver.

Le bruit de la sirène s'évanouit petit à petit dans la nuit.

Howard s'empare d'un clavier et commence à taper.

– Comment sais-tu où chercher ?

– J'ai déjà fouiné dans les affaires de la mairie.

Je le regarde fixement.

– Tu vois, j'étais un peu amoureux de Sam. Mais c'était avant Goji, je le jure.

– Je te crois.

Il continue de taper.

– C'est plus difficile que d'habitude, explique-t-il.

– Comment ça ?

– J'ai regardé les registres publics et maintenant je vais dans les services internes, mais il y a un blackout de sécurité sur son emploi du temps.

– Et ?

– Il faut juste que je cracke... ah, voilà qui explique tout. Le Premier ministre israélien est à New York. Il est à

Washington pour affaires, mais il vient ici pour un rendez-vous privé avec le maire. C'est un peu étrange, non ?

Dans l'absolu, oui, sauf qu'il ne vient pas s'entretenir avec un maire mais avec un futur émissaire spécial.

Chose que Howard n'a pas besoin de savoir pour l'instant.

– Apparemment, la rencontre était prévue pour dimanche, mais elle a été avancée d'un jour à la dernière minute.

Bingo.

– Pourquoi l'ont-ils avancée ? demandé-je.

– Ce n'est pas clair, mais la réception aussi a été avancée.

– La réception ?

– Sur invitation uniquement. À Gracie Mansion, demain soir.

Ma mission a donc été avancée en raison de ce changement d'emploi du temps.

Mais pourquoi le Programme souhaite-t-il empêcher le maire de rencontrer le Premier ministre ?

– C'était un peu trop facile, dit Howard.

– Pour toi peut-être, tu savais déjà comment t'y prendre.

Howard est visiblement fier.

– Je pourrais te montrer comment faire, si tu veux.

– Pas tout de suite, mais je vais sans doute avoir encore besoin de toi.

Je sors mon second téléphone jetable.

– Nous utiliserons ces téléphones si nous avons besoin de nous parler.

Je me dirige vers la porte, puis je m'arrête et reviens vers l'ordinateur.

– Autre chose.

Je tape le nom du maire dans le moteur de recherche et

je parcours les liens jusqu'à ce que je tombe sur l'article de presse concernant le décès de sa femme. Je trouve la photo que j'ai vue dans la bibliothèque, celle des funérailles de la mère de Sam.

– Je me souviens de cette photo, dit Howard en soupirant.

– Regarde derrière Sam.

J'indique le soldat, celui qui fixe Sam tandis que toutes les autres personnes présentes regardent droit devant. Le même soldat que celui de la photo qui était dans la chambre de Sam.

– Je veux savoir qui est ce soldat. Tu peux me trouver cette information ?

– Pas besoin d'un hacker pour ça.

– Pourquoi ?

– Je sais qui c'est. C'est le petit ami de Sam, Gideon. Il était soldat dans les Forces de défense israéliennes.

JE NE DORS PAS.

Je reste au lit sans pouvoir fermer l'œil pendant des heures. J'envisage la mission sous tous ses angles mais, à chaque fois, j'aboutis à une impasse.

J'ai été formé pour approcher et atteindre une cible. Pas pour enquêter. C'est un tout autre métier.

Enfin, peut-être pas tant que ça. Et si je tentais d'analyser ce problème à ma manière habituelle ?

Au lieu d'essayer de résoudre à tout prix l'équation, je décide donc de me détendre et de laisser travailler mon intuition.

Je procède comme pour une mission normale. J'observe le paysage de données dans son ensemble et tente de détecter les failles, les éléments qui ne sont pas à leur place.

Le blog du maire.

Quelque chose au sujet de ce blog ne sonne pas juste.

Il est presque deux heures du matin, mais je me lève et appelle Howard. Il décroche à la première sonnerie.

– Tu ne dormais pas ? dis-je.

– Tu rigoles ?! Impossible de fermer l'œil après... après tout ce que tu m'as appris.

L'hésitation et la discrétion de Howard sont bien vues. Il a compris qu'il ne faut pas trop en dire au téléphone, même sur un jetable.

– Tu sais que le maire tient un blog, Howard ?

– Sam m'en a parlé quand ils l'ont inauguré. Il n'est pas très intéressant.

– J'ai vu le maire prendre des photos pour ce blog l'autre soir. Tu peux regarder sur ton ordi ?

J'entends ses doigts tapoter sur son clavier puis, aussitôt, il annonce :

– Je vois un gâteau d'anniversaire.

– A-t-il quelque chose de bizarre ?

– Du glaçage rose. On aurait pu s'attendre à quelque chose d'un peu plus masculin pour le maire.

– Le glaçage était blanc. Je sais, j'y étais.

– Il y a une sorte de distorsion dans la gamme des couleurs. C'est peut-être dû à mon écran.

S'ensuit un moment de silence. Howard est sans doute en train de manipuler les réglages.

– Ça ne change rien. La distorsion est toujours là.

– Tu peux regarder ça de plus près ? Il y a quelque chose qui cloche avec ce blog.

– Je vais le passer au peigne fin.

– Appelle-moi dès que tu trouves quoi que ce soit.

Je retourne me coucher et je regarde l'heure. Trois heures, puis quatre heures. Chaque heure qui passe me rapproche de mon dernier jour.

Et de ma nouvelle mission.

Sam.

Je ne me souviens pas m'être endormi mais j'ai dû m'assoupir car soudain je suis réveillé par quelqu'un qui tambourine à ma porte.

Je crois d'abord à un rêve, mais quand j'ouvre les yeux, la lumière du jour brille à travers les stores.

Et on frappe encore à la porte.

Immédiatement, je roule sur le côté et me laisse tomber au sol, prêt à me défendre. C'est un réflexe. Changement rapide de position, détournement de l'attention, reprise en main de la situation.

On frappe plus fort encore. C'est une urgence.

Une seule personne sait où j'habite, une seule personne et le Programme.

Or le Programme n'est pas du genre à frapper à la porte.

Je vais pour ouvrir, certain de découvrir Sam.

À travers la porte, une voix crie mon nom.

C'est Darius.

J'ouvre. C'est bien lui, rouge et essoufflé.

– Sam a des ennuis. Elle doit te voir tout de suite.

– Elle t'a envoyé ?

– Bien sûr, sinon comment j'aurais su où tu habites ?

– Pourquoi elle ne m'a pas appelé ?

– Impossible. Un problème de sécurité. Elle a dit que j'étais le seul en qui elle avait confiance.

– Où est-elle ?

– Pas loin, dans l'aire de jeux de Riverside Park.

Je regarde Darius, son expression, sa posture, sa manière de se tordre les mains.

Il a peur.

J'attrape mon iPhone et mon jetable. Je balance quelques affaires dans mon sac à dos. Je glisse mon stylo dans ma veste.

– Allons-y.

Je jette un dernier coup d'œil à l'appartement. Ma localisation est connue, l'appartement est condamné. Je vais devoir envoyer une notification météo pour qu'il soit nettoyé, selon l'expression consacrée.

Les moments partagés ici avec Sam ne seront plus que des souvenirs.

Je ferme la porte et entends le verrou se mettre en place.

À peine dehors, Darius prend la direction inverse de l'aire de jeux.

– Je ne viens pas avec toi, annonce-t-il.

– Pourquoi pas ?

– Sam a dit que je ne devais pas.

Il fait quelques pas puis revient et pose sa main sur mon bras.

– Fais attention, Ben.

Aucun doute, il est sincère.

DES ENFANTS CRIENT.

Dans l'aire de jeux, ils courent, se bousculent, rient, se chamaillent.

Samedi matin. Dernier jour.

Je cherche Sam du regard. Des parents lèvent un œil sur moi, vérifiant mon appartenance ou non à leur tribu, et retournent aussitôt à leurs occupations.

Sam arrive précipitamment quelques instants plus tard. Elle porte des leggings de sport et une casquette de baseball enfoncée sur les yeux. Sa queue-de-cheval dépasse par le trou derrière. Un simple look comme déguisement. Il suffit de deux accessoires pour ressembler à presque la moitié des New-Yorkaises.

Elle scrute les alentours, m'aperçoit et vient vers moi.

– Qu'est-ce qui se passe ? demandé-je.

Discrètement, elle jette un regard autour d'elle. Tout en marchant, elle me fait signe de la suivre. Elle fait le tour de l'aire de jeux et s'arrête à un endroit à l'écart du chemin principal.

– Pourquoi as-tu envoyé Darius chez moi ?

– Je ne savais pas quoi faire. Je ne pouvais pas venir moi-même.

Il y a quelque chose à la lisière de ma conscience. Quelque chose qui plane à la périphérie de ma zone de perception.

– Tu te souviens quand je t'ai parlé de mon ex ?

– Je me souviens.

Je la sens maintenant. C'est la Présence.

– Il est de retour, révèle Sam.

Je revois la photo de Sam et du soldat israélien.

Gideon. Selon Howard.

– Ton ex est à New York ?

– Il est arrivé il y a un moment. Je ne te l'avais pas dit.

– Pourquoi pas ?

– Parce que j'essayais de voir comment j'allais faire.

– Faire quoi ?

– Ne crie pas contre moi, Ben !

– Je ne crie pas.

Mais ma voix est trop forte. Je parle vite, mes mots sont hachés. Je m'entends. J'essaye de me concentrer sur les paroles de Sam, tout en tentant de repérer la Présence, mais je n'y arrive pas. Au lieu d'écouter Sam, je projette mon énergie dans le parc, je tente de localiser la Présence. Cet homme est là quelque part, parmi les arbres qui bordent le parc.

Sam continue de parler. Les mots sortent de sa bouche mais ils n'ont aucun sens.

Je retourne mon attention sur elle.

– On a un passé commun et je lui dois beaucoup. Je ne sais plus où j'en suis.

– Tu savais où tu en étais hier soir.

Je me mords l'intérieur de la lèvre. Le goût familier du sang emplit ma bouche.

– Hier soir était parfait.

– Tellement parfait que tu retournes avec ton ex ?

– Essaye de comprendre, Ben. Il est au courant pour toi.

– Comment ça ?

– Je le lui ai dit. Avant... avant de commencer à ressentir quelque chose pour toi.

– Bon, il est au courant, et alors ?

– Tu ne comprends pas, ce n'est pas une personne normale.

Je laisse échapper un rire. Je lèche l'intérieur de ma lèvre. Le goût du sang me réconforte.

– Ton petit ami jaloux ne me fait absolument pas peur.

– Il n'est pas jaloux.

– Alors c'est quoi son problème ?

– Le problème est plus vaste, bien plus vaste. C'est quelque chose que tu ne peux pas voir.

– Alors, aide-moi à le voir.

Elle regarde autour de nous.

– Je ne peux pas.

– Ou plutôt, tu ne *veux* pas.

– Ne me rends pas la tâche plus difficile.

J'ai déjà entendu ça quelque part. Ce n'est pas quelqu'un que je connais qui l'a dit. Où ai-je déjà entendu ça ?

Dans un film.

Oui. C'est typiquement le genre de choses que disent les filles dans les films.

Quand elles sont en train de rompre.

Sam me regarde, mais quelque chose est différent. Son regard n'est pas comme hier soir.

J'essaye de me concentrer sur ma mission.

Les questions que je me posais. Les raisons de ces interrogations.

Toutes sont lointaines.

Je vais pour prendre mon stylo. Je le sens à travers le cuir de ma veste.

« Tu as une nouvelle cible. » C'est ce que Mère m'a dit.

Ma cible est devant moi.

Soudain, une sensation m'envahit. Comme une pression derrière les yeux et dans la gorge. Cette sensation, qu'est-ce ?

JE L'AI EUE POUR LA PREMIÈRE FOIS QUAND J'AVAIS DOUZE ANS.

Cette sensation.

Mike me guidait dans la maison. On montait un grand escalier en bois qui ne grinçait pas, longé d'une rampe qui ne bougeait pas. Sous mes pieds, un parquet qui ne ployait pas.

Les vraies maisons sont animées d'innombrables bruits. Elles vibrent quand il vente, craquent quand on marche, grincent, crissent, claquent.

Pas cette maison.

Dehors comme dedans elle ressemblait à une maison, mais ce n'en était pas une.

C'était une chose morte.

Mike me conduisit à une porte mais sans me l'ouvrir.

Je dus l'ouvrir moi-même. Ce fut le premier d'une longue liste de choix que l'on me demanderait de faire les jours suivants.

La porte s'ouvrit en grand sans un bruit.

Un bureau. Boiseries foncées, bibliothèques remplies de livres, quelques cadres en argent posés sur une étagère. À travers les fenêtres d'où filtrait une lumière qui éclairait de taches vives le grand bureau en acajou, on apercevait au loin un bosquet.

Derrière le bureau était assise une femme.

Mère.

– Bienvenue, me dit-elle.

Et elle a souri.

J'avais douze ans. Mes parents n'étaient plus.

J'étais dans un endroit étrange, dans une maison que je ne connaissais pas, face à une femme qui me souriait.

Je savais que j'étais piégé et en danger, mais mon cerveau ne voulait pas y croire. Alors j'ai souri à la femme qui me souriait. À la femme que je serais amené à appeler Mère.

Je me souviens de ce jour. De cet instant. Du sourire.

C'est alors que je l'ai ressentie, cette sensation.

Moins une sensation – j'en prends conscience maintenant – qu'une émotion.

LA PEUR.

Je ressens de la peur tandis que Sam regarde au-delà de moi dans le parc.

– S'il te plaît, reste loin de moi, tu es en danger.

Elle tend la main et me touche le bras.

– Je ne veux pas qu'il t'arrive quelque chose de mal. Je suis sincère.

Elle se retourne et s'éloigne.

Mon cœur bat à toute allure alors que je suis immobile.

Riverside Park. Des enfants courent dans l'aire de jeux, ils vont de-ci de-là. Ils se regroupent et se séparent comme des volées d'oiseaux.

Les oiseaux crient.

Suis-je en danger ?

Les mères ne réagissent pas aux cris. Leurs expressions demeurent identiques, regards fatigués, sourires figés.

Les enfants crient.

Je marche. Quand ai-je commencé à marcher ?

Le sol est étrange sous mes pieds. L'air est frais sur mon front.

Pourquoi frais ?

Je transpire. Voilà pourquoi.

Attention.

Des pas derrière moi.

La Présence.

Je me retourne.

Non, ce n'était pas la Présence. L'énergie vient d'une autre direction.

J'avance de quelques pas et à nouveau je me retourne en pensant : *C'est Sam. Elle est revenue pour me parler. Elle a changé d'avis et nous allons trouver un moyen de tout arranger.*

Mais elle n'est pas là non plus.

– Zach, dit une voix.

Je connais cette voix.

C'est mon meilleur ami qui m'appelle. Qui m'appelle avec un nom que je n'ai pas entendu depuis des années. Un nom depuis longtemps enfoui dans un recoin de ma mémoire.

Mon nom.

– Zach, répète la voix.

C'est Mike.

Alors je me retourne.

Erreur.

UNE LUMIÈRE M'ÉBLOUIT.

Petit à petit, je reprends conscience. Je suis ligoté, mes bras et mes jambes fermement fixés aux accoudoirs et aux pieds de la chaise par du ruban adhésif.

J'essaye de bouger la tête, mais elle aussi a été immobilisée.

Devant moi une silhouette apparaît qui, en pénétrant dans la lumière vive, devient nette.

Mike.

Il a vieilli. Ses cheveux sont différents et les traits de son visage semblent plus marqués. Mais aucun doute possible, c'est bien lui.

– Tu reviens à toi ?

Il claque des doigts jusqu'à ce que mes yeux refassent le point.

– Zach-Zach, réveille-toi.

Cette voix. Nous sommes à nouveau, l'espace d'un instant, en train de manger un burger après l'école à Rochester, juste nous deux. Je suis dans ma première vie et le temps s'est arrêté.

Mais, là, nous ne sommes pas dans le passé. Ici, c'est maintenant. Je regarde Mike aller et venir, et me fixer du regard.

– Tu as laissé filer la fille, dit-il.

Je ne peux rien répondre. Ma bouche est bâillonnée.

– J'ai envie de croire que tu as un plan. Que tu n'as pas pu en finir dans le parc tout à l'heure parce que tu as un meilleur plan. Ai-je raison ?

Quelle absurdité de poser des questions à une personne incapable de répondre. C'est une technique d'interrogatoire conçue pour rendre fou. Dans l'incapacité de parler, de protester ou de se défendre, la personne interrogée se sent rapidement submergée par les questions qui se bousculent dans sa tête. Rapidement, ses défenses s'écroulent et elle dit la vérité juste pour en finir.

Cette technique fait partie de mon entraînement. Je sais comment y résister.

– Très franchement, je ne crois pas que tu aies un plan. Je crois qu'il s'agit d'autre chose. Je crois que tu t'es fourvoyé.

Je le fixe du regard.

– Et c'est, mon vieil ami, la raison pour laquelle je suis là. Tu as énervé beaucoup de gens. Pas moi, bien sûr. Moi, je ne me mets jamais en colère. Mais elle, oui.

Mère.

– Elle est profondément troublée par la situation. « Je n'en dors plus. » Ce sont ses propres mots. Mais, pour être très franc, j'ai parfois l'impression que cette femme ne dort de toute façon jamais.

Mike rit. Puis il s'étire, faisant des allers et retours qui dessinent comme un motif.

Un motif.

J'en prends note mentalement. Quand il réfléchit, il se déplace toujours de la même manière. C'est inconscient. C'est une faiblesse.

Tu dois t'en souvenir. Tu auras peut-être besoin de cette information plus tard.

S'il y a un plus tard.

– Ce sont eux qui m'ont envoyé ici. J'étais contre, contre le fait que ce soit moi, mais ils ont insisté. Selon eux, nous partageons une même histoire. Ils ont pensé que cela avait son importance.

Il hoche la tête comme s'il comprenait ce qu'ils avaient voulu dire.

– Pour ton info, je me suis battu pour toi. Même si cela n'a rien changé. Mais je voulais que tu le saches. Certaines parties exigeaient ton retrait définitif, continue d'expliquer Mike, en détachant chacune des syllabes de ce dernier mot : *dé-fi-ni-tif.*

Mère retire des gens de leur mission ?

Combien sommes-nous ? Combien d'autres comme moi ?

– J'étais contre, Zach. J'ai dit qu'il fallait te laisser terminer le travail. Ça nous arrive à tous de trébucher. Même moi, ça m'est arrivé.

Il inspire profondément, et ajoute :

– Une fois, une seule fois.

Il plonge sa main dans sa poche et en retire un étui à lunettes. Il en sort un minuscule tournevis, le genre qu'on utilise pour resserrer une monture. Il en tourne le manche.

Je ne connais pas ce modèle en particulier. Mais je sais de quoi il s'agit.

C'est une seringue.

– La discussion a duré un bon moment, Zach. Mère a écouté les différents arguments puis elle a pris sa décision.

Soudain, je pense à Mike et à Mère assis dans la même pièce. Discutant. Argumentant. Et une fois fini, alors quoi ? Ils sortent dîner ensemble ?

– Après t'avoir parlé, elle a finalement décidé de te laisser terminer la mission, mais pas sans un filet de sécurité.

Il fait un pas vers moi, la seringue le long du corps. Il connaît son métier. Si, pour une raison ou une autre, je parvenais à me libérer, je ne pourrais pas la faire tomber de sa main.

– Et le filet de sécurité, c'est moi. Si tu tombes, le Programme est protégé, tu comprends ?

Il examine l'adhésif sur mes pieds et mes bras. Il les examine de loin.

– Et tu es tombé. Tu as échoué. Le grand Zach Abrams a échoué. Voilà, c'est dit.

En entendant mon nom, un frisson parcourt mon corps. Je songe au nom de mon père. Joseph Abrams.

Professeur Abrams.

Mike vient derrière moi.

Voilà comment tout va finir. Silencieusement, par-derrière.

– As-tu déjà songé à ce moment ? demande-t-il.

À la fin.

Je ne savais pas qu'il y aurait une fin. Pas pour moi.

J'avais certes songé au jour où je rencontrerais Mike à nouveau, mais ce n'est pas ainsi que je l'imaginais.

– J'y ai pensé, moi, dit Mike. À ce que ça ferait d'être assis sur cette chaise. Je ne savais pas si ce serait dur ou...

Il soupire.

– Ou si ce serait un soulagement. D'en finir enfin avec tout ça.

D'un geste lent, il se passe les mains sur le visage.

– Tu n'as probablement pas pensé à ce genre de choses. Tout ça, c'est encore excitant pour toi, n'est-ce pas ? Courir dans tous les sens et jouer au soldat. Mais bon, je suis un peu plus âgé que toi.

Quel âge a-t-il maintenant ? À peine une vingtaine d'années, je pense. Difficile à deviner. Son visage prend des allures différentes selon les angles. Une minute on dirait un garçon, la suivante, un vieillard.

– Et merde. Je suis désolé de devoir faire ça.

Il respire à fond, exactement comme on me l'a appris.

Il y a un instant d'incertitude, puis je sens les phalanges de Mike sur mon cou.

C'est intime, ces doigts chauds sur cet endroit sensible. Je sais qu'ils tiennent la seringue. Quand Mike déclenchera la pompe, il suffira de quelques respirations et je ne serai plus.

Je ne supplierai pas. Je ne pleurerai pas. Je ne lui donnerai pas cette satisfaction. Je n'implorerai ni lui ni un Dieu que je ne suis pas sûr de connaître. Je n'irai pas là où vont les gens terrorisés.

J'inspire et j'expire, je ralentis ma respiration.

Ma dernière pensée.

Ma haine de Mike ? De Mère ?

Non, je choisirai autre chose.

Un souvenir de mes parents. De mes vrais parents.

Je les revois. Pas le dernier jour, ni même les derniers mois quand tout est devenu sombre dans notre maison.

Je me souviens d'une époque antérieure.

Mon père sourit, il enlace ma mère. Ils sont debout dans la cuisine dans notre maison à Rochester et ils rient.

J'entre dans la pièce. Ils me remarquent et leurs bras s'ouvrent pour m'accueillir dans leur cercle.

Une accolade à trois.

Ce sera ma dernière pensée.

– Mère ne sait pas ce qui s'est passé dans le parc tout à l'heure, explique Mike.

Il chuchote dans mon oreille.

– Elle ne le sait pas parce que je n'ai rien dit.

Tandis que ses doigts restent appuyés contre mon cou, il pose son autre main sur la mienne. Il met quelque chose de froid et de plat sur mon pouce, puis il presse mon index dessus afin que mes doigts pincent l'objet qu'il vient d'y placer.

Sa main se dégage de mon cou.

– J'ai pensé que je te devais ça, Zach.

Il se replace devant moi pour me faire face.

– Finis la mission et tout revient à la normale.

Je ne bronche pas, même pas le moindre clignement de paupières. Je ne lui donne rien.

– Si tu ne le fais pas pour le Programme, fais-le pour ton père.

Qu'est-ce qu'il raconte ? Mon père est mort.

C'est un mensonge. Un piège.

Je le suis du regard. Je l'observe pour détecter le moindre signe révélateur mais je n'en vois pas.

Il sort de mon champ de vision et il n'est qu'une voix désormais.

– Il est vivant, Zach. Ton père. Tu comprends ce que je suis en train de te dire ?

Il s'éloigne dans l'obscurité. Je l'entends ouvrir une porte.

– Termine la mission.

Et il est parti.

Je pince mes doigts pour sentir ce qu'il y a placé. C'est un morceau de métal de la taille d'un timbre. Les bords sont émoussés mais semblent coupants.

Suffisamment pour cisailler du ruban adhésif.

QUAND JE SORS DANS LA RUE, IL FAIT NUIT.

Un quartier d'entrepôts, un endroit que je ne reconnais pas. Des docks de chargement désertés, des murs en brique couverts de graffitis. Meserole Street, indique une plaque.

Mon père.

Je ne pense qu'à lui.

Je suis le bruit des klaxons pour rejoindre une grande artère. Bushwick Avenue. Je suis à Brooklyn. Je vais vers Grand Street au nord, et je prends le métro aérien qui va à Manhattan.

Assis, bercé par les mouvements du métro, je laisse mon esprit divaguer.

Mon père.

Je le revois attaché à une chaise dans le salon, sa tête pendante, le menton touchant presque sa poitrine. Sa chemise était maculée de sang. Je sens le bras de Mike autour de moi comme si j'y étais. J'avais été drogué, à peine capable de me tenir debout. Il m'avait guidé dans la pièce et m'avait montré mon père.

Mon père était encore vivant à ce moment-là.

Mais après ?

Je ne l'ai jamais revu.

Mon père est mort depuis de nombreuses années. C'est ce que j'ai toujours cru.

Mais je ne l'ai pas vu mourir.

Je l'ai vu sur cette chaise, ligoté avec du ruban adhésif, il était couvert de sang et il avait mal, mais je n'ai pas vu ce qui s'est passé ensuite.

On m'a dit qu'il était mort. Mais ce n'est pas la même chose que d'en avoir la preuve.

Pourtant, il doit être mort.

Sinon pourquoi tout ce temps sans nouvelles ? Combien de temps, au juste ? Bientôt cinq ans maintenant. Si mon père était vivant, il m'aurait recherché.

À moins qu'il ne sache pas que je suis vivant.

Mike vient de me donner une seconde chance. Une dernière chance.

Si je veux savoir ce qui est arrivé à mon père, il me faut terminer cette mission.

Le métro traverse le pont pour rejoindre Manhattan et entre dans une station.

Il est vingt heures. Ma dernière nuit. Je dois aller à Gracie Mansion.

Mais d'abord il me faut faire le point avec Howard. Je remonte à la surface en courant pour avoir du réseau.

L'écran de mon jetable est rempli de textos envoyés par Howard. Huit en tout, tous identiques :

Appelle-moi d'urgence.

« J'AI ESSAYÉ DE TE JOINDRE UN MILLIARD DE FOIS ! » S'EXCLAME HOWARD.

– J'ai eu quelques ennuis.

– Je ne savais plus quoi faire. J'avais peur que quelque chose te soit arrivé...

Mike avait raison. Je suis foutu. J'ai rompu le protocole en désespoir de cause. J'ai quelqu'un qui travaille pour moi sans procédure d'urgence ni plan B. Je suis exposé. Howard aussi.

Il faut tout arrêter.

– Oublie tout ça, Howard. Ferme tout.

– Mais tu avais raison au sujet du blog du maire !

– Que veux-tu dire ?

– Les photos sur le blog ont été trafiquées. C'est tellement subtil qu'au début je suis passé à côté. Si les photos avaient l'air bizarres, c'est parce que quelqu'un a modifié la valeur chromatique de chaque pixel rouge dans le JPEG en y logeant un octet de document rtf.

– À ton avis, il y a des documents cachés dans les photos postées sur le blog ?

– Oui, et pas n'importe lesquels. Des trucs de haut niveau. Des mémos des services de la Sécurité nationale destinés au bureau du maire. Des rapports de surveillance de groupes soupçonnés de terrorisme dans la région de New York.

Moi qui cherchais des preuves de la culpabilité du maire, en voilà.

Mais si c'est bien le maire le coupable, alors pourquoi Mère a-t-elle changé la cible ?

– Pourquoi le maire mettrait-il des documents secrets sur son blog ? demande Howard.

– Pour les transmettre à quelqu'un. Tu arrives à voir qui les reçoit ?

– C'est tout l'intérêt de ce procédé. C'est impossible de le savoir. Les données sont certes rendues publiques, mais sous une forme fragmentée en millions de pixels. On ne peut les lire qu'à l'aide d'un programme filtre qui les réassemble.

J'analyse l'ensemble des faits à ma disposition.

Le maire va être nommé émissaire spécial pour la paix au Moyen-Orient. Il révèle des secrets classés sécurité nationale à quelqu'un. À qui ?

Aux Israéliens ? Aux Palestiniens ?

Le maire cherche-t-il à équilibrer le jeu ? Ou a-t-il secrètement pris parti ?

Quelle importance, après tout ? Mon objectif n'est-il pas de sauver Sam ? Et n'ai-je pas désormais la preuve que son père est coupable ?

– Je dois me rendre à Gracie Mansion, dis-je à Howard.

– Attends, Ben. Il y a autre chose que tu dois savoir. Le

dernier post. Il contient les informations concernant la rencontre de ce soir. Les protocoles de sécurité. Tout.

– Donc quelqu'un sait que le maire s'apprête à rencontrer le Premier ministre israélien.

– J'ai aussi découvert pourquoi la rencontre avait été avancée d'un jour. Il y aura une autre personne présente.

– Qui ?

– Le président des États-Unis.

JE PRENDS UN MÉTRO EXPRESS DIRECTION LA 86^{E} RUE.

Je sors de la station et je cours.

Je tourne sur East End Avenue et tombe immédiatement sur un mur de gyrophares. Un cordon de sécurité a été placé à une distance de deux rues autour de Gracie Mansion. Véritable océan d'uniformes bleus parsemé de costumes noirs.

Je visualise dans ma tête des cercles concentriques.

Un premier cercle extérieur composé de la police de New York qui fait le sale boulot. Un deuxième, à l'intérieur, composé des hommes de la Sécurité nationale. Et, au centre, les services secrets mêlés à la Sécurité israélienne et aux agents des services diplomatiques.

Les invités arrivent déjà, aiguillés vers l'unique chemin d'accès à la réception. Nous sommes bien loin d'une fête pour lycéens. Pas question d'aller à la porte et d'entrer comme si de rien n'était, et en plus Erica n'est pas là pour faire diversion.

Je suis capable de me glisser incognito dans n'importe

quelle soirée. Mais pas là, pas quand des professionnels sont à l'affût de toute chose inhabituelle.

De toute chose inhabituelle. À moi donc d'avoir l'air habituel, familier.

Par-dessus mon T-shirt, je porte une chemise dont je retire les pans de mon pantalon. Ensuite, je sors mon portefeuille et le fourre dans ma ceinture. La protubérance ainsi créée sous ma chemise ressemble à s'y méprendre à celle d'une arme portée par les flics en civil.

Je parcours quelques rues, entre dans le parc Carl Shurz qui entoure Gracie Mansion, et je me mêle aux policiers regroupés là. J'adapte mon énergie à la leur. Je suis un flic en civil responsable de la surveillance de la partie sud du parc, un parmi d'autres éparpillés dans la zone.

Je traverse un groupe d'officiers. Un sergent me fait un signe de la tête.

Ce fameux signe.

Je fais de même et poursuis mon chemin.

Le parc est cerné par un cordon de sécurité mais il me suffit de trouer la membrane extérieure. C'est le défaut majeur de ce type de procédure de mise en sécurité. Quand vous êtes à l'extérieur, vous êtes présumé dangereux. En revanche, dès lors que vous êtes à l'intérieur, on part du principe que vous avez montré patte blanche au barrage précédent et que vous êtes donc autorisé à vous trouver là.

Je vise le centre et continue de progresser.

Au moment de traverser le deuxième cordon, ma chemise est à nouveau impeccablement rentrée dans mon pantalon, mon portefeuille de retour dans ma poche et je joue l'ado un peu dépassé par les événements. Je regarde avec admiration les dignitaires qui entrent dans Gracie et je mouille mes doigts d'un peu de salive pour lisser mes cheveux en arrière afin d'avoir l'air plus présentable.

Je suis maintenant assez près pour entendre le tintement des verres et les éclats de voix des personnes regroupées à l'intérieur de la résidence officielle.

J'y suis presque.

Presque.

– Stop !

Derrière moi. Le Pro de chez le maire.

Il devait être dehors en train de faire un tour de reconnaissance. Et il est tombé sur moi.

Mauvaise nouvelle pour moi. Bon point pour lui.

– Enfin quelqu'un que je connais, dis-je, feignant d'être heureux de le voir.

– Votre invitation. Pouvez-vous me la montrer ?

– Ils me l'ont prise, là-bas.

– Non, c'est impossible. Elle doit être présentée à chaque contrôle.

Je jette un coup d'œil au dernier contrôle avant d'entrer dans Gracie. Le Pro a évidemment raison, là aussi ils vérifient les invitations.

– OK, vous m'avez chopé.

Je remarque qu'il porte une oreillette et un micro. Un simple tapotement sur le col de sa chemise et des agents de la sécurité me tomberont dessus. Pour l'instant il laisse son col tranquille. Pour l'instant.

– Comment ça, je vous ai chopé ?

– Bon, en fait ce que je voulais dire, c'est que vous avez en quelque sorte chopé Sam en train de me faire entrer en douce.

Il hoche la tête, attentif.

– Ce n'est pas tous les jours qu'on a l'occasion de serrer la main du président, n'est-ce pas ? Sam m'a demandé de l'attendre ici et qu'elle me ferait entrer.

Je sais pertinemment que la visite du président est tenue secrète et c'est pour ça que je la mentionne. Pour prouver que je suis bien invité par Sam. Sinon comment aurais-je su que le président serait là ?

Le Pro réfléchit.

– Et où est Sam, alors ?

– Je me posais la même question.

Il me regarde, regarde autour de nous. Puis il porte sa main à son col...

– Quand Sam arrive, j'espère qu'elle apportera du PQ.

– Du PQ ? me demande-t-il, interloqué.

– Attendez, je fais dans mon froc, là.

Il se met à rire, et baisse la main.

– Tu es un marrant, toi. Allez, viens, je vais te faire entrer.

Je le suis dans Gracie Mansion.

NOUS TRAVERSONS LE HALL D'ENTRÉE REMPLI DE DIGNITAIRES.

J'en reconnais certains pour les avoir vus aux informations, les autres me sont inconnus. Hommes politiques, diplomates, hommes d'affaires. Quelques membres de la communauté juive de New York. J'entends des accents étrangers, israéliens et arabes.

Et partout les services secrets reconnaissables, entre autres, à leur badge épinglé au revers du veston et à leur attitude méfiante.

Le Pro m'amène dans la salle de réception aux murs bleus située dans l'aile Wagner. Il n'y a pas tant de gens que ça, une cinquantaine au plus, divisée en plusieurs petits groupes qui attendent patiemment.

– Tu vois Sam ? me demande-t-il.

Il se tient à côté de moi et scanne la pièce. Elle n'est pas là.

J'entends une voix dans son oreillette. Le Pro plaque sa main sur son oreille pour mieux entendre.

Il prend un air renfrogné, se tourne vers moi, me met en garde contre l'envie de faire une bêtise et part.

Me voilà seul.

Soudain, l'énergie dans la pièce change tandis qu'une vague d'excitation se propage parmi les invités. Le président entre par une porte latérale, flanqué du maire et du Premier ministre israélien. L'assemblée applaudit.

Le président, tout sourire, entreprend de serrer les mains des invités. Derrière lui, le Premier ministre échange quelques mots avec les personnes qui viennent de saluer le président.

Je remarque que le maire se tient à part. La plupart des invités ont déjà eu l'occasion de le rencontrer. Ce n'est pas lui la tête d'affiche de ce soir. Lorsque les gens passent devant lui pour aller saluer le président, ils lui touchent le bras ou lui tapent sur l'épaule, lui serrent la main, lui sourient, mais il est évident que personne n'est venu pour le voir.

Pas plus que moi. Moi, je suis là pour Sam. Je la cherche. En vain.

Alors je me dirige vers le maire.

Je passe en revue mes hypothèses.

Mère se trompe. C'est le maire le coupable. La preuve : son blog.

Peut-être qu'en terminant la mission originelle je pourrais le prouver à Mère.

Les agents de la sécurité ne se bousculent pas autour du maire. N'étant ni un invité VIP ni un représentant du gouvernement, il n'est pas sous haute surveillance. Je pourrais en finir ici, devant tout le monde. Tranquillement, ni vu ni connu. Il suffirait d'une poignée de main, puis je disparaîtrais dans la foule tandis que les gens se rassembleraient autour de lui pour lui venir en aide.

Je suis à une dizaine de pas du maire.

Du coin de l'œil, j'aperçois Sam qui entre dans la salle de réception par une des portes latérales.

Nos regards se croisent.

Ses yeux s'écarquillent d'étonnement.

Elle fait demi-tour et repart d'où elle est entrée.

– Je ne savais pas que Sam t'avait invité, me lance le maire.

M'apercevant, c'est lui qui est venu à ma rencontre.

– Elle m'a mis sur la liste. Je voulais juste vous féliciter.

Il a un moment d'hésitation. Si je le félicite, c'est que je suis au courant de la nouvelle, donc que Sam m'a bel et bien invité.

– Je suis content que tu sois là. Pour Sam et pour moi.

– Émissaire spécial, monsieur ? Voilà une fonction bien différente de celle que vous occupez, si je puis me permettre.

– C'est un défi comme il ne s'en présente qu'une fois dans une vie. Nul doute. Le président est déterminé à trouver les moyens d'une paix durable. Il estime que c'est le bon moment et je suis absolument d'accord avec lui. Le monde a changé, le « printemps arabe » a créé de nouvelles possibilités au Moyen-Orient. C'est l'occasion ou jamais de faire une différence, ensemble. Nous tous dans cette pièce.

Si ce qu'il dit est vrai, pourquoi alors fait-il fuiter les informations concernant les mesures de sécurité de cette soirée. Et à qui ?

– Monsieur, par rapport à notre conversation de l'autre soir, j'espérais pouvoir revenir sur notre débat.

– Concernant Sam, tu veux dire ?

– Oui, je me fais du souci pour elle. Je comprendrais parfaitement si ce n'est pas le moment ni l'endroit pour...

– Pas du tout. C'est important. Allons ailleurs un instant, Ben.

LE MAIRE ENTRE DANS UN PETIT SALON DE RÉCEPTION.

Je passe en revue le plafond à la recherche de caméras. J'en repère deux. Pas moyen de savoir le type d'objectif utilisé. Un objectif fish-eye permet de visualiser toute la pièce mais non sans distorsion. Un grand angle permet de voir un large segment de la pièce mais pas la totalité.

Si les caméras sont équipées d'un grand angle, alors j'ai tout intérêt à faire en sorte que le maire se place dans un angle mort, le long du mur. La vidéo attestera de ma présence dans cette pièce, mais pas de ce que j'y aurai fait.

À condition de s'y prendre comme il faut. J'attrape le stylo dans ma poche et le glisse sous la manche de ma chemise, le long de mon poignet.

– Tu veux boire quelque chose ?

En se dirigeant vers le bar, il entre de lui-même dans la zone aveugle.

– Un bourbon. Sec.

Il rit.

– Pourquoi pas plutôt un Coca Light ?

– OK, ça me va aussi.

Je le rejoins près du bar.

– Parle-moi de Sam, dit-il.

– Je l'ai vue ce matin. Elle ne va pas bien.

Il soupire. Il retire l'étui à cigarettes de sa poche poitrine, regarde autour de nous pour s'assurer que nous sommes seuls et allume une cigarette.

– Elle ne veut pas retourner en Israël ? demande le maire.

– L'accident de votre femme. C'est un souvenir douloureux pour Sam.

– L'accident, en effet.

Une marque de tension apparaît sur son front.

– Ce n'était pas vraiment un accident, n'est-ce pas ?

– Sam te l'a donc dit ?

Sam ne m'a rien dit, mais je hoche la tête.

– Sans entrer dans les détails.

– Je crains que nous n'ayons commis une grave erreur en gardant cela secret, mais il faut comprendre que la décision a été prise au plus haut niveau. C'était après le 11 Septembre. Nous étions impliqués dans deux guerres à l'époque. Le Moyen-Orient était une véritable poudrière. Si on ajoutait à cela l'assassinat de l'épouse d'une figure politique américaine dans un attentat terroriste, tu imagines ce qui aurait pu se passer !

La femme du maire a donc été tuée par des terroristes.

– Nous avons souffert en silence. Pleuré en silence. C'était ce que nous estimions devoir faire à l'époque. Mais je crois que c'était trop demander à Sam. Après ça, elle a changé.

Vous aussi, monsieur le maire, me dis-je en silence.

Le maire travaille pour le compte de quelqu'un, maintenant, il transmet des secrets d'État via son blog. À qui, je ne sais pas. Aux Israéliens ? Aux Arabes ?

Peut-être que l'initiative de paix est une imposture. Peut-être cherche-t-il à se venger. Et alors, comment lui en vouloir entièrement ?

Toutes ces interrogations, tous ces risques, pour finalement revenir au point de départ.

Le maire. Ma mission originelle.

Mon temps est écoulé.

J'ai pris ma décision. Je vais tuer le maire, et je m'occuperai des conséquences après.

J'affronterai Mère.

Je laisse le stylo glisser dans ma main. Je tourne le capuchon pour l'armer.

Une petite sonnerie m'informe de la réception d'un texto sur mon téléphone.

Je jette un coup d'œil.

C'est Howard et c'est urgent.

J'hésite.

– Tu veux prendre une minute ? demande le maire.

Je regarde fixement le message.

– Je suis désolé, monsieur, oui, je veux bien.

– Fais ce que tu dois faire, mais après, je veux que nous parlions de ce que nous pouvons mettre en place pour aider Sam.

Je m'éloigne du maire et traverse la pièce, donc la zone filmée par les caméras. Cela fait deux fois que je passe dans leur rayon d'action.

Je garde un œil sur le maire tandis que je compose le numéro de Howard. Il répond d'une voix haut perchée, tendue.

– On vient de poster une autre photo sur le blog, dit Howard.

– C'est impossible.

– C'était il y a moins d'une minute.

– Mais je suis justement là, avec le maire. Il n'a pas pu la poster.

– Cette fois, ce n'est pas un document mais une image qui a été incrustée dans la photo.

– Une image de quoi, Howard ?

– De toi. Dans la rue, la nuit.

La photo que Sam a prise de moi.

J'interpelle alors le maire :

– Qui s'occupe de votre blog ?

– Pourquoi cette question ?

– Monsieur, c'est important.

– C'est moi qui rédige les posts, mais c'est Sam qui s'occupe du blog pour moi.

Les documents fuités sur le blog. Ils ne viennent pas du maire.

Ils viennent de Sam.

Je plaque le téléphone sur mon oreille.

– Ferme tout, Howard, et efface tes traces.

J'éteins le téléphone et je sécurise le stylo.

– Il nous faut trouver Sam tout de suite, dis-je au maire. De toute urgence.

Soudain une explosion secoue le sol sous nos pieds. Les lumières s'éteignent et des cris retentissent dans la salle de réception.

Les portes du salon s'ouvrent en grand et le garde du corps du maire se précipite sur nous, pistolet à la main.

– Pas un geste !

C'est le Pro. Et c'est à moi qu'il parle.

Les autres agents de sécurité se précipitent sur le maire pour l'entourer et le protéger.

– Êtes-vous blessé, monsieur le maire ? demande l'un d'eux.

– Non, non, mais enfin que se passe-t-il ?

– Alerte maximale. Nous devons partir. Immédiatement.

Ils prennent le maire par le bras et le sortent de la pièce. Le Pro braque un Glock sur ma poitrine. Un calibre 45 avec quatorze cartouches dans le chargeur, une dans la chambre.

Je n'utilise peut-être pas d'armes à feu, mais je les respecte. Surtout quand elles sont braquées sur moi.

Je reste parfaitement immobile.

– Sortez le maire d'ici, ordonne le Pro aux agents, son pistolet toujours braqué sur moi.

Les agents obtempèrent mais le maire s'arrête net. Du coup, le garde du corps derrière lui le télescope et manque de le faire tomber.

– Lui, c'est Ben ! Il est avec moi ! crie le maire par-dessus les exclamations de ses hommes qui le poussent hors de la pièce.

Le Pro cligne des yeux deux fois. Il réfléchit.

Je fais celui qui est surpris, qui a peur. Tout pour le dissuader d'appuyer sur la détente.

Le Pro a pris sa décision. Il baisse son arme, se précipite sur moi, m'attrape par le bras et me traîne vers le maire où un cordon de sécurité nous entoure désormais.

– En avant ! crie le Pro.

Nous sommes escortés hors de la pièce.

UNE ODEUR D'EXPLOSIF EMPLIT LE COULOIR.

Notre groupe se déplace dans les couloirs enfumés de Gracie qu'éclairent par intermittences des lumières d'alarme rouges. La confusion règne. Plusieurs agents de sécurité tentent de ramener l'ordre dans le chaos général tandis qu'on évacue les invités.

– Où est ma fille ? demande le maire.

– Nous la cherchons, monsieur, dit le Pro. En attendant, nous vous amenons, vous et le Premier ministre, dans un endroit sécurisé.

Il crie un ordre aux autres agents et nous guide vers un passage menant à un accès interdit au public. Le Pro tape un code, la porte s'ouvre, et nous descendons un escalier vers un couloir en sous-sol.

Je me laisse guider par les agents tout en songeant au blog du maire et au protocole de sécurité qui y a été révélé. Quelqu'un, quelque part, sait parfaitement où nous allons et comment s'y rendre. Non seulement où *nous* allons, mais aussi où vont le président et le Premier ministre.

Trois personnages phares. Lequel est la cible ?

Un peu plus loin devant, des hommes parlent fort en hébreu.

Nous tournons le coin et apercevons au fond du couloir, à peine visibles dans la fumée rouge, des agents israéliens en train de hurler dans leurs talkies-walkies.

– Ne tirez pas, crie le Pro. Nous avons le maire avec nous.

Les Israéliens nous font signe d'avancer, que nous sommes hors de danger.

Le maire et moi sommes poussés en avant par les agents de sécurité.

– Où est le Premier ministre ? demande un des Israéliens au Pro.

– Pas vu, répond-il.

À notre passage, un autre Israélien me regarde. En deux temps.

Une première fois sans réagir, la seconde en laissant voir malgré lui qu'il m'a reconnu.

Je fais comme si de rien n'était.

C'est alors que tout s'accélère. À peine avons-nous dépassé ces hommes qu'ils lèvent leurs armes pour nous tirer dessus.

– Qu'est-ce que... ? s'exclame le Pro.

Il plaque le maire au sol. Je me déplace à peine sur le côté et constate que je suis toujours dans la ligne de mire. Quand nous étions encore groupés, je ne m'en rendais pas compte, mais désormais c'est une évidence.

Sam a posté ma photo sur le blog et c'est moi qu'ils visent.

Les Israéliens ont vu ma photo. Mais pourquoi me considèrent-ils comme une menace ?

– Baisse-toi, gamin, m'ordonne le Pro en m'agrippant et en me propulsant aux côtés du maire.

Tout en nous protégeant le maire et moi, il pose un genou à terre et riposte avec une impressionnante maîtrise.

Le Pro et ses hommes tirent une douzaine de fois. Les Israéliens tombent en poussant des cris et nous voilà à nouveau sur nos pieds et en mouvement.

– Qu'est-ce qui se passe ici ? demande le maire. C'étaient des Israéliens, non ?

– Je ne comprends pas non plus, dit le Pro.

– Mon Dieu, mais où est le président ? s'affole le maire.

Le Pro écoute son oreillette un instant puis lui serre l'épaule.

– Il est hors du bâtiment, en route vers un lieu sûr.

Ça, c'est une police d'élite ! Quelqu'un éternue de travers et hop, ils évacuent le président ! La crème de la crème.

– Nous approchons de la pièce sécurisée, indique le Pro.

Nous arrivons à un angle. Un changement subtil de la lumière vient de se produire, une ombre momentanée provoquée par le passage de quelque chose devant une source lumineuse.

Les agents de sécurité n'ont rien vu, moi si.

Tandis qu'ils continuent de foncer en avant je fais exprès de trébucher. Ma chute provoque un effet domino et le groupe ralentit autour de moi. D'un geste, le Pro me remet sur mes pieds.

L'intermède n'aura duré que quelques secondes, mais c'est suffisant pour ralentir notre progression et nous empêcher de prendre le tournant en courant.

Et de foncer dans ce qui nous attend de l'autre côté.

Deux hommes portant des cagoules de ski et des coupe-vent neufs comme les types en Gap dans le métro.

Des Arabes. Mais cette fois munis de pistolets.

Ils se tournent brusquement vers nous. Or le maire est devant moi. Ils ne peuvent pas me voir. Les hommes masqués visent mais ne tirent pas.

Ils ne veulent pas toucher le maire.

Je me déporte sur la gauche, et leurs armes me suivent.

Les Arabes sont donc eux aussi après moi.

Les Israéliens et les Arabes ?

Nos agents n'hésitent pas une seconde. Ils ouvrent le feu et abattent les deux hommes en moins de temps qu'il n'en faut pour le dire.

Le Pro me lance un regard. Il sent que quelque chose cloche, mais ne sait pas quoi exactement.

Je vois qu'il meurt d'envie de me le demander, mais comment s'y prendre pour interroger un gamin effrayé en plein échange de coups de feu ?

– Continuez d'avancer ! ordonne-t-il au groupe.

– Reste près de moi, Ben, me dit le maire.

Soudain, une seconde explosion secoue le bâtiment. Le bruit est distant et étouffé, comme s'il venait de plus profond encore.

Les explosions ont lieu au deuxième sous-sol. C'est là que je dois aller.

Désormais, le couloir est plongé dans le noir. L'explosion a mis à mal l'éclairage d'urgence. Le Pro continue de guider notre groupe, mais nous sommes terriblement ralentis par la fumée et l'obscurité.

Je profite de cette situation de confusion pour m'éloigner

discrètement du maire. Il sera en sécurité avec le Pro et encore plus si je ne suis pas à proximité.

Je retourne sur nos pas vers les corps des deux hommes masqués.

Je vérifie le premier. Mort.

Le second gémit. Touché une demi-douzaine de fois, il est en train de se vider de son sang. Il n'en a pas pour longtemps.

Je le retourne et soulève sa cagoule.

Il crache du sang, son regard est distant. Il bouge les lèvres.

Je m'accroupis et approche mon oreille de sa bouche.

Il prie. En hébreu.

Ce ne sont pas des Arabes mais des Israéliens.

Des Israéliens qui se font passer pour des terroristes arabes.

Je commence à assembler les pièces du puzzle. Les Israéliens sont ceux qui se servent du blog, ceux qui avaient besoin du protocole de sécurité de Gracie, et ceux qui me suivaient.

Et la Présence ?

J'ai ma petite idée sur cet homme. Et je crois savoir où il se trouve.

Je me dirige vers le deuxième sous-sol en suivant la fumée qui s'épaissit.

DES SACS DE COUCHAGE ABANDONNÉS JONCHENT LE SOL D'UNE BUANDERIE.

J'ai trouvé le QG de l'attaque mais il n'y a personne. Je vérifie les issues alentour à la recherche d'une porte d'accès à Gracie mais je ne trouve rien. Cela dit, j'ai pu la rater.

Ou alors quelqu'un a fait entrer ces hommes.

Quelqu'un comme Sam.

La Présence est proche maintenant. Je peux la sentir. Je profite de l'obscurité et de la fumée pour progresser dans le couloir souterrain. J'avance à petits pas. J'entends des éclats de voix en provenance d'une pièce un peu plus loin.

J'approche et je jette un coup d'œil. Un bureau de surveillance et des vestiaires.

Des hommes encagoulés, vêtus de coupe-vent flambant neufs et parlant hébreu.

La Présence est là.

Elle se tient de l'autre côté de la pièce. Son visage est

masqué par la cagoule mais je reconnais tout de suite sa posture.

Elle est en train de crier contre ses hommes, lesquels opinent de la tête comme n'importe quel soldat recevant un ordre.

Soudain, les hommes bondissent hors de la pièce. Je plaque mon corps contre le mur. À peine sortis du bureau, ils bifurquent à droite et partent en courant sans jeter un seul coup d'œil en arrière.

Maintenant, la Présence est seule.

J'entre.

L'homme se fige. Il me regarde. Le tissu autour de sa bouche bouge. Est-ce un sourire ?

– Vos amis sont partis, dis-je.

– Et vous êtes seul, rétorque-t-il avec un accent à couper au couteau.

Il a un revolver à la ceinture. Il va pour le prendre.

Je suis trop loin pour lui sauter dessus, et je ne suis pas armé.

Le mieux est d'attendre qu'il tire. Si je me déplace au moment où il appuie sur la détente, cela réduira son efficacité. À quel point, cela dépend de la qualité de son entraînement.

Il prend son pistolet et le dirige vers moi...

– Gideon, dis-je.

Il hésite un instant.

– Vous me connaissez ?

– J'ai vu votre photo. Dans la chambre de Sam.

Les muscles de sa mâchoire se raidissent à travers la cagoule.

– Et j'ai vu la vôtre. Sam me l'a envoyée pour que je puisse vous tuer.

Il retire la cagoule.

Je découvre pour la première fois son visage de près. Cheveux frisés, yeux marron, et une barbe.

Je l'ai vu dans l'Apple Store le premier jour, et à nouveau dans le métro l'autre soir.

La Présence.

Maintenant je comprends pourquoi l'homme sur les photos me semblait familier.

La Présence et Gideon sont la même personne.

Il est plus âgé maintenant et il a une barbe. C'est pour ça que je ne faisais pas le lien entre lui et le soldat sur les photos où il posait avec Sam. Seuls ses yeux n'ont pas changé. Froids et éteints, ce sont les yeux d'un soldat.

– Vous êtes le fameux Ben.

Il pose le pistolet sur une table près de lui.

– Ceci sera pour les hommes que vous avez tués, dit-il.

– Pas pour Sam ?

– Sam peut prendre soin d'elle-même.

Et il me saute dessus.

Il est d'une rapidité surprenante, deux grands pas lui ont suffi pour traverser la pièce et déjà il m'assène de coups de poing violents et bien sentis à la poitrine et à la tête.

J'arrive à esquiver les premiers coups mais je prends le dernier en plein thorax. Dur.

Il recule en grognant, excité par la bagarre.

– Je t'ai vu à l'Apple Store. Tu me poursuis donc depuis le début.

– Je te suis depuis que Sam m'a appelé.

– Comment savait-elle ?

– Un inconnu surgit dans sa classe quelques jours à peine avant une mission. Cela ne déclencherait pas la sonnette d'alarme, chez toi ?

– Si, mais moi je suis entraîné pour percevoir ce type de choses.

– Sam aussi. Très bien entraînée. Par moi.

Il pousse un cri et me bondit dessus en distribuant une série de coups de pied. À nouveau il prend le dessus avant même que j'aie le temps de m'adapter. Je parviens à contrer son premier coup de pied avec mon avant-bras, mais le second m'atteint sur le côté et me projette contre le mur.

Il se bat de manière émotionnelle, chaque attaque est une vague de colère et de violence hyperconcentrée.

Je n'ai pas l'habitude. L'entraînement et les émotions tendent à s'annuler mutuellement. Je me suis battu contre des hommes disciplinés, chacun de leurs gestes est calculé et potentiellement mortel. Je me suis battu contre des hommes émotionnels, qui se précipitent dans une bagarre et tentent de vous submerger.

Je sais comment m'y prendre avec ces deux types d'adversaires.

Mais là, c'est tout autre chose.

Je dois continuer de lui parler, faire en sorte qu'il soit distrait assez longtemps pour retrouver mes marques.

– Tu as recruté Sam en Israël après la mort de sa mère, dis-je.

– Ce n'était pas très difficile. Une fille dont la mère est tuée lors d'une attaque terroriste. Une fille aussi sensible que Sam. Et si utile en raison de son père.

Sans prévenir, il fonce à nouveau sur moi, mais, à la dernière seconde, il m'évite, court littéralement sur le mur jusqu'à mi-hauteur et, en utilisant ce dernier pour se propulser de travers, il me projette contre une table qui se fracasse sous le choc.

– Elle pense que tu l'aimes, dis-je.

– C'est vrai, je l'aime.

Je me retourne juste à temps pour le voir brandir comme un gourdin un pied de table au-dessus de ma tête.

Bam. Il rate de quelques centimètres.

– Tu t'es servi d'elle, dis-je.

Bam. Au dernier moment encore, je me décale et il rate son coup à nouveau.

– Et pas toi ? demande-t-il.

Bam. Et de trois.

Maintenant ça suffit. Je me cambre et, en prenant appui sur mes mains, le frappe des deux jambes dans la poitrine. Il s'écrase dans une rangée de casiers métalliques.

– Alors tu sais te battre, après tout, me dit-il.

On se charge mutuellement pour se retrouver dans un corps à corps au milieu de la pièce. Je le frappe à différentes hauteurs afin de trouver la faille dans sa défense. Quelle que soit la qualité de l'entraînement, la plupart des gens défendent mieux une zone plutôt qu'une autre. Si je peux identifier son point faible, alors...

Une main enserre mon cou.

Gideon. Je ne sais pas comment il est parvenu à m'attraper par la gorge malgré les coups que je lui assène.

– Tu réfléchis au lieu de te battre. C'est ça ton problème.

– Je n'ai pas besoin de leçons de ta part.

Je contracte les muscles de mon cou pour lutter contre sa tentative d'étranglement sanguin.

– Une dernière leçon.

Sa prise se resserre, il écrase ma carotide, empêchant le sang d'affluer à mon cerveau.

Dans quelques secondes, j'aurai perdu connaissance.

– Gideon ! hurle Sam.

Sa prise se relâche une microseconde. J'en profite pour riposter. Je frappe son menton avec la paume de ma main tandis que mon coude vient s'écraser sur son nez dans un bruit très déplaisant. Projeté au sol, il manque de percuter Sam.

Sam.

À l'entrée de la pièce. Qui regarde.

– Va-t'en, Samara, ordonne Gideon.

Il prononce son nom avec une prononciation hébraïque.

– Que comptes-tu faire, Gideon ? demande-t-elle.

Il fait un pas vers moi mais Sam intervient en posant une main sur sa poitrine.

– Dis-moi, insiste-t-elle.

Son corps se détend. À travers ce simple geste, je vois l'intimité qui existe entre eux.

– Est-ce qu'elle sait que tu comptes tuer son père ? demandé-je.

– Quoi ? s'exclame Sam.

– Ne l'écoute pas, intervient Gideon. Ton père n'est pas notre objectif.

Sam n'a pas l'air de savoir qu'il y avait un objectif, ce qui signifie qu'elle n'était pas au courant de ce qui se passe ce soir. Du moins pas dans les détails.

Mais elle savait sûrement ce qu'elle faisait en postant les plans.

Sans parler de ma photo.

– Ta mission a échoué, dis-je. Le président est déjà parti.

Gideon me regarde par-dessus l'épaule de Sam.

– Mais le Premier ministre est encore là, lui.

Le Premier ministre. C'est donc lui la cible.

C'est pour lui qu'ils avaient besoin du protocole de sécurité de la rencontre.

– Mais si tu es israélien, pourquoi t'en prendre à ton propre camp ?

– Le Premier ministre n'est pas dans notre camp. Il souhaite la paix avec les Palestiniens et ça, ce n'est pas possible, ce serait une menace pour notre pays.

– Alors tu comptes l'assassiner.

– Pas nous, les Palestiniens.

– Des Israéliens habillés comme des terroristes palestiniens. C'est pour ça que vous jouez à Mardi gras, en bas ?

– Nous ne jouons à rien, tout cela est très réel.

Il se tourne vers Sam, et pose sa main sur sa joue.

– Nous n'aurions pas pu y arriver sans toi, lui dit-il.

– Tes supérieurs savent ce que tu manigances ? demandé-je.

– Moins ils en savent, mieux ils se portent, répond-il.

Un traître à l'intérieur du Mossad, agissant avec des objectifs propres sur le sol américain.

Gideon caresse le visage de Sam.

– Tu n'as pas besoin d'être ici. Ce garçon n'est pas ton ami. Il a été envoyé ici pour te faire du mal.

Sam me regarde.

– Est-ce vrai, Ben ?

– On m'a envoyé pour arrêter tout ça, quels que soient les moyens nécessaires.

– Tu vois, c'est ce que je te disais, lance Gideon à Sam.

Il fait un pas en arrière, et Sam et moi nous faisons face à travers la pièce.

– Ce n'est pas ce que je voulais. J'ai essayé de te prévenir, Ben.

– Tu peux encore tout arrêter.

– Non, je ne peux pas.

– Ce n'est pas vrai.

Je lui tends la main, mais elle reste immobile.

– Tu as raison. Je ne *veux* pas tout arrêter. Je le fais pour ma mère. Et pour le pays qu'elle aimait.

Elle me sourit tristement, un demi-sourire.

Et puis elle sort de la pièce.

Un mouvement éclair à ma gauche.

Gideon vient de s'échapper en s'introduisant dans un tunnel utilitaire caché dans l'obscurité derrière lui.

Je suis prêt à parier qu'il se dirige vers la chambre de sûreté. Vers le Premier ministre. Et par conséquent le maire.

Je regarde en direction du couloir, de Sam.

C'est elle ma mission. Pas Gideon et ses hommes. Ce qu'ils manigancent ne me concerne pas. Pas plus que leurs raisons politiques.

J'ai menti à Sam. Ma mission n'est pas d'empêcher l'attentat de ce soir.

Ma mission consiste à l'empêcher elle d'agir.

C'est tout ce qui importe.

Mais sans que je puisse me l'expliquer, je me retrouve à penser au maire. Il est en danger.

Le Pro est à ses côtés, et c'est un bon.

Mais il n'a aucune idée de ce qui l'attend.

Peut-être réussira-t-il à sauver le maire. Mais peut-être ne pourra-t-il rien faire. Tout dépend de ce que Gideon a prévu, de la nature de l'attaque. S'agira-t-il d'un tir de précision ou d'autre chose ?

Une chose catastrophique.

Sam est quelque part dans ce couloir. Gideon se dirige dans le sens opposé, vers le maire.

Ce sera le tunnel.

UN BRUIT À PEINE PERCEPTIBLE.

Le minuscule clic d'un commutateur mécanique déclenché par la rupture d'un fil de nylon tendu entre deux parois.

À peine perceptible, mais perceptible tout de même. Je l'entends lorsque mon pied heurte le fil de déclenchement à l'entrée du tunnel.

Trop tard. Le mal est fait. J'ai juste le temps de me projeter en avant, de m'aplatir au sol et de bloquer mon corps contre une des parois lorsqu'une explosion embrase l'air derrière moi. Des fragments de pièces métalliques viennent percuter le mur en ciment juste au-dessus de ma tête.

J'ai évité les effets mortels de la déflagration mais pas l'onde de choc qui me plaque violemment au sol et me sidère. Le bruit assourdissant se transforme en silence absolu. Mes oreilles ont cessé de fonctionner.

Mon père. Son image m'apparaît mentalement. Pas l'image de lui assis dans son bureau, ni celle de lui ligoté la dernière fois que je l'ai vu. Non, une image différente, comme un rêve.

Je vois mon père debout, devant une fenêtre, dans une pièce quelque part, en train de penser à moi, en train de se demander si je suis vivant ou mort.

C'est l'odeur de la fumée qui me ramène à la réalité.

Couché dans l'obscurité du tunnel, je vérifie mes membres. Rien de cassé. J'examine mon corps. Aucune blessure.

Je regarde derrière moi, vers l'entrée du tunnel, et je vois un petit rai de lumière en provenance du bureau de surveillance. Le tunnel est resté ouvert. Je peux m'échapper par là.

Mais ce n'est pas ce que je vais faire.

Je vais ramper et m'enfoncer dans le tunnel.

Gideon est quelque part devant moi. Il me faut l'arrêter.

Quelques mètres plus loin, la fumée est moins dense. Je parviens à distinguer de petites lumières à LED qui longent le sol. Leur luminosité est faible, mais suffisante pour indiquer le chemin.

Je rampe en restant aussi proche du sol que possible afin de respirer l'air sous la couche de fumée. Je suis prêt à parier qu'un autre piège m'attend à la sortie. Un à chaque extrémité du tunnel. C'est ainsi que je m'y serais pris, si cela avait été moi. Et je parie que c'est également ce que Gideon a fait. Je mise beaucoup sur ce pari.

J'accélère. Je rampe de plus en plus vite. Je prends les tournants aussi rapidement que possible et je projette mon attention vers Gideon.

Après avoir franchi quatre tournants, je sens enfin sa présence.

Il est juste après le prochain. La lumière de la sortie

projette son ombre devant moi, une ombre qui bouge vite et sans prendre de précautions.

Il ne prête aucune attention à ses arrières, sans doute parce qu'il pense que j'ai été tué dans l'explosion. Il ne se concentre que sur sa mission. Il m'est arrivé à moi aussi d'avoir des œillères, alors je connais le phénomène. Et je sais aussi que c'est à éviter à tout prix.

Surtout maintenant.

Je me propulse en avant, me jette sur lui et l'étrangle avec mon bras. Il est surpris, mais il s'adapte très vite. C'est un tunnel étroit, alors il continue d'avancer tout en donnant des coups de pied en arrière dans l'espoir de me faire lâcher prise.

Mais comme je ne cède pas, il ajuste sa stratégie : il se contorsionne pour me faire face et m'assène un coup de tête qui me fait basculer en arrière.

– Tu n'abandonneras donc jamais, me dit-il.

– Jamais.

– Eh bien, voilà au moins une chose que j'aime chez toi.

D'un fourreau caché sous sa veste, il sort un objet.

Un couteau.

La lame en acier carbone est noire, parfaite pour se battre dans l'obscurité sans trahir sa position. Elle fend l'air devant moi. Seul le bruit permet de connaître sa sinistre trajectoire.

Je me souviens d'un couteau comme celui-ci. Celui de Mike. Et je me souviens du choc que j'ai ressenti quand la lame a transpercé ma poitrine et de la douleur lorsque les nerfs ont enregistré l'attaque.

J'ai commis une erreur ce jour-là, face à Mike. J'ai combattu le couteau au lieu de mon adversaire. Et j'ai perdu.

Pas question de commettre cette erreur une seconde fois.

Gideon s'élance sur moi mais je fais deux pas en arrière. La lame me frôle sans me toucher.

Gideon avance encore et je le laisse approcher. Je sais que le tunnel étroit marque un tournant à quelques pas derrière moi. Alors je fais tout pour qu'il continue de me parler et qu'il vienne dans ma direction.

– À quoi cela t'avancera d'assassiner le Premier ministre ? demandé-je.

– Il ne s'agit pas de moi. Je ne le fais pas pour moi mais pour mon pays. Il n'y a qu'une seule véritable solution palestinienne : la guerre.

– Ton gouvernement n'est pas de cet avis.

Il avance, et lance plusieurs coups de couteau. Je fais un bond en arrière et je franchis le tournant. Il me suit. Il est tellement concentré sur moi, sa cible, qu'il ne réalise pas qu'un mur se trouve désormais derrière lui.

– Nous verrons s'il n'est pas de cet avis après ce qui se sera passé, dit Gideon. Une attaque terroriste sur le sol américain ! À New York qui plus est, et à deux pas de votre président. Comment notre gouvernement accepterait-il de soutenir une initiative de paix après ça ? Comment le vôtre le pourrait-il ?

– Alors tu as tout manigancé ?

– Ingénieux, non ?

– À condition que cela réussisse.

– Mais c'est le cas. En ce moment même.

– Pas sans toi, non.

Il progresse vers moi, convaincu qu'il a l'avantage, mais à chaque fois il se fourvoie un peu plus.

En me déplaçant sur la gauche, je l'oblige à modifier sa position.

Il bondit en avant mais le couteau rate à nouveau sa cible.

– Je pense que ta mission a échoué, dis-je.

– Tu es encore en train de réfléchir. J'ai l'impression que tu n'as toujours pas appris ta leçon.

À cet instant, je pousse un hurlement et lui saute dessus tel un combattant de type émotionnel qui aurait été pris d'une crise de folie. J'ouvre les bras comme si j'allais le piéger dans une grande accolade, une prise de l'ours.

Il est surpris par mon subterfuge mais satisfait également, je le sens à sa manière de se détendre. Il m'a poussé à commettre une erreur. Voilà ce qu'il pense.

Le soupçon d'un sourire s'esquisse même sur ses lèvres.

C'est facile de combattre un fou, pense-t-il. Il faut simplement rester hors de sa zone de colère et le mettre à mort.

C'est ce qu'il tente donc de faire.

Il se laisse tomber en arrière pour éviter ma parade mais sans réaliser qu'il a passé le tournant. Il se cogne de plein fouet contre le mur.

Le choc de se savoir piégé se lit sur son visage.

Une seconde. C'est tout ce qu'il me faut pour convertir ma crise de démence en autre chose. Une chose bien plus contrôlée. J'abandonne mes velléités de prise de l'ours pour lui assener une frappe de la jambe dont la rapidité d'exécution le prend par surprise.

Plié en deux par mon coup de pied, Gideon se tient l'estomac de douleur et lâche le couteau qui tombe bruyamment au sol.

Je l'enserre alors de toutes mes forces et j'utilise l'inertie de notre corps à corps pour franchir le tournant et le projeter vers la sortie du tunnel.

Il tombe en arrière, son corps se vrille et s'écroule à moitié hors du tunnel, dans la lumière de la pièce de l'autre côté.

Il se redresse tout de suite et me sourit.

Il se dit que j'ai raté, qu'il a gagné.

Il n'a de toute évidence pas entendu le clic du commutateur.

Moi si.

Gideon est un émotionnel, et il est prévisible. C'est là une double erreur pour les gens de notre métier.

Je me jette en amont du tournant pour me protéger et, moins d'une seconde plus tard, une déflagration secoue le tunnel, déchiquetant Gideon et obstruant à jamais l'issue devant moi.

JE ME DÉPÊCHE DE SORTIR DE LÀ POUR RATTRAPER SAM.

Je fais demi-tour dans le tunnel vers le bureau de surveillance puis je cours dans le couloir jusqu'à ce que je tombe sur une porte restée entrouverte et donnant sur l'extérieur.

Dehors, des brins d'herbe couchés m'indiquent le chemin emprunté par Sam pour s'éloigner de Gracie Mansion.

Je m'efforce de penser comme elle, de me mouvoir comme elle.

Où irait Sam maintenant ? Resterait-elle dans le parc qui entoure la résidence officielle du maire ?

Elle pourrait parfaitement s'adresser à n'importe quel policier et lui dire qu'elle est la fille du maire et qu'elle a besoin d'aide. Elle serait alors en sécurité, personne ne la soupçonnerait de quoi que ce soit.

Mais, selon moi, il existe un autre plan.

Un plan impliquant Gideon. Un point de rencontre. Un endroit sûr, un lieu où elle se sent bien et où elle n'est pas susceptible d'être reconnue. Un endroit qui offrirait à Sam et Gideon un accès facile vers plusieurs avenues, pour fuir.

Un endroit comme l'Aiguille de Cléopâtre.

ELLE SE TIENT DANS L'OMBRE DERRIÈRE L'OBÉLISQUE.

J'entre sur la petite place éclairée par la lumière de la lune.

– Ben ?

– Qui d'autre veux-tu que ce soit ?

Elle ne répond pas. Elle me regarde, impassible.

– Je suis au courant pour le blog. Les secrets que tu faisais passer à Gideon et à ses hommes. Je suis au courant de tout, dis-je.

– Je lui dois la vie, tu sais. Il était là pour moi quand ma mère est morte.

– Il t'a recrutée.

– Avec le recul, c'est possible, je le vois maintenant. Mais à l'époque, ce n'était pas l'impression que j'avais.

– Quelle impression avais-tu ?

– Qu'il s'agissait d'amour.

Je pense à Mike, à sa manière d'entrer en frère dans ma vie.

– Il a fait semblant de t'aimer pour te retourner. Ce n'est pas de l'amour.

– C'est toi l'expert.

Nous nous faisons face, chacun d'un côté de l'obélisque, avançant et reculant subtilement tandis que nous nous parlons. Mon pas en avant est contré par le sien, le sien par le mien.

– Tu t'es jouée de moi depuis le commencement, dis-je. Tu as demandé à Gideon de me suivre dès notre rencontre.

– Pour te surveiller, pas pour te faire du mal. Ce n'est que lorsque tu as tué cet homme dans le métro que j'ai su vraiment que tu n'étais pas celui que tu prétendais être.

– Tu savais, mais cela ne t'a pas empêché de poursuivre notre relation ?

– Je savais quelque chose mais pas la raison de ta présence. Pas exactement. Il fallait que je te garde près de moi jusqu'à ce que je le sache.

– Alors voilà, c'est clair. Tout ça n'était qu'un jeu pour toi.

– Pas entièrement.

Elle contourne le monument pour venir me faire face.

– Et pour toi, cela signifiait quoi ? demande-t-elle.

– C'est une mission.

– C'est tout ?

J'aurais voulu tout lui raconter. Comment cela a débuté comme une mission, puis mon hésitation et, enfin, comment c'est devenu bien autre chose.

Mais je ne le fais pas.

– Il fallait que je devienne proche de toi pour atteindre ton père.

– C'était donc lui ta cible ?

– Au début, oui.

– Mais plus maintenant ?

Je regarde son visage dans la lumière de la lune. Elle est plus belle encore que le premier jour, mais il y a aussi autre chose. Une chose plus sombre en elle. Quelque chose qui me ressemble.

– Tu as commis un acte d'espionnage. Tu as mis ton père et ton pays en péril.

– D'où ta présence, Ben ? Tu es une sorte de chasseur d'espion ?

– Je suis un soldat.

– Et je suppose que le bien et le mal importent peu ?

Je hausse les épaules.

– Je fais ce que l'on me demande de faire.

Normalement. Sauf qu'à cause d'elle je n'ai pas exécuté ma mission, pas fait ce qu'on m'a demandé de faire. Mais je garde cela pour moi.

– Ah, je me souviens, dit-elle, tu es le garçon qui ne croit en rien. C'est là un point qui nous différencie. Non seulement je crois en quelque chose, mais je suis prête à agir pour défendre mes convictions.

– C'est ainsi que tu justifies ta trahison ?

– Les Israéliens sont des alliés des États-Unis. Partager des secrets avec un ami, ce n'est pas trahir.

– C'est ce que Gideon t'a mis dans la tête ?

– Gideon, souffle-t-elle, soudain songeuse.

Elle regarde la place vide.

– Il ne viendra plus, dis-je.

Son visage change. Ses yeux deviennent froids.

Le même regard que celui de Gideon, de Mike. Le même regard que je vois dans le miroir.

– Tu n'es pas celui que j'espérais, dit-elle.

– Toi non plus.

J'avance vers elle.

Je m'attends à ce qu'elle parte en courant. Je suis prêt à cette éventualité, à une autre course-poursuite dans le parc. Comme la première fois, mais avec un objectif différent.

Elle ne part pas en courant. Au lieu de cela, elle se met à pleurer.

Peut-être pleure-t-elle pour Gideon, peut-être sur son propre sort ; j'aimerais penser qu'elle pleure pour moi, mais comment savoir ?

J'ai déjà vu des femmes pleurer. Des femmes *et* des hommes, et cela ne m'émeut pas.

Là, c'est différent.

Quand je vois Sam pleurer, je n'ai qu'une envie : la réconforter. Je voudrais l'enlacer une dernière fois, même l'espace d'un court instant. Je vais vers elle...

Et là, elle se jette sur moi en grognant.

Ce n'est plus la Sam que je connais, la fille que j'ai rencontrée à l'école il y a quelques jours à peine.

C'est quelqu'un d'autre. Autre chose. Une bête. Une bête enragée et dangereuse.

Elle m'attaque en me mitraillant de coups de pied et de poing. Je reconnais des éléments de ju-jitsu, de krav-maga et d'autres styles hybrides. Je ne les reconnais que brièvement car très vite nous entrons dans un corps à corps d'une violence inouïe.

Elle ne porte pas d'arme. Elle n'en a pas besoin. Gideon avait raison : il l'a bien entraînée.

Il *l'avait* bien entraînée. Le passé s'impose. C'est la grande différence entre nous deux : contrairement à moi, elle ne pratique pas quotidiennement ses connaissances.

Elle est rouillée, et elle tente de compenser avec de la rage.

La rage peut être efficace par à-coups, elle peut même se révéler une arme fatale. Mais pas sur la durée, pas attaque après attaque, et pas contre un adversaire très entraîné.

Lorsqu'elle bondit sur moi en rugissant et qu'elle m'envoie une série de coups de pied qui font mouche, cela paraît impressionnant mais je sais qu'elle dépense en réalité trop d'énergie.

C'est une des leçons de base de l'art du combat. Lorsqu'on combat trop fort, on se combat soi-même. Et quand on se combat soi-même, forcément, on perd.

Je reste près d'elle et fais exprès d'être une cible facile. Après une dernière volée de coups de poing, son énergie décline rapidement. Elle fatigue.

C'est alors que j'attaque.

J'utilise mon corps comme un pivot et je la fauche. Elle tombe à plat sur le dos.

Alors qu'elle tente de se relever, je la fauche à nouveau.

Je revois Gideon lui caresser la joue, la manière dont ils se sont regardés tout à l'heure.

Elle se redresse une seconde fois et je la terrasse avec force. Elle est à bout de souffle et de forces, elle a épuisé toute son énergie.

Je me tiens au-dessus d'elle.

Mais hors de sa portée. Terminés, les risques inutiles.

– Rien ne t'oblige à faire ça, Ben, dit-elle.

Elle utilise mon prénom. Je connais ce truc. On personnalise le conflit, on crée un lien avec l'attaquant, et ensuite on supplie.

C'est peut-être sincère, mais cela ne m'émeut pas.

– Je ne m'appelle pas Ben.

Elle lève le regard vers moi.

– Qui que tu sois, répond-elle, tu n'es pas obligé de le faire.

– Je n'ai pas le choix, dis-je.

– On a toujours le choix.

Elle a fait un choix. Celui de trahir son père et son pays.

Mais, moi, je n'ai pas le choix. Pas vraiment.

Je retire le stylo de ma poche. Elle le regarde, les yeux écarquillés.

– Ça ne fait pas mal, je lui explique.

– Comment le sais-tu ?

Je tourne le capuchon vers la droite, je sens le petit clic entre mes doigts tandis que le liquide pénètre dans la pointe.

Une idée me vient soudain. Une nouvelle pensée, agaçante, comme une démangeaison inaccessible.

C'est à moi que je dois injecter le produit.

Rien de dramatique. J'enfoncerai la pointe dans la peau souple de mon poignet.

Ce sera rapide. Même avec ma forme physique, cela prendra quoi ? Sept secondes au lieu de trois. Une respiration ou deux de plus. C'est tout.

Je devrais m'injecter le produit. C'est ce que je me dis. Alors je saurai ce que ça fait, je saurai si cela fait mal ou non, et Sam pourra partir.

L'idée m'apaise. Jusqu'à ce que je songe à Mike.

Ça ne marchera pas. Mère n'acceptera pas que les choses se passent ainsi.

Mike est sans doute dans les parages, ils vont bientôt le libérer de sa cage. Mère lui dira que ça doit servir de leçon.

Sam commencera par mentir, elle expliquera que nous nous sommes battus et qu'elle a eu le dessus.

Mais finalement la vérité sera connue.

Elle lui avouera comment, au dernier moment, je me suis ravisé, et sacrifié en enfonçant la pointe dans mon propre bras. Elle expliquera que j'ai fait ce choix parce que nous nous aimions.

Au fond de lui, Mike saura qu'elle dit la vérité, mais il ne laissera pas l'histoire se terminer ainsi. Mère ne laissera pas l'histoire se terminer ainsi.

C'est ce dont je prends conscience alors que je me tiens au-dessus de Sam. M'injecter le produit ne changera rien.

Correction : cela changera tout pour moi. Mais rien pour Sam. Pour elle, cela pourrait même aggraver sa situation.

J'ajuste l'angle du stylo, la pointe est exposée, face à la cible.

– Où es-tu ? demande Sam.

– Loin, très loin, dis-je.

Elle va pour attraper ma cheville, mais je recule.

Elle me regarde, interloquée. Sans doute ne cherchait-elle pas à me faire du mal. Juste à me toucher, une dernière fois.

Je ne peux pas la laisser faire.

– S'il te plaît, dis-moi comment tu t'appelles, demande Sam.

– Pourquoi ?

– Je veux savoir qui tu es vraiment.

– Je suis personne, *nadie*, *nobody*, dis-je.

Je me penche au-dessus d'elle et j'enfonce la pointe du stylo dans son cou, sur le côté.

Cela prend trois secondes, pas plus. Ses paupières papillonnent, puis se ferment.

C'est fini.

Je m'approche encore pour vérifier. Mes poignets frôlent ses seins de chaque côté. Ils sont doux. Si doux.

– Est-ce que ça fait mal ?

Je parle à moi-même. Il n'y a plus que moi.

Mais ses lèvres s'ouvrent. Je crois que mon imagination me joue des tours. Je regarde de plus près et je vois ses lèvres bouger. Elle essaye de dire quelque chose. Je me baisse encore.

– Tu avais raison, murmure-t-elle. Ça ne fait pas mal.

Surpris, je fais un mouvement en arrière.

Elle est donc immunisée contre le poison ! La composition chimique de son corps est spéciale, un hasard inouï, elle a survécu à l'injection ! Ses yeux vont s'ouvrir dans un instant, et elle se relèvera et m'enlacera. Le choix que j'ai fait sera comme défait.

Et ensuite il y aura un autre choix, un choix meilleur, un choix que je n'ai pas eu le courage de faire. Nous prendrons la fuite. Nous repartirons de zéro. Nous fonderons un foyer dans une ville loin d'ici où personne ne saura qui nous sommes, où personne ne viendra nous chercher.

Une sensation traverse ma poitrine.

Non, pas une sensation. Autre chose. Une émotion.

De l'amour.

– Samara, dis-je.

Elle ne répond pas.

Je mets mon oreille contre sa bouche, mais il n'y a rien à entendre.

Elle n'est pas immunisée. Elle est comme tant d'autres personnes que j'ai eu l'occasion de rencontrer. Morte.

Une branche craque de l'autre côté de la place. Un policier qui se tient à la lisière de la clairière me regarde.

Mais ce n'est pas un policier. C'est Mike, déguisé.

– Te voilà à nouveau parmi nous, bienvenue, me lance-t-il.

– À nouveau ?

– Oui, à nouveau chez nous. À la maison. Dans ta famille.

Dans la pénombre, je ne distingue pas son visage.

– Tu as pris la bonne décision, dit Mike.

Vraiment ?

Je regarde le corps de Sam à mes pieds.

– Tu diras à Mère que j'ai fini.

– Elle le sait déjà.

J'observe sa masse centrale. C'est cette partie du corps plus que toute autre qui indique la direction que va prendre une personne. Les bras et les jambes peuvent induire en erreur, mais pas le ventre. Le ventre ne va que dans une seule direction, celle que la personne a choisi de prendre.

Je regarde la masse centrale de Mike, espérant qu'elle va se diriger vers moi.

Je veux être obligé de me défendre. Je veux que nous nous battions. Je veux le vaincre pour pouvoir l'interroger.

Notamment concernant ce qui est arrivé à mon père.

Ensuite, mon souhait est de le punir.

Lui et le Programme. Je veux les mettre à terre, en finir avec eux une fois pour toutes.

Au nom de mon père, au nom de Sam.

Mais au lieu de s'approcher, sa masse centrale recule, et Mike disparaît dans l'ombre du sous-bois.

– Peut-être nous reverrons-nous, Ben.

– Je l'espère, réponds-je.

– Ce n'est pas nous qui décidons.

– Ce n'est jamais nous qui décidons.

– Bonne chance, Zach, dit-il en s'éloignant définitivement.

Je pourrais le suivre. Le traquer comme un animal. Conclure cette chose qu'il y a entre nous deux.

Mais j'y renonce.

Pour le moment.

LE LENDEMAIN, LA NOUVELLE SE RÉPAND DANS LA VILLE COMME UNE TRAÎNÉE DE POUDRE.

Pas la nouvelle concernant les Israéliens, les Palestiniens, ni l'attaque qui a eu lieu au sein même de Gracie Mansion.

Non, la nouvelle de la mort prématurée de la fille du maire.

Un décès de cause naturelle advenu alors même que le président des États-Unis se rendait en visite-surprise à Gracie Mansion pour y dîner avec le maire. Le fait qu'un homme au sommet de sa carrière soit frappé du même genre de tragédie que celui qui accable les gens ordinaires ajoute une qualité irréelle à l'événement.

Cette histoire d'un grand homme qui a perdu à la fois sa femme et sa fille de manière tragique a quelque chose de quasi shakespearien.

Une enquête sera diligentée. C'est ce qu'annonce la presse. On ne s'attend pas à ce qu'un adolescent meure ainsi de cause naturelle, mais cela arrive pourtant. Combien de jeunes sportifs ont-ils trouvé la mort en plein match ? Une fille apparemment en excellente santé s'écroule et décède en raison d'une malformation vasculaire.

Accidents, maladies, malformations congénitales, hasards malheureux.

Les manières de mourir sont innombrables.

Le maire apparaît à une conférence de presse, le visage vrillé de douleur.

Je suis la conférence à la télévision d'une chambre d'hôtel dans New York. Je m'approche de l'écran, et je baisse le volume. J'observe les yeux du maire tandis qu'il parle, à la recherche d'une indication qu'il ment.

Il n'y en a aucune.

Sam avait raison. Son père est un très bon acteur.

Son chagrin, en revanche, a l'air bien sincère.

Cependant, mentir au sujet de tout le reste ne lui pose absolument aucun problème. La raison de la rencontre avec le président, les événements qui eurent lieu ensuite. Sans parler du Premier ministre israélien dont il n'est fait aucune mention.

Le pouvoir a décidé de garder secret l'attentat de Gracie Mansion.

Le plan de Gideon a échoué. Le processus de paix va se poursuivre.

Mon téléphone vibre sur son socle, la double vibration indiquant l'app pour jouer au poker.

J'éteins la télévision et je décroche.

– Nous avons fait le nécessaire à l'école, affirme Mère.

La fiction mise en place pour couvrir mon départ est donc la suivante : mon père a été muté ailleurs et je dois le suivre. Rien de très original, juste un gamin de plus trimbalé de ville en ville par des parents carriéristes.

Rien qui choquerait qui que ce soit dans notre école.

Leur école, devrais-je dire.

Pas la mienne.

– Tu feras une apparition lundi, l'occasion pour toi de faire tes adieux à tes amis, dit Mère.

Normalement, je quitte les lieux immédiatement après une mission, mais en raison de la nature très particulière de celle-ci et du niveau de mon implication, il a été décidé que je devais rester un peu. Laisser l'agitation retomber le temps d'une journée ou deux.

– Tu as beaucoup travaillé, cette fois, dit Mère. Tu as rendu beaucoup de travaux qui n'étaient pas obligatoires.

– Il me fallait des preuves.

– Que dis-tu ?

– Pour ma trigonométrie, j'avais besoin de preuves.

– Des preuves ? Ça fait partie du programme ?

– Pas exactement.

– Tu t'es toujours contenté de t'en tenir au programme auparavant. Était-ce vraiment nécessaire, tout ce travail en plus ?

Je dois faire très attention avec Mère, maintenant.

Je devrais me taire, faire le timide, m'excuser.

Mais je suis en colère. Trop en colère pour faire comme si de rien n'était.

– Cette fois-ci, oui, c'était nécessaire.

– Ne pouvais-tu faire ce que l'on te demandait sans preuves ?

Aucune colère dans sa voix. Juste de la curiosité.

– Si j'avais exécuté ma mission au tout début, j'aurais

obtenu un mauvais résultat, Mère. Même toi tu peux admettre ça. Tu as changé l'énoncé en cours de route, je te rappelle.

– C'est vrai. Mais réfléchis bien. Réfléchis autrement pour comprendre.

Réfléchis autrement pour comprendre.

Un des jeux auxquels nous jouions à la maison pendant mon entraînement.

Mère posait une question dont la réponse pouvait sembler évidente. Dès que j'avais la réponse, je la lui criais, pensant que j'étais super malin.

Puis Mère me demandait de réfléchir autrement. Elle m'amenait plus loin. Elle me montrait d'autres chemins possibles.

Réfléchis autrement pour comprendre.

– La mission originelle, me rappelle Mère. N'avais-tu pas la solution dès le début ?

Le maire. Ma première cible. J'étais dans son bureau le premier jour.

– Si j'avais exécuté ma mission le premier jour, j'aurais commis une erreur.

Le maire n'était coupable que d'aimer sa fille, et peut-être de lui avoir donné un peu trop de liberté. Tuer le maire aurait signifié tuer un innocent.

C'est le Programme qui s'est trompé, pas moi.

Grâce à mon enquête, j'ai pu révéler le véritable coupable.

À moins que...

Réfléchis autrement pour comprendre.

Si j'avais éliminé le maire, il n'y aurait pas eu, par conséquent, de rencontre avec le Premier ministre israélien.

Le président des États-Unis n'aurait pas eu besoin de se rendre à New York.

Aucune rencontre à Gracie n'aurait été organisée.

Gideon n'aurait eu aucun méfait à accomplir.

Et Sam ?

Son père mort, elle aurait été neutralisée, elle aurait perdu son moyen d'accès aux informations. La cible n'aurait pas été modifiée. Sam serait encore en vie.

Le problème, tel qu'il se présentait, n'existerait plus.

Si j'avais agi le premier jour, tout se serait achevé très vite et sans complications.

J'ai suivi la mauvaise voie.

– C'est parce que tu as attendu pour agir que de nouvelles informations ont été dévoilées, dit Mère. C'est pour cela que nous avons dû modifier ta mission. Si tu avais agi tout de suite, cela n'aurait pas été nécessaire.

C'est comme si elle était dans ma tête. C'est comme si elle y avait toujours été, sans cesse en avance sur moi, sans cesse à tout manigancer.

– Ta vieille mère n'est pas stupide. Peut-être lui feras-tu confiance la prochaine fois qu'elle te le demandera.

Elle est en avance sur moi, mais elle ne voit pas tout. Car, comment ai-je fait pour obtenir les preuves ?

Elle ne me l'a pas demandé. Donc elle n'est pas au courant pour Howard.

Pas encore.

Sait-elle par ailleurs que Mike m'a donné une seconde chance ?

Et ce que Mike m'a confié au sujet de mon père ?

– Tu m'avais dit qu'après la mission nous parlerions de mon retour à la maison, réponds-je.

– En effet, c'est ce que je t'ai dit.

– J'aimerais te voir, et aussi Père.

– Nous aussi nous aimerions te voir. Mais avec ce déménagement, ce n'est pas le bon moment.

– Vous déménagez ?

– D'une certaine manière, oui.

– Tu pourrais m'accorder un peu de temps ?

– Je suis désolée, chéri. Nos mains sont liées.

Liées.

Je me revois ligoté à la chaise dans l'entrepôt sombre, Mike face à moi.

Envoyé par Mère.

Je pense à mon père dans notre salon, lui aussi ligoté, un filet de sang sur la joue. Mike se tenait face à lui.

Envoyé par Mère.

– Nous devons parler de beaucoup de choses, dis-je.

– Oui, oui, je n'en doute pas. Et nous le ferons.

Je l'entends taper sur un clavier. Rédige-t-elle un rapport sur les événements qui se sont déroulés ici ? Va-t-elle nous ranger bien proprement dans des boîtes à archives ?

Cette mission fut sans doute une parmi tant d'autres, une tâche à cocher sur une liste. L'agent a certes légèrement dévié de sa mission, mais il est revenu dans le droit chemin à présent.

Zach Abrams est de retour dans la famille.

Mission accomplie.

– Au fait, pense à regarder tes mails, ton père doit t'envoyer quelque chose.

– D'accord. J'attends son mail avec impatience. Je dois y aller, maintenant. J'ai beaucoup de choses à faire avant de partir.

– Je t'aime, dit-elle.

Je commence à parler mais je n'y arrive pas. Ma gorge est trop sèche.

Je respire un grand coup. Je déglutis. Et je reste fidèle au script.

– Je t'aime. À très bientôt.

Je raccroche.

« JE SAVAIS QUE TU VIENDRAIS », DIT HOWARD.

J'entre dans sa chambre.

Il est seul, ses parents ne sont pas là. Voilà qui me facilitera la tâche.

Derrière Howard, les écrans d'ordinateur affichent de nombreuses fenêtres ouvertes sur des dizaines de documents nouveaux. Le décès de Sam et les événements qui ont suivi sont exposés sous divers angles et perspectives.

– Tu étais là quand Sam est...

Sa voix devient inaudible.

– Je ne l'ai pas vue, je prétends, mais je sais qu'elle n'a pas souffert.

La seconde partie de ma phrase est vraie.

Howard se met à pleurer.

– C'est ma faute ? demande-t-il.

– Tu as essayé de l'empêcher d'agir. Nous avons essayé tous les deux.

– C'est ça, ce que nous étions en train de faire ?

– Oui.

Cela semble l'apaiser.

– Elle était tellement gentille avec moi, dit-il.

– Elle n'était pas celle qu'elle semblait être, réponds-je.

– Ne peut-on pas dire cela de chacun de nous ?

Derrière Howard, les moniteurs passent soudain en mode économiseur d'écran. Sur un fond étoilé apparaît alors l'avatar de Goji aux immenses yeux brillants qui flotte d'un écran à l'autre dans un étrange va-et-vient.

– Un éditorialiste du *Daily News* affirme que le maire devrait se porter candidat à la prochaine présidentielle. Tu y crois ? Ils se servent de cette histoire à des fins politiques.

– Et j'imagine que ça ne s'arrêtera pas là, tu sais.

Howard renifle et s'essuie le nez sur sa manche. Au bout d'une minute, il se ressaisit.

– Je veux te montrer quelque chose. J'ai continué de travailler pour toi.

Il bouge la souris et un des écrans se réanime et affiche d'interminables listes de chiffres incompréhensibles.

– Qu'est-ce que je suis en train de regarder ?

– Quand je faisais des recherches pour toi, je n'arrêtais pas de tomber sur les traces de quelqu'un d'autre. Partout où j'allais, que ce soit le blog, l'emploi du temps du maire, partout, quelqu'un m'y avait précédé.

– Les Israéliens ?

– Je ne crois pas. Plutôt de jeunes hackers. Un gamin en particulier. Son nom est Infinite.

– Infinite ?

– C'est son pseudo. Infinite L∞p. Les deux *o* sont remplacés par le signe « infini ».

– Comment es-tu au courant pour ce gamin ?

– C'est un petit crétin de douze ans, voilà comment. Il se prend pour un génie, et en réalité c'est difficile de lui en vouloir vu ce qu'il arrive à faire, mais c'est surtout un prétentieux qui ne fait pas le ménage après lui. Il y a une traînée de vapeur que j'ai pu suivre jusqu'à son profil Facebook. Il écoute Katy Perry. Tu y crois ?

– Tu es en train de me dire qu'il existe un gosse plutôt doué en hacking ?

– Non, pas juste un, il y en a plein, dans plein de villes différentes. Et je me disais que tu étais peut-être au courant vu la nature de ton travail.

– Non, je ne suis pas au courant.

Moi non, mais le Programme peut-être. J'imagine des gamins installés aux quatre coins du pays, faisant le travail technologique du Programme tandis que je fais le sale boulot.

– Alors comme ça, tu as continué de chercher sur le Net ?

– Je voulais t'aider.

Sept pas nous séparent. J'en fais deux.

– J'ai effacé mes traces, ajoute Howard d'une voix qui commence à trahir la peur.

– Tu as fait de ton mieux, je ne suis pas en train de dire le contraire.

Je fais un autre pas.

– Je sais trop de choses, c'est ça ? dit-il.

Il n'a pas tort. Et c'est pour cela que je suis revenu. Pour faire le ménage.

Je fais un pas de plus. Il baisse la tête et fixe le sol.

– Tue-moi si tu veux, tu me rendras service.

– Je ne veux pas te tuer.

Le problème, c'est Mère.

Ma rébellion a été tolérée, du moins pour le moment. Mais Mère n'est pas au courant de tout. C'est une chose de ne pas respecter le protocole, mais c'en est une autre de révéler l'existence du Programme à quelqu'un.

Loin de moi l'envie de tuer Howard, mais je ne peux décemment pas laisser de pièce à conviction derrière moi.

Howard est une pièce à conviction. Même si nous avons réussi à rester anonymes jusqu'à maintenant, qui sait ce qui se passera si on doit continuer ?

Howard ne saura peut-être pas garder le silence. Un jour, il se vantera à l'école. Ou il racontera tout à Goji. Et il connaît le lien qui existe entre moi, le maire et Sam.

J'ai bien réfléchi. Howard représente un trop grand risque.

Tout le monde soupçonnera un suicide.

Howard était obsédé par Sam. L'école entière est au courant. Son instabilité psychologique est non seulement notoire, mais étayée par plusieurs comptes rendus médicaux.

Les gens diront que la mort de Sam a fini par faire flancher Howard. Le plus grand loser de l'école a perdu son amour secret, et la douleur de cette perte s'est avérée insupportable.

Les éléments de l'histoire sont déjà en place. J'ai juste besoin d'écrire la fin.

– Je peux envoyer un mail d'adieu à Goji ? demande Howard. Accorde-moi au moins ça avant de faire ce que tu comptes faire.

– Arrête de parler comme ça, Howard.

Je l'observe, blotti dans un coin de sa chambre. On dirait qu'il passe son temps dans les coins. Que ce soit sa chambre, la cafétéria ou les couloirs de l'école, il me semble que je ne l'ai vu que fourré dans un coin. Et en train de se faire taper dessus. L'histoire de sa vie.

Peu importe, désormais.

Je ne peux ni le prendre avec moi, ni le laisser là sachant ce qu'il sait.

Je réfléchis.

Et si je pouvais l'utiliser d'une quelconque manière ? Et si ses talents pouvaient encore me servir ?

« Il y a toujours une autre possibilité. » C'est ce que Sam a dit.

Ce qui signifie que je peux choisir de faire autrement.

– Tu as trouvé les hackers, dis-je.

– Oui.

– Tu pourrais trouver pour qui ils travaillent ?

– C'est possible, admet Howard.

Peux-tu trouver le Programme ?

Voilà la véritable question.

Je suis assis sur le bord du lit de Howard. C'est le seul endroit qui ne soit pas recouvert de linge sale.

– Qu'est-ce qu'il y a ? demande Howard.

Un choix à faire.

– Je ne vais pas te faire de mal.

– Tu vas me prendre avec toi ?

– Je ne peux pas faire ça. Mais j'ai une autre idée sur la manière dont nous pourrions travailler ensemble.

– Comment, par exemple ? dit-il d'un ton qui cache mal son excitation.

– Voilà ce que nous allons faire. À partir de maintenant, tu travailles pour moi. Retourne à l'école, retourne à ta vie normale, mais ce n'est plus ta vie, désormais, c'est ta couverture.

– Comme un espion.

– Exactement. Et si tu as des problèmes à l'école...

– Ce ne sont pas vraiment des problèmes, ça fait partie de ma couverture.

– OK, tu as tout compris.

– C'est incroyable, Ben.

– Nous mettrons un système au point. Des communications cryptées, des codes. Parfois tu seras sans nouvelles de moi pendant un certain temps.

– Je comprends.

– Et puis soudain je t'appellerai. Pour ton expertise.

– Quand tu veux.

– Howard, tu devras absolument effacer tes traces.

– Je les effacerai.

– Pas comme l'autre, comment s'appelle-t-il déjà ?

– Non, pas comme Infinite L∞p. Non. Je suis meilleur que lui.

– Ce n'est pas la question d'être meilleur ou moins bon, c'est la question de ce qui va t'arriver si on te découvre. De ce qui va *nous* arriver.

Il acquiesce d'un hochement de tête.

– Je comprends les risques, dit-il.

– OK alors. Tu es embauché.

Il se précipite sur moi et m'embrasse.

– Pas de ça entre nous, dis-je.

– Juste une fois. Et ensuite ce sera très professionnel, promis.

Il termine de me serrer dans ses bras et fait un pas en arrière, un large sourire sur le visage.

– Merci, Ben. Merci de me donner cette chance.

Il regarde le visage de Goji flotter sur le moniteur de son ordinateur. Il tend la main et touche l'écran.

– Merci de la part de nous deux.

Je me dirige vers la porte.

– Que vas-tu faire maintenant ? me demande-t-il.

Je regarde ma montre.

– Je vais à l'école. C'est mon dernier jour.

LES COURS ONT ÉTÉ ANNULÉS, MAIS L'ÉCOLE EST OUVERTE.

Dans le gymnase, des psychothérapeutes proposent de nous aider. Dans la cafétéria, des membres du clergé prient avec nous. Partout des professeurs sont présents pour nous soutenir.

Pas nous. Pas moi.

Eux.

Des élèves déambulent dans les couloirs, formant de petits groupes. Ceux qui connaissaient Sam sont effondrés. Ceux qui ne la connaissaient pas font semblant.

Je passe devant le casier de Sam. Le sol est jonché de fleurs, de bougies et de photos. Des cartes sont agrafées aux bouquets, posées sur le sol, scotchées au casier.

Darius, vigile silencieux, est appuyé contre un mur.

Je racle ma gorge. Il m'aperçoit.

– J'ai tout fait pour la protéger. Tu le sais, toi, me dit-il.

Je hoche la tête.

– Tu veux savoir ce qui me fait le plus mal ? Je ne lui ai jamais confié ce que je ressentais pour elle, avoue-t-il.

Il envoie un coup de pied dans la porte d'un casier vide, son visage est un masque de douleur.

– Elle le savait, dis-je.

Il lève la tête.

– Comment tu peux en être sûr ?

– Elle me l'a dit.

Son visage se détend, et il esquisse un léger sourire.

Une fille aux cheveux noirs vient vers moi et s'effondre dans mes bras. Je la reconnais, c'est une des filles du groupe de Sam. Je l'ai aperçue le premier jour.

– Qu'est-ce qui s'est passé ? lui demande Darius.

– Qu'est-ce qui s'est passé ? lui demande-t-elle en retour, incrédule.

C'est l'écho du jour. *Qu'est-ce qui s'est passé ?* Suivi de *Je n'arrive pas à y croire.*

Une sonnerie m'indique l'arrivée d'un mail sur mon téléphone.

Père m'a envoyé quelque chose. Je suis les nombreux liens comme j'ai appris à le faire.

Cela ne concerne pas ma prochaine mission. Ce sont des instructions. Comment partir, quel train prendre. Et le nom d'un hôtel dans une autre ville où je devrai attendre.

Je regarde à nouveau Darius. Il est distrait par la conversation avec cette fille alors je reprends mon chemin, laissant ma présence s'évanouir par degrés.

La tristesse ambiante aide. C'est une source de distraction.

Progressivement, j'absorbe mon énergie pour disparaître définitivement de cet endroit.

– Je te vois, dit Erica.

Pas tout à fait définitivement.

– Que vois-tu ? demandé-je.

– De la peine.

J'esquisse un sourire pour faire comme si c'était vrai.

Mais ce n'est pas vrai. Je n'ai pas de peine.

Je ne souffre pas.

– Tu l'aimais, dit Erica.

– Je la connaissais à peine.

– Tu étais *en train* de tomber amoureux, dans ce cas.

Je sens un tiraillement au fond de mon estomac.

– Je ne sais pas.

– Je crois que si. Tu ne t'en étais pas encore rendu compte.

J'ignore le tiraillement et il se reproduit. Je reste immobile un moment et j'analyse la sensation.

Pas une sensation.

Une émotion.

Je me souviens d'avoir ressenti cette émotion il y a très longtemps. Une émotion semblable à de la tristesse mais pire. Bien pire.

Le chagrin.

Moi aussi je le ressens. Un puits sans fond de chagrin. Je suis au bord, je surplombe l'abîme.

Je ne peux plus rester ici. C'est insupportable.

J'attrape cette émotion comme une chose tangible et je la range à côté des autres pièces de ce dossier, de cette mission. Les choses que j'ai vues, les gens que j'ai rencontrés.

Des images défilent alors devant mes yeux.

Moi bras dessus bras dessous avec le maire, chantant sous le regard de Sam, le gâteau d'anniversaire dans les mains.

Sam dans mon appartement, éclairée par le feu de cheminée.

Sam dans le parc. À mes pieds, immobile.

Sam et le maire, et tous les souvenirs qui les accompagnent.

Je n'ai pas besoin de tous ces souvenirs, juste de la leçon que ces moments m'auront apprise.

Quelle leçon ?

– Ça va, Ben ?

Quelle leçon ?

Survivre.

Quoi qu'il nous arrive, quelle que soit la situation, quoi que nous réserve la vie en matière de douleur et de perte, nous n'avons pas d'autre option que de survivre.

– Ça va, dis-je à Erica.

Elle me regarde. Je rends mon visage neutre.

– Comment vas-tu, Erica ?

– Pas bien. C'est insupportable à quel point j'ai besoin d'un verre.

– Il ne faut pas boire d'alcool quand on est dans cet état.

– Merci pour l'annonce d'utilité publique.

Elle pose sa main sur mon avant-bras.

– Désolée. Je suis méchante. Je sais que cela te fait quelque chose. C'est juste que je te déteste un peu. Tu m'as envoyée balader à trois reprises. Personne ne peut faire ça et espérer rester en vie.

– Et pourtant je suis encore là, bien vivant.

– Je vais te laisser la vie sauve. Au nom de Sam. Je crois qu'en vieillissant je me ramollis.

– Tu as quel âge déjà ?

– Presque dix-huit ans.

– En effet, c'est vieux !

– La ferme.

Elle me donne un coup de poing dans le bras.

Un défi.

Non.

Quelque chose d'autre.

Les gens agissent bizarrement aujourd'hui. Une minute, ils pleurent, la suivante, ils rigolent. Ils flirtent, se consolent, s'effondrent.

Le chagrin. Voilà ses effets sur les gens. Ils deviennent étrangers à eux-mêmes.

J'ai bien fait de ranger cette émotion.

– Que vais-je devenir sans elle ? me demande Erica.

Elle sanglote et s'entoure de ses bras.

Le deuil, le chagrin, les conséquences, ces choses ne font pas partie de mon entraînement. Normalement, je ne reste jamais assez longtemps pour assister aux conséquences. Jamais.

Dans le doute, imite.

– Qu'allons-*nous* devenir sans elle ? dis-je à Erica.

Cela semble la réconforter.

– Appelle-moi si tu as besoin de quoi que ce soit.

– Bien sûr.

– Promis ?

Je ne promets rien. Je m'éloigne.

J'ai reçu des instructions de Père, et il est temps pour moi de partir.

Je traverse les couloirs, mon énergie s'amenuise progressivement.

Je passe devant des groupes d'étudiants endeuillés, devant des professeurs qui tentent de les consoler, des classes vides, des couloirs pleins. Ce n'est plus mon lycée désormais. Je ne suis plus l'un des leurs.

Sans doute ne l'ai-je jamais été.

Au bout d'un moment, les gens cessent de me regarder, cessent de croiser mon regard.

Il n'y a plus rien à voir.

Personne.

Je redeviens personne.

REMERCIEMENTS

Mon héros la joue peut-être solo, mais moi certainement pas.

Je souhaite remercier Rich Tackenberg, tech bloggeur et ami, dont l'analyse des tendances en matière de nouvelles technologies et réseaux sociaux fut précieuse lors de la préparation de ce livre.

Merci à Kate Sullivan, mon incroyable éditrice, qui a trouvé *Le Programme*, l'a défendu et donné un foyer à la série.

Un grand merci à l'éditrice Megan Tingley, qui m'a invité dans la famille Little Brown Young Readers. Et quelle famille – Andrew Smith, Melanie Chang, Eileen Lawrence, Victoria Stapleton et Amy Habayeb, pour n'en citer que quelques-uns. J'ai hâte de vivre cette aventure avec vous tous.

Merci à Sally Willcox de la CAA pour son obstination à voir porter *Le Programme* au grand écran.

Enfin, je souhaite remercier mon agent, Stuart Krichevsky, et son équipe – Shana Cohen et Ross Harris. Voilà maintenant plusieurs années que Stuart me guide et croit en moi, et qu'il m'accompagne dans des projets et sur une route parfois semée d'embûches. C'est exactement ma conception d'un excellent agent.

DÉCOUVREZ UN EXTRAIT DU ROMAN

LES EFFACÉS

TOME 1

TOXICITÉ MAXIMALE

DE BERTRAND PUARD

PROLOGUE

Ils se côtoyaient depuis six mois maintenant, sans faire attention les uns aux autres. Ils s'ignoraient superbement. Le kokoï, un batracien aux couleurs vives, plongeait souvent au fond de l'eau où se trouvait l'escargot cône des eaux tropicales. Sur le sable qui bordait le bassin, le scorpion rôdeur avançait paisiblement, insensible aux sifflements du serpent taïpan, qui se prélassait sous les vives lumières artificielles de ce vivarium géant. L'araignée errante, elle, préférait faire bande à part, cachée à l'ombre de la végétation luxuriante, une forêt tropicale en miniature, qui s'écrasait tout le long des épaisses parois de plexiglas.

Cinq espèces rares, parmi les plus dangereuses pour l'homme. La nature les avait heureusement dispersées aux quatre coins du globe, de l'Australie pour le serpent à la Colombie pour le batracien. Seul un esprit fou, ou passablement dérangé, aurait choisi de les concentrer dans un vivarium de trente mètres cubes.

À eux cinq, ils possédaient assez de venin pour décimer les passagers d'un Airbus. Le petit batracien à lui seul, malgré son allure inoffensive et ses quatre centimètres de long, concentrait sur sa peau un poison à même de tuer une vingtaine d'hommes robustes d'un simple contact.

Elissa observait ses protégés, le nez collé à la vitre épaisse du vivarium. Elle s'amusait à cligner des yeux en fixant le kokoï. Elle s'était aperçue que la bête souriait lorsqu'elle faisait cela. Enfin, le batracien noir aux taches bleues et jaunes modifiait la courbure de sa bouche, ce qui pouvait être pris, avec un peu d'imagination, pour un sourire. Elle avait un faible pour le kokoï, à l'aspect si inoffensif, et qui était, de loin, la créature la plus mortelle du vivarium. Dans les forêts sud-américaines, les indigènes le faisaient cuire à feu doux pour extraire le poison présent sur sa peau. Ils enduisaient ensuite leurs flèches avec la substance qui ne laissait aucune chance à leurs victimes. Elissa l'avait baptisé Algernon.

Elle aimait aussi Charlie, l'araignée, qui tissait de magnifiques toiles. À l'inverse, elle n'éprouvait aucune attirance pour le serpent, trop froid à son goût, pas davantage pour l'escargot, qu'elle supposait incapable de la moindre marque d'affection, et le scorpion, qui l'avait piquée la première fois qu'elle l'avait manipulé. Elle en gardait encore la marque sur son avant-bras, trois mois après : une petite boursouflure rouge piquetée de points jaunes.

Le haut-parleur situé au-dessus du vivarium se déclencha. La jeune fille arrêta aussitôt ses grimaces.

— Elissa, pourrais-tu nous sortir Algernon ?

C'était la voix du professeur Verrine, le virologue de l'équipe de nuit. Elle se retourna. Le chercheur se trouvait de l'autre côté d'une vitre, en compagnie d'un homme de petite taille au visage poupin, revêtu d'un costume moiré et d'une cravate noire. Elle n'avait jamais vu ce visiteur auparavant.

Les responsables du laboratoire avaient bien pris soin de placer le vivarium dans un local confiné, un cube transparent de dimension moyenne. On y accédait par un sas.

Les deux portes du sas s'activaient grâce à un lecteur d'empreintes digitales. Et une seule main droite au monde pouvait accéder à cet endroit. La main droite d'Elissa.

— Bonsoir, professeur Verrine.

— Bonsoir, Elissa. Nous avons besoin d'Algernon ce soir. Peux-tu le glisser dans la boîte et me l'apporter ?

Bien sûr, Elissa allait exécuter les ordres du scientifique. Après tout, elle était là pour ça. Elle considérait M. Amadieu, le propriétaire du laboratoire, comme son deuxième père. Même son premier, car elle n'avait jamais connu l'autre. Mais elle n'aimait pas laisser ses petites bêtes entre les mains des savants. Un jour, et malgré les assurances de M. Amadieu, ils finiraient par en tuer une par inadvertance, à force de leur planter des aiguilles dans le corps, de les triturer sous tous les angles du microscope électronique. Il fallait voir Algernon lorsqu'il revenait d'une de ces séances ! Il était comme fou et sautait partout, se projetant quelquefois violemment contre la paroi du vivarium en poussant de petits coassements de dégoût.

— Tout de suite, professeur.

Plus vite elle s'exécuterait et plus vite tout cela serait fini. Les pendules digitales au mur indiquaient l'heure déjà bien tardive : 23 h 30 ici, 17 h 30 à Montréal. Dans ce laboratoire souterrain, coupé du monde, sans la moindre fenêtre, on perdait vite le fil du temps. Si l'expérience ne durait pas plus d'une demi-heure, Algernon aurait réintégré son gîte pour la collation du soir. Au menu : mille-pattes et fourmis.

Elissa souleva la vitre qui couvrait le vivarium et, d'un geste expert, captura le kokoï, qui n'opposa aucune résistance.

En voyant cela, le cœur de Verrine battait à deux cents à l'heure. Il ne comprenait pas. D'ailleurs, personne ne comprenait au labo comment cela était possible. Qui était donc cette jeune fille de douze ans, à la peau très noire, qu'Amadieu leur avait présentée un beau matin et qui pouvait manipuler les cinq espèces les plus mortelles pour l'homme sans prendre la moindre précaution, sans passer ni combinaison ni gants ? Normalement, le fait de toucher, d'effleurer même, la peau d'un kokoï de Colombie vous tuait en l'espace de cinq minutes à peine. Il se rappelait le jour où Elissa s'était fait piquer par le scorpion. Ça avait été le branle-bas de combat dans l'ensemble du laboratoire, tout le personnel se lamentait sur le sort de la jeune fille. Sauf M. Amadieu, présent ce jour-là, dont le visage ne trahissait pas le moindre signe d'inquiétude pour sa protégée. « Du calme, du calme », répétait-il. Elissa avait eu un bref étourdissement, aucun autre symptôme.

Et ce n'était pas sa seule étrangeté. Quelquefois, elle corrigeait ou complétait des équations chimiques laissées en plan par les scientifiques sur leurs tableaux noirs. Au petit matin, ils retrouvaient l'insoluble résolu. Et l'écriture était celle de la jeune fille. À douze ans, ses compétences en biologie égalaient voire dépassaient celles des savants les plus expérimentés du laboratoire. D'où pouvait bien venir Elissa ? Et qui était-elle au juste ?

Le professeur Verrine songeait à tout cela alors que le kokoï était à présent dans une solide boîte en plexiglas qu'Elissa déposa avec précaution sur un petit tapis roulant à l'arrêt. Le tapis permettait d'échanger les bêtes entre le vivarium et la salle de manipulation. Lorsque Verrine se trouverait dans le bocal étanche où il manipulait les virus, il actionnerait le mécanisme et Algernon viendrait à lui. Ainsi, le batracien passait d'une salle étanche à une autre salle étanche. Aucun contact ne se faisait avec l'extérieur.

— Venez par ici, dit Verrine à son accompagnateur qui observait toutes ces manœuvres avec le plus grand intérêt. Nous allons revêtir un scaphandre.

Ils entrèrent dans un local exigu où quatre combinaisons étaient accrochées au mur.

— Prenez bien soin de connecter votre tuyau au système d'alimentation en oxygène situé au-dessus de votre tête. Cela se fait sur le même principe que les masques dans les avions, sauf qu'ici on peut se déplacer en même temps.

Son interlocuteur n'entendit pas la fin de sa phrase. Le hublot lui permettait de voir Verrine mais il ne pouvait plus l'entendre. Le scaphandre isolait totalement de l'extérieur.

— M'entendez-vous à nouveau ?

La voix provenait d'un écouteur. Le système était équipé de micros afin de communiquer pendant les manipulations.

— Cela va peut-être vous paraître étrange mais nous allons prendre une douche dans la prochaine salle. Elle durera trois minutes. Eau et formaldéhyde, un puissant désinfectant. Nous ne devons pas apporter le moindre microbe dans le laboratoire.

Trois minutes plus tard, à la seconde près, le professeur actionna l'ouverture électromagnétique du dernier sas.

PAPIER À BASE DE FIBRES CERTIFIÉES

Le Livre de Poche s'engage pour l'environnement en réduisant l'empreinte carbone de ses livres. Celle de cet exemplaire est de : 300 g éq. CO_2

Rendez-vous sur www.livredepoche-durable.fr

« Pour l'éditeur, le principe est d'utiliser des papiers composés de fibres naturelles, renouvelables, recyclables et fabriquées à partir de bois issus de forêts qui adoptent un système d'aménagement durable. En outre, l'éditeur attend de ses fournisseurs de papier qu'ils s'inscrivent dans une démarche de certification environnementale reconnue. »

Édité par la Librairie Générale Française - LPJ
(58 rue Jean Bleuzen, 92178 Vanves Cedex)

Composition Nord Compo
Achevé d'imprimer en Espagne par CPI
Dépôt légal 1re publication janvier 2016
23.9927.0/01 - ISBN : 978-2-01-319303-0
Loi n° 49-956 du 16 juillet 1949 sur les publications destinées à la jeunesse
Dépôt légal : janvier 2016